安政 江戸城御金蔵破り

黒崎裕一郎

Kurosaki Yuichiro

文芸社文庫

目次

江戸城見取図

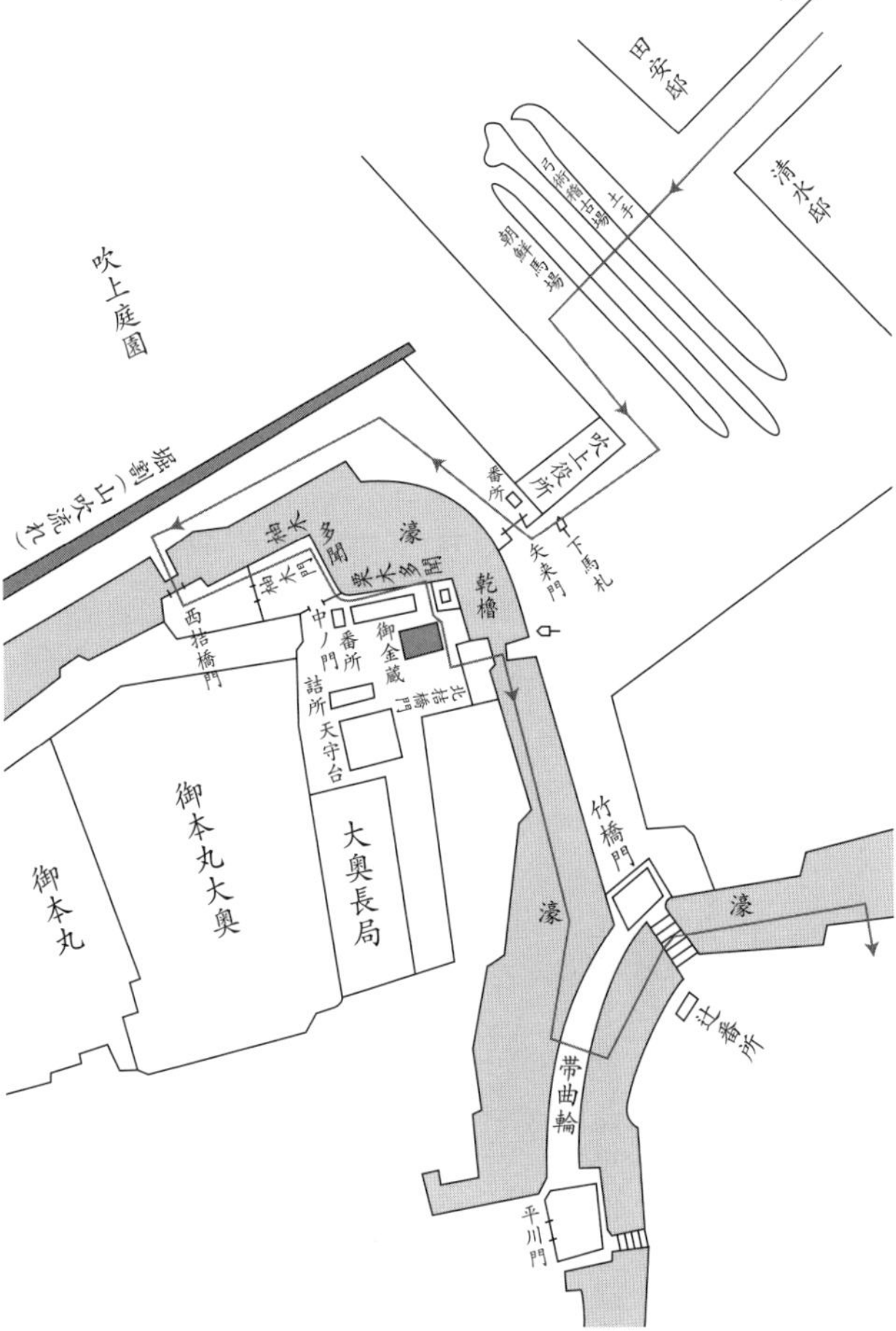
田安門
田安邸
清水邸
土手
弓術稽古場
朝鮮馬場
吹上庭園
吹上役所
番所
下馬札
矢来門
堀割（山吹流れ）
濠
多聞
木柵
門
乾櫓
西拮橋門
中ノ門
番所
御金蔵
詰所
北拮橋門
天守台
御本丸大奥
大奥長局
御本丸
竹橋門
濠
濠
辻番所
帯曲輪
平川門

序章

数日間降りつづいた雨が朝方になってぴたりとやみ、雲の切れ間から薄陽が差し込んできた。

久しぶりの梅雨《つゆ》の晴れ間である。

雨上がりのおだやかな朝を迎えた安政四年（一八五七）丁巳《ひのとみ》五月十三日、小伝馬町《こでんまちょう》牢屋敷の牢庭に二人の死罪人が引き出され、町奉行所の検使与力《けんしよりき》から市中引廻《ひきまわ》しの刑が申し渡された。

一人は、彫りの深い精悍《せいかん》な面立ちをした浪人者で、名は藤岡藤十郎《ふじおかとうじゅうろう》、歳《とし》は三十二歳。

もう一人は目が細く頬骨《ほおぼね》の張った、見るからに日当たりの悪そうな面がまえの無宿者・富蔵《とみぞう》である。歳は藤十郎より二つ下の三十歳。ともに薄汚れたお仕着せの獄衣のまま、うしろ高手にしばられ、二頭の裸馬《はだかうま》に乗せられて「死出の旅」についた。

五ツ半（午前九時）に牢屋敷を出た引廻しの行列は、日本橋の小舟町、北紺屋町、因幡町《いなばちょう》を経由して、四ツ（午前十時）ごろ南伝馬町通りにさしかかった。

上空をおおっていた分厚い雲もすでに消えて、ぎらつくような夏の陽差しが照りつけている。

日本橋と京橋を南北にむすぶ南伝馬町通りは、豪商や老舗《しにせ》が軒をつらねる江戸一番の繁華街である。井原西鶴《いはらさいかく》はこの界隈《かいわい》のにぎわいを「諸国の人の集まり、山も更に動くがごとく、京の祇園会《ぎおんえ》・大坂の天満祭《てんままつり》にかわらず」とやや大仰に記しているが、この日は文字どおり「山が動く」ような人波が大通りを埋めつくしていた。

その数、およそ千数百人。引廻しの行列を一目見ようと押しかけた大群衆である。人垣は中橋広小路から南伝馬町一丁目、二丁目、三丁目まで切れ目なくつづき、あちこちで押し合いへし合いの混乱が起きていた。それを規制するために、各町から駆り出された町役人や自身番屋の番太《ばんた》、町奉行所の同心・小者などが汗だくで走りまわっている。

引廻しの行列の先頭は、六尺棒をかついだ矢ノ者（弾左衛門《だんざえもん》の配下。谷《や》ノ者ともいう）二人、つぎに幟捨札《のぼりすてふだ》（罪状と刑罰を記した紙）を高々とかかげた矢ノ者一人と抜き身の朱槍を持った者二人、そのあとに突棒《つくぼう》や刺股《さすまた》、袖絡《そでがらみ》などの捕り物道具をかついだ者がつづき、そしてこの行列の主役ともいうべき藤十郎と富蔵を乗せた二頭の裸馬が、轡取《くつわと》りの矢ノ者に曳《ひ》かれてゆっくり歩をすすめてゆく。馬の左右には介添《かいぞ》えが二人、さらに南北両町奉行所の正副検使与力の騎馬と丸羽織《まるばおり》・股引《ももひ》き脚絆《きゃはん》姿の同心四人がついてゆく。

「引廻し」は重罪犯に対する付加刑で、放火・殺人などの凶悪犯罪者にこれが適用された。いわゆる「見せしめ刑」である。ごくまれな例をのぞいて、その罪状に同情の余地はなく、見物の群衆から容赦ない怒号や罵声《ばせい》が浴びせられるのが常の光景だった。ときには興奮した若い衆が馬上の罪人に唾《つば》を吐きかけたり、石を投げつけたりして、警護の同心たちと小競《こぜ》り合いを起こすこともあった。もっともお上の側から見れば、そうした混乱も「引廻し」のねらいだったようで、幕府の刑事判例集『御仕置例類《おしおきれいるい》集《しゅう》』には、

「(刑罰の公開により)万民の遺恨《いこん》と鬱憤《うっぷん》を晴らし、世上の静謐《せいひつ》を招来するのが見懲《みこらし》(見せしめ)の極意《ごくい》に御座候」

とある。「万民の遺恨と鬱憤」とは、凶悪犯罪に対する一般市民の「怒りと憎悪」であり、その鬱憤を晴らしてやるのが「引廻し」の極意(眼目)である、と明確に定義づけているのである。

ところが……。

この日は様子が違った。『御仕置例類集』の言を籍《か》りていえば、「万民の遺恨と鬱憤」の声はいっさいなく、世上はまことに「静謐」なのである。人々の表情も一様におだやかで、中には笑みを浮かべながら行列に手を振っている者さえいた。それはばか

りか、幟捨札をかかげた矢ノ者が通過するたびに、人垣のそこかしこから快哉《かいさい》とも賞嘆ともつかぬ異様などよめきが、現代ふうにいえばウエーブのようにわき起こるのである。

まさに椿事《ちんじ》だった。そしてこの椿事の理由は、矢ノ者がかかげる幟捨札に記されていた。

野州《やしゅう》犬塚《いぬづか》村無宿
　入墨《いれずみ》　富蔵　巳三十
上槙《かみまき》町清兵衛地借
　藤岡藤十郎　巳三十二

右之者共儀、困窮に迫り悪心起こし、去々卯年《うどし》（安政二年）二月以来、八重の御《お》構《かまい》を乗越し、重き御場所の御土蔵へ忍入《しのびいり》、御金箱二千両二箱盗出し、右金子四千両両人にて配分いたし候段、公儀を恐れざる致仕方《いたしかた》、重々不届き至極に付、両人引廻しの上磔《はりつけ》に行ふもの也。

なんとこの二人、二重三重の厳重な警備をくぐり抜けて江戸城に忍びこみ、徳川二百五十余年、一度も破られることのなかった御金蔵を破って、まんまと二千両箱二つを盗み出した、前代未聞の大泥棒だったのである。

いつの世も大衆は時代の流れに敏感である。

過去二度の黒船《くろふね》来航に対する幕府の周章狼狽《しゅうしょうろうばい》と、対米外交の弱腰ぶりをまざまざと見せつけられた江戸市民は、この破天荒《はてんこう》ともいうべき二人の盗賊に快哉を送りつつ、徳川幕府の終焉《しゅうえん》を予感していたに違いない。

「お城の御金蔵が破られるようじゃ世も末だな」

「御公儀（幕府）の面子《メンツ》は丸つぶれさ」

「弱り目に祟《たた》り目だ。これで攘夷《じょうい》派も勢いづくだろうぜ」

人垣の中からそんな声も漏れてくる。黒船騒ぎ以来、庶民の間でも政治談義が活発になり、こんなところでも開国だの攘夷だのという言葉がささやかれるようになったのである。かと思えば、

「どうか成仏《じょうぶつ》なさってくださいまし。南無阿弥陀仏《なむあみだぶつ》、南無阿弥陀仏」

馬上の二人に手を合わせて涙ぐむ老女もいた。この老女のように言葉や態度に表さないまでも、見物人の誰もが心の中でそう願い、祈っていた。

行列が南伝馬町三丁目にさしかかったとき、見物の群衆からひときわ大きなどよめきがわき起こった。それに応えるように藤十郎はすくっと背筋をのばし、誇らしげに胸を張って人垣を見わたした。永い牢暮らしで顔は青白く、やや面《おも》やつれしていると

はいえ、威風堂々、悠揚迫《ゆうよう》らぬそのさまは、とても縄目《なわめ》の恥を受けた男とは思えない。さながら花道をゆく千両役者だった。

かつて藤十郎はこの近くの常磐町《ときわ》に住んでいたことがある。なつかしい町並みであり、景色だった。これが「この世の見おさめ」かと思うと、なにやら熱いものが胸にこみあげてきた。

人垣の中に見なれた顔がいくつもあった。棒手振《ぼてふ》りの魚屋、煮売《にう》り屋のおやじ、大工の女房、春米屋《つきごめ》のあるじ、木戸番の老爺《ろうや》……。その一人ひとりの顔をうつろに眺めながら、藤十郎は腹の中で昂然《こうぜん》とつぶやいた。

——おれが盗んだのは四千両の金子《きんす》ではない。徳川の城を盗んだのだ。

第一章　流浪

1

嘉永《かえい》六年（一八五三）十一月二十二日、夕刻。

藤岡藤十郎は、田安《たやす》家の御小人《おこびと》詰所の一隅で朋輩《ほうばい》の大庭伊兵衛《おおばいへえ》と将棋《しょうぎ》を差していた。

差し始めてからすでに半刻（約一時間）がたっている。長い勝負だった。勝敗の帰趨《きすう》はほぼ決していたが、それでもまだ伊兵衛はあきらめようとせず、腕を組んだまま長考に入っていた。

（往生《おうじょう》ぎわの悪い男だ）

うんざりした顔で煙草盆《たばこぼん》の煙管《キセル》に手を伸ばしたとき、江戸城の大太鼓《おおだいこ》が暮六ツ（午後六時）を告げはじめた。それを機に、藤十郎は手持ちの駒を盤面に投げ出して腰を上げた。

「まだ勝負はついておらんぞ」

伊兵衛が不服そうにいう。

「あと十手で詰む。おれの勝ちだ」

「では、もう一番やろう」

未練がましく駒を並べはじめる伊兵衛に、

「無駄なことだ。何番やってもおれには勝てんさ」

にべもなくいって、藤十郎は詰所を出た。

表には薄墨《うすずみ》を刷《は》いたような夕闇《ゆうやみ》がただよっていた。師走《しわす》間近のこの季節は、陽が落ちると同時に急激に冷え込みがきびしくなる。頬《ほお》をねぶる風が凍えるように冷たかった。

藤十郎は、いったん屋敷内の長屋にもどって白衣《びゃくえ》（普段着）に着替え、両刀を刀掛けにかけて無腰のまま、ふたたび外に出た。

徳川御三卿《ごさんきょう》の一つ、田安家の上屋敷は江戸城内曲輪《うちぐるわ》（外濠《そとぼり》の内側）の九段坂にある。敷地一万三千八百四十一坪の広大な屋敷である。その広い敷地内の入り組んだ路地を、慣れた足取りで通りぬけ、東の小門から邸外に出ると、そこで藤十郎はふと足をとめて南の空に目をやった。

紗幕《しゃまく》を張ったような薄闇の向こうに、江戸城の乾櫓《いぬいやぐら》がそびえ立っている。

総白漆喰《そうしろしっくい》の壁、軒唐破風《のきからはふ》造り。妻面《つまめん》や軒先板に銅板包みをほどこした壮麗《そうれい》な二重櫓である。その奥に御本丸御殿の大屋根が見えた。夕餉《ゆうげ》の支度がはじまったのだろう。御殿のあちこちの窓に灯《あか》りがともり、細い炊煙《すいえん》が立ちのぼっている。

蛍火《ほたるび》のように儚《はかな》げに揺曳《ようえい》するその灯りを見つめながら、

（この城のご威光《いこう》も衰《おとろ》えたものだ）

腹の底で、藤十郎はしみじみとつぶやいた。

天下をしろしめす江戸城の〝ご威光〟――つまりは江戸城に象徴される徳川幕府の権威に翳《かげ》りが差しはじめたのは、いまから五カ月前の嘉永六年六月三日夕刻、浦賀奉行・戸田伊豆守から老中・阿部伊勢守にもたらされた急報がきっかけだった。

「今三日、未上刻《ひつじのじょうこく》（午後一時）、相模国《さがみのくに》城ヶ島沖合に異国船四艘《そう》、相見え候」

ペリー提督ひきいる四隻のアメリカ東インド艦隊が開国を求める国書をたずさえて、突如、江戸の喉元《のどもと》にあたる浦賀沖に来航したのである。

城内はたちまち上を下への大騒ぎになった。このとき徳川十二代将軍。家慶《いえよし》は、

「大いに御驚き、御ふるえ遊ばされ、御熱気出で、御不例（病）の由」

であったという。六十一歳の高齢、病弱の身ということを差し引いても、日本六十余州を統《す》べる武家の棟梁《とうりょう》が「御ふるえ遊ばされて熱を出す」とは、いかにもだらし

がなさすぎる。だが、それ以上にだらしがなかったのは、泰平ぼけした三百諸侯や旗本八万騎だった。

「すわ、戦《いくさ》か」

という非常時に、先祖伝来の大筒《おおづつ》や鉄砲は錆《さ》び腐って使いものにならず、使えるものがあっても肝心の弾薬や弾丸がない。それどころか家臣に与える甲冑具足《かっちゅうぐそく》は払底《ふってい》し、陣羽織は虫食いだらけで出陣の身固めもできないというありさま。おかげで江戸中の武具師や馬具師は大もうけしたという。

泰平の眠りをさます蒸気船
たった四はいで夜も寝られず

蒸気船は、当時の銘茶「上喜撰《じょうきせん》」にかけた語である。この茶の効用でまず真っ先に「泰平の眠り」から目覚めたのは武士階級ではなく、じつは一般庶民だった。大名旗本のぶざまなあわてぶり。なんの打開策もなく、ただ右往左往するだけの幕閣たち。二百五十余年間、この国を支配してきた権力者たちの正体が、はからずも天下万民の目にさらされてしまったのである。

対応に苦慮した幕府は、とりあえずペリー提督の国書を受け取り、返事を先のばしにすることで事態の収拾をはかった。イエス（開国）でもなければノー（攘夷）でもないこの場当たり的な外交政策（いわゆる「ぶらかし策」）が、のちの幕末動乱の引き金になったことは言を俟《ま》たない。

――何かが変わろうとしている。

そんな漠然とした思いが、藤十郎の胸中にもあった。何がどう変わるのかわからない。ただ漠然とそんな気がしただけである。

いつの間にか、夕闇が漆黒の宵闇《よいやみ》に変わっていた。風が一段と冷たい。その風にうながされるように、藤十郎はゆっくり背を返して歩を踏み出した。

半丁（約五十メートル）ほど行くと、前方に田安御門の巨影が見えた。まるで砦《とりで》のように厳《いか》めしい渡《わた》り櫓門《やぐらもん》である。門の大扉《おおとびら》はすでに閉ざされ、提灯《ちょうちん》を下げた番士《ばんし》が二人、大扉のわきのくぐり扉の前に立ちはだかっていた。

この櫓門の大扉は明六ツ（午前六時）に開けられ、暮六ツ（午後六時）に閉じられる。日中は一般市民も自由に通行することができたが、大扉が閉められたあとは、武士・町民を問わず厳しい検問を受けた上、くぐり扉から出入りしなければならなかった。

「やあ、藤岡さん」

藤十郎の姿に気づいて、番士の一人が気やすげな声をかけてきた。

「お役目、ご苦労さまです」

丁重に頭を下げて、ふところから門札《もんさつ》を取り出そうとすると、

「結構です。どうぞ」

と、もう一人がすかさずくぐり扉を開けてくれた。門札というのは、小さな木札に「田安」の焼き印を押した通行証兼身分証明証のようなものである。

くぐり扉をぬけると、そこは小砂利をしきつめた広場になっており、さらに左奥にもう一つの城門があった。二ノ門の高麗門《こうらい》である。一ノ門の櫓門と二ノ門の高麗門との間に四角い空間をもうけて防備を固めたこの形式を「枡形構え《ますがた》」といい、江戸城にはこの構えの城門が三十九カ所あった。

高麗門の大扉は四六時中開けられている。番士たちは門の右わきの大番所に詰めているのだろう。番所の物見窓に寒々と明かりがにじんでいる。それを横目に見ながら、藤十郎は足早に高麗門をぬけて土橋をわたった。土橋の向こう側は町屋と武家屋敷が混在する外曲輪《そとぐるわ》である。

橋の北詰《きたづめ》を右に折れた。

星明かりが外濠《そとぼり》沿いの道を青白く浮き立たせている。濠を吹きわたってくる夜風が肌を刺すように冷たい。例年になく今年は寒い冬だ。藤十郎はその道を東に向かって黙々と歩きつづけた。

やがて前方右手の闇にぽつんと小さな明かりが見えた。常磐橋《ときわばし》御門の高張《たかはり》提灯の明

かりである。そこで藤十郎は左の路地に足を踏み入れた。宵闇の奥にちらほらと明かりがゆらいでいる。

日本橋駿河《するが》町の裏路地にある、小さな盛り場の灯《ひ》だった。

つい半年ほど前まで、仕事を終えたお店者《たなもの》や小商人《こあきんど》たちでごった返すほどにぎわっていたこの盛り場も、黒船騒ぎ以来すっかり人影が途絶え、文字どおり灯が消えたように閑散としていた。十七、八軒あった店も、いまは五、六軒に激減している。

路地角に間口二間ほどの小さな煮売屋《にうりや》があった。軒端の提灯に『たぬき』とある。

藤十郎はその店の前を素通りして、裏手に回った。板場に通じる勝手口の戸が開いていて、中で立ち働く亭主の姿が見えた。亭主も藤十郎の姿に気づいたらしく、紺の前掛けで手を拭《ふ》きながら表に出てきた。五十がらみの小肥《こぶと》りの男で、〝たぬき〟のような丸顔をしている。店の屋号はこの男の容貌《ようぼう》に由来するのだろう。名は弥助《やすけ》という。

「ご苦労さまです。支度はできておりますよ」

弥助が勝手口の横を指さした。軒下の暗がりに担《かつ》ぎ屋台がおいてある。

「いつもすまんな」

「どういたしまして……。あ、ちょっとお待ちください。提灯に灯を入れますから」

と、板場にとって返し、小さな蠟燭《ろうそく》を持って出てくると、それに火をつけて屋台の提灯に入れた。ぽっと明かりを灯したその提灯には『おでん・上かん』と記されている。

藤十郎はふところから手拭《てぬぐ》いを取り出して頰かぶりをすると、腰をかがめて屋台の天秤棒《てんびんぼう》をかつぎ上げた。前の屋台には七輪《しちりん》と鍋《なべ》、うしろの屋台には一升徳利《いっしょうどっくり》四本と燗徳利《かんどっくり》、小皿や茶碗などが積んである。前後合わせて六貫目（約二十三キロ）はあるだろう。かなりの重量だ。

「じゃ、行ってくるぜ」

「お気をつけて」

弥助に見送られて、藤十郎は凍《い》てつく町にゆっくり歩を踏み出した。

おでん燗酒《かんざけ》、甘いと辛い。

さァさ、あんばいよし、あんばいよし。

寝静まった町筋に藤十郎の売り声がひびく。艶《つや》のあるいい声だ。振り売り独特の節まわしも板についている。

担ぎ屋台の提灯に記されている『上かん』とは上等の燗酒をいい、一合の売値が四十文。『おでん』は大根やこんにゃく、牛蒡《ごぼう》、里芋《さといも》などを串に刺して醬油《しょうゆ》で煮込んだもので、一串の売値が二文。一晩に九百文ぐらいの売り上げがあった。

腕のいい大工や左官などが一日働いて四百文の時代である。それにくらべるとはるかにわりのよい商売だったが、ご多分にもれず、黒船騒ぎが起きてから、この商売もめっきり売り上げが落ちて、ひと晩足を棒にして売り歩いても三百五、六十文稼ぐのがやっとだった。

（そろそろ身の振り方を考えなければ……）

近ごろ藤十郎は真剣にそう思うようになった。身すぎ世すぎのためとはいえ、こんなしがない商売にいつまでもすがりついているおのれが情けなくもあり、みじめでもあった。どうにかしなければという焦《あせ》りもあった。かといって、ほかにどんな生き方があるのか。それもまた見えない。見えないから不安と焦りがつのるのである。

（いまさら郷里《くに》に帰るわけにもいくまいし……）

足を止めて、ふうっと大きく溜息《ためいき》をついた。吐き出す息が煙のように白い。

気を取り直して、また歩き出した。

おでん燗酒、甘いと辛い。

さァさ、あんばいよし、あんばいよし。

2

藤岡藤十郎は文政八年（一八二五）、下野都賀郡《しもつけつがごおり》・下国府塚村《しもこうづか》（栃木県小山市《おやま》）の郷士《ごうし》（半農半士）の家に生まれた。父親は頑固一徹の武骨な男だったが、小山の商家から嫁いできた母親は聡明《そうめい》な女《ひと》で算勘《さんかん》に明るく、さほど豊かでない家計を一手に切り盛りしていた。その母の影響をうけたせいか、藤十郎は幼いころから十露盤《そろばん》をおもちゃにして遊び、五歳のときには二桁《ふたけた》の加減乗除を難なくこなすほどきわだった才を発揮した。

――この子には天稟《てんぴん》がある。いずれ算学家《さんがくか》（数学者）として名をなすであろう。

周囲の誰もがそう思い、将来を嘱目《しょくもく》していた。

そのころ、関東一円の富農・豪商の間では和算を学ぶものが急増し、互いに難問を出しあっては解法を競いあう〝算学勝負〟が流行《はや》っていた。そうした算学好きがグループを作るようになり、やがてその中からいくつかの流派も生まれた。また武芸者や俳諧師《はいかいし》とおなじように、各地をめぐり歩いて算法を教授する、いわゆる遊歴算家《ゆうれきさんか》も盛んに出没するようになった。

藤岡家にも有名無名の遊歴算家がひんぱんにやってきた。彼らは勝手に押しかけてきたのではなく、母親が藤十郎の教育のために積極的に招いたのである。しかし当の本人にとってはそれが重荷で、母親の期待がふくらめばふくらむほど反発心がつのり、

（おれは算学家などになりたくない）

いつしかそう思うようになった。

藤十郎は藤岡家の三男である。家督《かとく》はいずれ長兄の藤一郎がつぐことになる。二年前、その藤一郎が嫁を迎えたのを契機に、藤十郎は家を出る決意をした。母親には、

「名のある算学家に師事して算法の研鑽《けんさん》を積みたいのです」

といったが、むろんこれは家を出るための口実だった。

「よくぞ申してくれました」

母親は素直にそれをよろこんで、

「おまえはきっと偉くなります。日本一の算法家になって帰ってらっしゃい」

と父親に内緒で工面した三十両の路銀《ろぎん》を与えて送り出した。

このとき藤十郎、二十六歳。人生の旅立ちにしてはいささか遅すぎる感があったが、それにはやむなき理由があった。何よりも家名存続を第一とする父親から、長兄の藤一郎に子ができるまでは独り立ちはならぬ、ときびしく戒《いまし》められていたからである。次兄の藤次郎はすでに他家に養子に出ていたため、万一の場合の家督相続権者として三男の藤十郎を手元においておきたかったのであろう。

「おまえはこの家で算学塾でも開けばよい」

といって頑固に反対していた父親が、母と長兄の説得を受けてようやく許してくれたのだから、とにもかくにも藤十郎にとっては心晴れやかな門出《かどで》となった。

若葉が萌《も》える薫風《くんぷう》の季節。

雲一つなくさわやかに晴れ渡った空。

さんさんと降りそそぐ初夏の陽光。

まさに新たな人生を踏み出すのにふさわしい時季であり、日和《ひより》だった。

藤十郎がまず足をむけたのは、戸田氏七万七千八百石の宇都宮《うつのみや》だった。藤岡家に出入りしていた遊歴算家の一人から、宇都宮城下に野州《やしゅう》一の算法の達者がいると聞いていたからである。名は山口源斎《げんさい》。城下の新石《しんこく》町に大きな算学道場を開いていた。

その道場をたずねると、応対に出た門弟から簡単な口頭試問を受けただけで、すぐに入門が許された。束脩《そくしゅう》（入学金）のほかに部屋代を払えば道場内の雑居部屋に住むことができる、と世話役の門弟はいったが、藤十郎は丁重にそれを断って、道場の近くに長屋を借りることにした。

その夜、町に出た。

生まれて初めて見る宇都宮の町——元和《げんな》五年（一六一九）、徳川家康の近臣・本多《ほんだ》正純《まさずみ》が江戸城北辺の防備として町割りを行い、のちに日光・奥州街道の要衝《ようしょう》として栄えたこの町は、藤十郎の想像をはるかに超える大都会だった。

目くるめく光の海。喧騒と雑踏。人々の甲高《かんだか》い話し声。ひっきりなしに行き交う物売り。目に映るもの、耳に聞こえるものが何もかも新鮮で刺激的だった。

（おれは自由を得た）

それが実感だった。籠《かご》の鳥が大空に放たれたような爽快《そうかい》な解放感である。わけもなく胸が騒いだ。何かに引き込まれるように、藤十郎の姿は猥雑《わいざつ》な喧騒の中へ消えていった。そして、この一夜が藤十郎のその後の人生を大きく変えることになるのだが、むろん本人は知るよしもない。

それから一年後――。

場末の居酒屋のすみに、別人のように変貌した藤十郎の姿があった。月代《さかやき》は茫々《ぼうぼう》と伸び、頬の肉がげっそりとそげ落ちている。顔色は病的に青白く、酒焼けのせいか鼻の頭だけがうっすらと赤みをおびている。一年間のすさんだ暮らしぶりがその顔貌ににじみ出ていた。

「これが飲みおさめか……」

低くつぶやきながら、猪口《ちょこ》に残った最後の一滴を飲みほすと、藤十郎はふらりと立ち上がって居酒屋を出た。酒代を払って手元に残った金は一朱あまり。この金であと何日暮らせるか、計算するまでもなく先は見えていた。どんなに切り詰めてもせいぜい三日が限度であろう。

それにしても無茶をしたものだと、いまさらながらに藤十郎は後悔したが、あとの祭りだった。放蕩三昧《ほうとうざんまい》の日々が、遠い過去の出来事のように頭の中を駆けめぐっている。

毎月母親から送られてくる仕送りのほとんどは酒と女に消えていた。この数カ月、道場の授業料も長屋の家賃も滞《とどこお》っている。それればかりか、遊び金に困って道場仲間から借りまくった金が積もり積もって三十両にもなっていた。すべてを清算するとなると四、五十両の金がいるだろう。だが、そんな大金を工面する方策は、もはやなかった。爪《つめ》に火をともすようにして仕送りをつづけてくれた母親に、これ以上無心するわけにもいかない。となれば、あとは「逃げ」の一手である。

居酒屋を出ると、藤十郎はそのまま奥州街道に足をむけた。着の身着のままの夜逃げである。どこへという当てはない。まず宇都宮を離れることが重要だった。その先のことは何も考えていないし、考える余裕もなかった。

宇都宮から雀宮《すずめのみや》、小山《おやま》、野木《のぎ》と野宿を重ねながら南下し、武州《ぶしゅう》・栗橋《くりはし》宿から利根川沿いに上州に入ったのは、三日後の昼すぎだった。

——倉賀野《くらがの》宿へ一里。

と刻まれた石の道標の前で足をとめると、藤十郎は何かを探すようにあたりを見渡した。視界一面に青々と田畑がひろがり、ところどころに小さな百姓家が点在している。

一丁（約百メートル）ほど先の野道のわきに小さな森があった。木立の奥に神社らしき建物が見える。

その神社を目指して、藤十郎はふたたび歩き出した。野道から森へ入り、鳥居《とりい》をくぐって石畳の参道を行くと、正面に茅葺《かやぶ》き屋根の古い神社が立っていた。境内《けいだい》に参拝者の姿はなく、深い樹叢《じゅそう》に囲まれた社殿は息をひそめるようにひっそりと静まり返っている。

拝殿の右手に小さな絵馬堂があった。板壁にさまざまな図柄の絵馬がかかげられている。その一つひとつを藤十郎は丹念に目で追った。あざやかな色彩を放つ真新しい絵馬もあれば、長い年月風雨にさらされて、文字も図柄もほとんど消えてしまった板きれ同然の絵馬もある。

（あったぞ）

藤十郎の目にとまったのは、祈願文や図柄もなく、ただ複雑な数式だけが書き込まれた板額《はんがく》だった。これは算法家《さんぽうか》が新しい定理を見つけたり、難解な算問を解き明かしたときに、神仏へ感謝をこめて奉納する「算額《さんがく》」とよばれる板額である。

算法家が絵馬の風習にあやかって算額を神社仏閣に奉納するようになったのは明暦《めいれき》（一六五五―一六五七）のころからで、その後、和算の各流派や地方算士たちが自己宣伝のために算額を利用するようになったために、文化文政期から幕末にかけてその数は急激に増えた。現存する算額は八百二十面を数え、中には今日の大学の数学よりレベルの高い数式を記した算額もあるという。

絵馬堂にかかげられた算額を一目見るなり、藤十郎は奉納者の算法の実力を看破していた。そこに記された三つの数式は、藤十郎が十七のときにすでに解法を得ている。いわば中級程度の算問だった。数式の下に『倉賀野宿・上総屋利兵衛《かずさやりへえ》』と奉納者の名がしたためてあった。算家というより、おそらく算学愛好の商人《あきんど》であろう。

――この手の旦那衆がいい鴨《かも》なのだ。

以前、遊歴算家からそんなことを聞いたことがある。藤十郎がこの神社に立ち寄ったのは、まさにその〝鴨〟を探すためだったのである。

半刻（一時間）後、倉賀野宿の雑踏の中に藤十郎の姿があった。

中山道《なかせんどう》の宿駅の一つである倉賀野宿は、日光例幣使《れいへいし》街道の分岐点として、また上州と江戸をむすぶ利根川水運の最終河港として古くから繁栄した宿場町である。わけても烏川《からすがわ》の北岸に位置する倉賀野河岸《がし》には、土蔵造りの豪壮な産物問屋や舟問屋が軒をつらね、人馬の流れが昼夜絶えることのないほど殷盛《いんせい》をきわめていた。

河岸通りのほぼ真ん中あたりに、ひときわ大きな舟問屋があった。間口は十二、三間、店先に荒菰《あらごも》包みの舟荷が山と積まれ、奉公人や荷駄人足《にだにんそく》が忙しそうに立ち働いている。店の裏手の桟橋《さんばし》には十数隻《せき》の川荷舟がもやってあった。

藤十郎は店の前に立って、破風屋根にかかげられた木彫看板を見上げた。

『上総屋』とある。

神社の算額に記されたあの屋号である。それを確認すると、藤十郎はためらいもなく店の中に足を踏み入れた。帳場格子の中で帳尻合わせをしていた番頭が薄汚れた藤十郎の装《な》りを見て、

「何か……？」

と、うろんな目で訊《き》いた。

「利兵衛どのに取り次ぎを願いたい」

「失礼ですが、あなたさまは？」

「野州・都賀郡《つがごおり》の算士・藤岡藤十郎と申すもの」

算士と聞いて、番頭の態度が一変した。

「少々お待ちください」

ぎこちない笑みを浮かべて座布団をすすめ、いそいそと奥へ去ったが、すぐにもど

ってきて「どうぞ」と座敷に案内した。ほどなく鳶茶《とびちゃ》の紬《つむぎ》の羽織をはおった五十がらみの恰幅《かっぷく》のよい男が入ってきた。あるじの利兵衛である。

「御用のおもむきと申しますのは？」

着座するなり利兵衛が訊いた。

「宿場はずれの神社で、あなたの算額を拝見しましたよ」

「ほう」

利兵衛の下ぶくれの顔がほころんだ。算学愛好家というのは、自分の算額が他人の目にとまるのが無上のよろこびなのである。ましてや相手が遊歴算家となればなおさらのことであろう。

「なかなかの練達とお見受けしました」

藤十郎が世辞をいうと、利兵衛は半白《はんぱく》の頭に手をやって、

「いやァ、手前の算法など、ほんの道楽でございますから」

一応謙遜《けんそん》したものの、目尻は下がりっぱなし、喜色満面のていである。

運ばれてきた茶を喫しながら、しばらく算法談義に花を咲かせたあと、藤十郎がおもむろに〝算学勝負〟を申し入れると、待ってましたとばかり、利兵衛は違い棚から硯《すずり》箱《ばこ》と料紙《りょうし》を持ってきて、

「一つお手やわらかに」

と藤十郎の前に差し出した。

「では」

一礼して藤十郎は料紙に筆を走らせた。

算問二題。いずれも中国伝来の数学書『算法統宗《さんぽうとうそう》』に記載されている連立方程式だった。算木《さんぎ》を使ってこの数式を解く法を「天元術《てんげんじゅつ》」という。これを紙に書いて表したのは、江戸前期の和算家・関孝和《せきたかかず》である。算法としては中の上級といったところであろう。

その算問を見たとたん、利兵衛は口をへの字に引きむすんで押し黙ってしまった。顔を真っ赤に紅潮させ、膝《ひざ》の上で指先を激しく動かしている。十露盤をはじくような仕草である。

「うーむ」

と、うなりながら、筆をとって別の料紙に数式を書きはじめた。書いては消し、消しては書く。そうやって四半刻（三十分）ほど数式と格闘したあと、

「恐れ入りました」

がばっと畳に両手をついて頭を下げた。

「解けませんか」

藤十郎の顔に勝ち誇ったような笑みが浮かんだ。

「手前の技量ではとてもとても……。ぜひ解法をご伝授くださいまし」

すがるような目で藤十郎を見た。

「伝授料は五両。それでよければ……」

「結構ですとも」

藤十郎としてはかなり吹っかけたつもりだったが、利兵衛があっさりそれを飲んだので、五両は安かったかなと、ちょっぴり後悔のほぞを嚙《か》んだ。それを見透かしたかのように、利兵衛は五両の上にさらに五両を上乗せして、しばらくこの家に留まって、算法の教授をしてもらえないか、といった。むろん藤十郎に断る理由はない。顚沛流《てんぱいる》浪《ろう》の身には、むしろ願ってもない話だった。

3

『上総屋』の待遇は申し分のないものだった。

住まいは広い庭の一角にある離れ家、身のまわりの世話は二人の女中が付きっきりで面倒をみてくれる。その上、毎夜のごとく宿場内の料亭や茶屋で酒色の接待も受けた。

藤十郎にとっては結構ずくめの居《い》候《そうろう》暮らしだったが、ただ一つだけ問題があった。

いくら教えても利兵衛の算法術が上達しないのである。飲み込みが悪いというか、もともとこの男には算法の稟質《ひんしつ》がないのだろう。一度教えたことを二度も三度も訊いてくる。毎日がそれの繰り返しだった。

さすがに藤十郎はうんざりした。しょせん利兵衛の算学は旦那芸にすぎない。そんなものにいつまでも付き合っていられるか、という思いもあったし、上げ膳据え膳の暮らしにも飽きがきていた。

（ここを出よう）

と決意したのは、『上総屋』に寄食して十日目の朝だった。

「他所《よそ》の算家も待っているので、そろそろ暇《いとま》をしたい」

というと、利兵衛はひどく狼狽《ろうばい》して、

「せめて『天元術』を習得するまで、もうしばらく」

三拝九拝《さんぱいきゅうはい》の体《てい》で引き止めたが、それを振り切るようにして藤十郎は『上総屋』をあとにした。

街道に出た。空が抜けるように青い。

風が薫り、若葉が萌《も》えている。一年前に郷里を出たときと同じ季節だった。

街道を歩きながら、藤十郎はふと母親のことを想った。都賀郡の実家には宇都宮の山口道場からすでに破門の知らせが届いているに違いない。それを知ったときの母親の嘆き悲しむ姿を想い浮かべると胸が痛んだ。父や兄は烈火《れっか》のごとく激怒しているだろう。

（身から出た錆《さび》だ。致し方あるまい）

藤十郎はほろ苦い笑みを浮かべた。自潮《じちょう》の笑みではなく、何やら自信めいた笑みである。世間には上総屋利兵衛のような〝鴨〟が掃《は》いて捨てるほどいる。実家からの援助がなくても、当面は算学で食っていけるだろう。そんな気楽な思いが藤十郎の胸底にあった。

『上総屋』を出たとき東の空にあった陽が、いつの間にか頭の真上にきていた。

倉賀野宿から次の高崎《たかさき》宿までは、わずか一里十九丁（約六キロ）の行程である。

昼少し前に高崎の城下に入った。

本町《ほんまち》通りのめし屋で中食《ちゅうじき》をとったあと、藤十郎は早々と宿をとって旅装を解いた。

ふところには『上総屋』で稼《かせ》いだ金がたっぷりある。四、五日は遊んで暮らせる金だ。

旅籠《はたご》の部屋で二刻（四時間）ほど仮眠をとり、ふたたび町に出て髪結い床で月代《さかやき》とひげを剃《そ》った。帰りに呉服問屋で新しい衣服を買い、旅籠にもどって風呂を浴びると、陽が落ちるのを待って、城下一の繁華街といわれる田町《たまち》に足をむけた。そこには倉賀野河岸の荒々しい活気とは明らかに異質の賑《にぎ》わいがあった。都を想わせる雅《みや》びで華やかな賑わいである。

文政期の戯作《げさく》者・大田蜀山人《おおたしょくさんじん》はこの町を見て、まるで江戸に帰ったような気がする、といったという。俗謡に「お江戸見たけりゃ高崎田町」とあるのも、あながち誇張ではないだろう。

すでに灯ともしごろになっていた。

盛り場の路地をそぞろ歩く男たちの風情も、一見して倉賀野宿のそれとはおもむきが違った。高崎は絹織物の産地である。遊客の多くは富裕な養蚕《ようさん》農家や織物問屋、仲《なか》買《がい》問屋などの旦那衆だった。盛り場特有の猥雑な雰囲気はみじんも感じられない。

藤十郎は町の一角の『桃源楼《とうげんろう》』という茶屋に入った。ほかの見世《みせ》よりやや小ぢんまりとした茶屋である。中年増の品のよい仲居に案内されて二階座敷に上がった。ほどなく酒が運ばれてきたが、それを飲み終わらぬうちに、

「いらっしゃいまし」

と女が入ってきた。藤十郎は思わず息を飲んだ。歳のころは二十一、二。目鼻立ちのととのった色白の美形である。女は、お甲《こう》と名乗った。しどけなく藤十郎のかたわらに腰をおろすと、お甲はたおやかな手つきで酌をした。脂粉《しふん》の甘い香りが鼻腔《びこう》をくすぐる。鬢《びん》のほつれ毛をかき上げる仕草がぞくっとするほど色っぽい。

我にもなく藤十郎は動揺した。これまでも散々女遊びはしてきたが、そのほとんどは身も心もぼろぼろにすり切れた場末の安女郎ばかりだったし、上総屋利兵衛に連れ

て行かれた倉賀野の茶屋にも、お甲ほどの美形はいなかった。

「お代わり、たのみます？」

お甲が艶然《えんぜん》と微笑《わら》って、膳の上に目をやった。二本の徳利が空になっている。

「酒はもういい。それより……」

いい終わらぬうちに、お甲はすくっと立ち上がり、次の間の襖《ふすま》を開けた。そこには二つ枕《まくら》のなまめかしい夜具がしきのべられてあった。お甲はためらいもなく着物を脱ぎ捨てると、抜けるように白い裸身を惜しげもなく行燈《あんどん》の明かりにさらし、無言のまま藤十郎を臥所《ふしど》にいざなった。

四日間、藤十郎は『桃源楼』に通いつづけた。むろんお甲を抱くためである。気がつくと『上総屋』で稼いだ十両の金はきれいに消え失せていた。現代の貨幣価値に換算して八十万円ちかい金をたった四日で使い果たしたのである。庶民感覚からすれば理解の外の大浪費だが、藤十郎は恬《てん》として悔いるそぶりも見せず、むしろさばさばした感じで旅籠を出ていった。

本町通りを二丁（約二百メートル）ほど行って左に折れると、前方右手に目にしみるような萌黄色《もえぎいろ》の葉を茂らせた樹林が見えた。その樹林の中に古い神社があることを、藤十郎は旅籠の女中から聞いて知っていた。

高崎神社という。主神は熊野三社の伊弉冉尊《いざなみのみこと》、速玉男命《はやたまのおのみこと》、事解男命《ことさかのおのみこと》。高崎の総鎮守である。この神社は、俗に「おくまん様」と呼ばれて人々から親しまれていた。

朝から参拝人の姿が絶えなかった。藤十郎は人混みを縫うようにして拝殿の前に歩みより、向拝《こうはい》（庇《ひさし》）の下に目をやった。探すまでもなく目当てのものはすぐに見つかった。「算額」である。比較的新しいその算額には、中級程度の算問二題とその解法、そして、

『連雀《れんじゃく》町・井筒屋《いづつや》幸右衛門《こうえもん》』

の名がしたためられてあった。それを確かめると、藤十郎は参拝人の一人をつかまえて連雀町への道筋を訊き、参道の人混みの中に消えていった。

高崎城の東に位置する連雀町は、田町と並ぶ城下屈指の商人町である。六斎市《ろくさいいち》が近いせいか、町はひときわ活気に満ちていた。町を南北に走る大通りの、やや北寄りの一角に『井筒屋』はあった。桟瓦《さんがわらぶ》葺きの屋根、壁は牡蠣殻《かきがら》灰《ばい》塗《ぬ》り、周囲になまこ塀をめぐらせた重厚な店構えの生糸《きいと》問屋である。

帳場の番頭に遊歴の算士であることを告げると、すぐ客間に通された。

待つこと須臾《しゅゆ》、別の座敷で客と商談していたあるじの幸右衛門が商談を番頭に任せて、いそいそと入ってきた。思ったより歳が若く、端整な面立ちをした若旦那ふうの男である。

「高崎神社であなたの算額を拝見しました」

藤十郎が切り出すと、幸右衛門は子供のように目を耀《かがや》かせて、

「いかがでございました」

と膝《ひざ》を乗り出した。この瞬間に藤十郎は確かな手応えを感じた。釣りでいえば〝当たり〟があったようなものである。あとは掛かった獲物をゆっくりたぐり寄せるだけだ。

「よくぞあの算問を解かれましたな」

心にもない世辞を並べ立てながら、藤十郎は懐中からおもむろに矢立てを取り出し、懐紙《かいし》に二題の算問を記して、お手合わせを願いたい、と幸右衛門の前に差し出した。上総屋利兵衛に提示した算問とまったく同じ連立方程式である。

少時《しょうじ》、その数式に目を落としていた幸右衛門は、やがて小さくうなずくと、何の迷いもなく別の料紙に筆を走らせた。それを見て思わず藤十郎は瞠目《どうもく》した。意外というより驚きが先にきた。上総屋利兵衛が悪戦苦闘したあの算問を、幸右衛門はわずか寸秒で、それも間然《かんぜん》するところなく解き明かしてしまったのである。

「みごとなお手並み、痛み入りました」

苦笑まじりに藤十郎が世辞をいうと、幸右衛門は、

「運がよかっただけでございます」

と、おだやかな笑みを返し、以前来宅した遊歴算家からこの算問の解法を教わった

のです、と付け加えた。それを聞いたとたん、藤十郎の胸にむらむらと闘志がわき立った。幸右衛門にではなく、それを教えた遊歴算家にである。

「では、もう一題」

つとめて平静をよそおいつつ、藤十郎は別の算問を懐紙に書いて差し出した。さっきより数段難度の高い多元高次方程式である。素人《しろうと》相手の〝算学勝負〟に提示するような問題ではない。これを解くには「点竄術《てんざんじゅつ》」という高度な技が必要なのである。

一瞬、幸右衛門の顔から笑みが消えた。

藤十郎は冷めた茶をすすりながら、じっと幸右衛門の顔を凝視した。総じて素人算士は我意がつよく、気位が高い。幸右衛門の温和な顔からもそれが読み取れた。こめかみに浮き出た細い血管《ちくだ》がひくひくと脈打っている。明らかに幸右衛門は苛立《いらだ》っていた。

「藤岡さま」

ややあって、幸右衛門がふっと顔を上げた。もとのおだやかな笑顔にもどっている。

「当地はお気に召されましたか」

唐突な問いかけだったが、藤十郎は瞬時にその言葉の意味を理解した。

「気に入りましたよ。この町にきて今日で五日目になりますが、もうしばらく滞在しようかと思っています」

「それはようございました。もしよろしければ拙宅《せったく》にお泊まりになりませんか」

「ご当家に？」

とぼけ顔で訊き返した。

「この算問の解法をぜひご伝授いただきたいのです」

「なるほど、そういうことですか」

といいつつ、藤十郎は腹の中ですばやく十露盤をはじいた。

「伝授料は七両。そのほかに一日二両の教授料をいただきます」

「よろしゅうございますとも」

幸右衛門の応えは、拍子ぬけするほどあっさりしたものだった。

4

『井筒屋』に止宿《ししゅく》して六日がすぎた。

その六日間、藤十郎は毎晩のように田町の『桃源楼』に通い、お甲を抱いた。同じ女にこれほど執着したのは初めてのことである。

お甲はふしぎな女だった。逢《あ》うたびに表情や仕草、そして心柄《こころがら》までが、まるで紫陽花《あじさい》の花のように変化した。あるときは生娘《きむすめ》のように恥じらいを見せ、あるときは牝犬《めすいぬ》のように放埒《ほうらつ》に狂悶《きょうもん》し、またあるときは貞女のようにつつましく仕えてくれた。抱くたびにずるずると深みに引きずり込まれていきそうな、そんな女だった。

七日目の夜、そのお甲が突然『桃源楼』から姿を消した。仲居の話によると、江戸から絹織物を買い付けにきた仲買人の男と駈け落ちしたらしい。

「そ、それは本当か！」

驚愕《きょうがく》のあまり、声が上ずった。

「うわさですけどね」

仲居はあいまいに応えながら、

「茶屋の女がお客に惚《ほ》れて駈け落ちするのはめずらしいことじゃないんですよ」

この界隈ではよくある話だと、こともなげにいった。

衝撃だった。

お甲が消えたという事実より、お甲に裏切られたという思いが、息苦しくなるほど藤十郎の胸を締めつけた。酒を飲む気にもなれなかった。ほかの妓《こ》を呼びますから、と引き止める仲居に、

「もうこの見世に用はねえ」

吐き捨てるようにいって、藤十郎は『桃源楼』を出た。

月も星もない暗夜だった。

空の暗さがいっそう盛り場の灯りをきわ立たせている。あいかわらずそこには絃歌《げんか》がさんざめき、甘い脂粉の香りがただよい、遊客の群れが行き交っていた。だが、いまの藤十郎にはそんな華やかな賑わいも、もはや無縁のものだった。ただ虚《むな》しいだけである。

「潮時だな」

歩きながら、藤十郎はぼそりとつぶやいた。この町を出ようと決意したのである。お甲がいなくなったいま、ここに留まらなければならぬ理由は何もない。幸右衛門の算法もかなり上達していたし、どのみち、あと二、三日で『井筒屋』を出て行かなければならない状況にもあった。

翌朝、幸右衛門に暇《いとま》を告げると、

「何かご不満な点でも？」

当惑したように幸右衛門が訊き返した。

「いや」

と首をふって、藤十郎は手元の料紙に目をやった。そこには、きのうの朝提示した多元高次方程式の応用問題に対する幸右衛門の「解」が書き記されていた。論理にやや強引さはあったが、その解法はおおむね「点竄術」の定理に沿っていたし、「解」もほぼ正解に近かった。

「今日で免許皆伝《めんきょかいでん》です」

「まことでございますか」

幸右衛門の顔が耀いた。

「もう教えることは何もありません。この調子でこれからも精進してください」

「ありがとうございます」

幸右衛門は畳に手をついて頭を下げ、よろしければもうしばらくご逗留《とうりゅう》を、と辞令的にそういったが、この男に引き止める意思がないことはわかっていた。「点竄術」さえ習得してしまえば、もう用はないのである。藤十郎がやんわり断ると、案の定、

「無理にはお引き止めいたしません」

と約束の伝授料を紙につつんで差し出し、もみ手せんばかりに送り出した。

街道に出たところで、藤十郎はふと足を止め、ふところの紙包みを開いて中をあらためた。十両の金子が入っている。約束の七両の上に三両を上積みしてくれたのだ。日払いの教授料はすべて『桃源楼』の飲み食いとお甲の揚げ代に消えていたので、この十両が藤十郎の全財産だった。路銀としては十分すぎるほどの額である。

その夜は板鼻《いたはな》宿の飯盛旅籠《めしもりはたご》に泊まり、街道名物の「板鼻女郎」をはべらせて明け方ちかくまで酒を飲んだ。朝、目がさめるとその女が横に寝ていた。抱いた覚えはなかった。酔いつぶれて、いつの間にか一緒に寝てしまったのだろう。鼻白《はなじろ》む思いで藤十

郎は旅籠を出た。

翌日は安中《あんなか》宿泊まり。さらに安中から松井田《まついだ》、中小坂《なかこさか》をへて下仁田《しもにた》街道に入り、一ノ宮、富岡、福島と遊蕩《ゆうとう》の旅をかさねた。手持ちの金がなくなると、土地の算家を訪ねて〝算学勝負〟をいどみ、伝授料や教授料をせしめてまた旅に出る。そんな放浪の旅が半年あまりつづいた。


季節は、冬になっていた。

はるか北の彼方にある山並みは、もう薄《うっす》らと雪化粧をしている。

藤十郎は、上州・藤岡宿の問屋場《といやば》の主人・嶋屋茂兵衛《しまやもへえ》の家に寄食していた。

問屋場とは、宿場の運営万般《ばんぱん》を取り仕切る行政執行機関である。問屋場の主人は名《な》主《ぬし》を兼任する者や、本陣（大名の宿泊施設）を経営する者などが多く、宿政の実権をにぎる権力者でもあった。

今年六十になる茂兵衛は、これまでに藤十郎が出会った素人算家とはまるで肌合いの異なる人物だった。鬼瓦《おにがわら》のようないかつい顔、でっぷり肥った体軀《たいく》、性格も豪放磊落《らいらく》で、算家というより、博徒《ばくと》の親分のような貫禄《かんろく》を備えた男だった。実際、大の博《ばく》奕《ち》好きでもあり、骰子《さいころ》の出目の度数（確率）に興味を持ったのが、算学をはじめた動機だという。

「手前の算法は我流ですから」

と本人がいうように、独学で習得したという茂兵衛の算学の力量は、「油はかり分け」とか「まま子立て」「目つけ字」「ねずみ算」といった数学遊戯の域を出なかった。俗にいう下手《へた》の横好きである。こういう旦那衆が遊歴算家にとっては極上の〝鴨〟なのだ。

「あなたの算学は筋がよい。すぐに上達しますよ」

例によって、藤十郎が歯の浮くような世辞をいうと、

「一つ、よろしくご指導のほどを」

茂兵衛は素直によろこんで藤十郎を受け入れた。

条件は、一日一刻（二時間）の稽古《けいこ》で教授料一両。そのほかに「術」を一つ習得するごとに三両の伝授料が支払われることになっていた。むろん食住付きである。稽古以外の時間は、部屋で寝てようが遊びに出ようが、まったく自由だった。三度の食事はもとより、部屋の掃除や衣服の洗濯、繕《つくろ》いものまで下働きの女がやってくれる。何から何まで至れりつくせりの快適な居候暮らしだった。

腰が落ちついたところで、藤十郎は郷里の母親に手紙を出した。宇都宮の山口道場を勝手にやめてしまったこと、借金で迷惑をかけたこと、そして半年間不義理をしたことへの詫《わ》び状である。末尾に「学不成バ、死ス共不帰ズ（学成らずんば死すとも帰

らず)」と書き添えた。

その手紙を見て安心したのか、それともひどく落胆したのか、その後、母親からはいっさい音沙汰がなかった。不審に思いつつも、いつしか藤十郎は手紙を出したことさえ忘れていた。

ところが……、

『嶋屋』に寄食してひと月ほどたったある日、突然、実家から手紙が届いた。母からではなく、長兄の藤一郎からだった。けげんな思いで封をひらいた瞬間、藤十郎の顔が凍りついた。

悲報だった。

三日前に母が心の臓の発作で他界したという。驚きよりも、まさかという思いが先にきた。行年《ぎょうねん》四十九歳。あまりにも若すぎる死だった。母は息を引きとる直前まで藤十郎の身を案じていたという。耐えがたい悲しみと痛恨の思いが藤十郎の胸を圧迫した。

さらにその手紙には「去る五月、父も重き病にて身まかり候」と記されていた。五月といえば、ちょうど藤十郎が高崎にいたころである。母や兄たちは必死に藤十郎の行方を探したらしい。そのことを縷々《るる》恨みがましく書きつらねたあげく、最後に、

「家督は余が嗣《つ》ぎ候、帰郷におよばず」

と、むすんであった。つまり二度と帰ってくるな、ということである。事実上の義絶通告ともいえるこの一言が、母の訃《ふ》に接して重く沈んでいた藤十郎の心を軽くした。

――義絶、結構。

である。いまの藤十郎にとって「藤岡」の家名は何ほどの意味も持たなかった。苗字帯刀《みょうじたいとう》をゆるされた家柄とはいえ、たかが田舎の郷士ではないか。家に帰ったところで、三男の藤十郎に分け与えられるのは、猫の額ほどの田畑とわずかな捨て扶持《ぶち》だけだ。そんなものにいまさら未練も執着もない。むしろ、これで本当に自由の身になった、という思いのほうが強かった。

その夜、茂兵衛にさそわれて近くの小料理屋に行った。酒を酌み交わしながら他愛ない世間話をしたあと、茂兵衛がふと真顔になって「何か悪い知らせでも？」と訊いた。実家から手紙が届いたことを奉公人から聞いて知ったのであろう。

「母が亡くなったそうだ」

藤十郎が応えると、茂兵衛は毛虫のように太い眉を寄せて、

「それはご愁傷《しゅうしょう》さまで……。すぐご実家に戻られたほうが」

「いや」

と、かぶりを振りながら、長兄から義絶されたことを、藤十郎は他人事《ひとごと》のようにさ

らりと打ち明けた。一瞬、茂兵衛はけげんそうな表情を見せたが、義絶された理由を聞いて、気まずそうに沈黙してしまった。

「致し方ない。身から出た錆《さび》ってやつだ」

藤十郎も素直におのれの非を認めている。

「で……」

しばらく沈黙がつづいたあと、茂兵衛がおもむろに口を開いた。

「これからどうなさるおつもりで？」

「茂兵衛どのさえよければ、もうしばらく厄介《やっかい》になりたいんだが」

「それはかまいませんが、手前が心配しているのは、そのあとのことです。これから先も遊歴の旅をおつづけになるつもりですか」

「わしには算学しか能がないからな」

「先生」

飲みかけた猪口をことりと卓の上において、茂兵衛は真剣な眼差《まなざ》しで藤十郎を見た。いかつい顔に似合わず、やさしい目つきをしている。

「仕官をなさるおつもりはありませんか」

「仕官？」

思わず訊き返した。

「幕府に天文方《てんもんかた》という役職があるそうです。ご存じありませんか」

「いや、初耳だ」

「手前も旅の御師《おんし》から聞いて知ったことなんですが……」

御師とは、平安末期のころに発生した祈禱師《きとうし》のことで、貴族や武士、一般庶民にいたるまで広く檀家《だんか》を持ち、それらの家々をたずね歩いてはお祓《はら》いや祈禱をした。

『嶋屋』に出入りしている御師は、俗に「おんじ」と呼ばれる伊勢の御師で、毎年新しいお祓筥《はらいばこ》を持ってきて、古いお祓筥を捨ててゆくのがならわしとなっていた。これが転じて、使用人を免職したときなどに「お払い箱」というようになったのである。

伊勢の御師がお祓筥とともに配った土産物の中でも、とくに檀家の人々からよろこばれたのは伊勢で作られた賦暦《くばりごよみ》——いわゆる「伊勢暦《ごよみ》」である。この暦が全国に普及し、江戸時代の代表的な頒暦《はんれき》に成長したのは、御師の力によるところが大きい。

享保《きょうほう》年間（一七一六—一七三五）の記録によれば、伊勢の暦師は二十余人を数え、その発行部数は二百万部におよんだという。

陰陽道《おんみょうどう》の総本社・土御門《つちみかど》家の支配下にある伊勢の御師は、陰陽道のみならず暦学や天文学にも精通していた。

「これも御師から聞いた話なんですがね」

茂兵衛がつづける。

幕府の天文方には「天文改方」という事務職があり、数人の和算家たちが暦作に必要な朔望《さくぼう》や二十四気《にじゅうしき》、日月食などの天文学的計算業務に従事しているという。

「つまり」

猪口の酒をぐびりと飲みほして、藤十郎が顔をあげた。

「仕官というのはそのことか」

「はい。先生ほどの算学の達者なら、決して仕官も夢ではありません。このさい思い切って江戸に行かれたらどうですか？」

「江戸か……」

「いつまでもこんな片田舎でくすぶっていたのでは、先生の才も宝の持ち腐れ、もったいのうございますよ」

酌をしながら、茂兵衛がしみじみという。まるで不肖の息子をさとすような口調である。

「考えてみよう」

気のなさそうな返事だったが、そのじつ藤十郎の心は大きく揺れ動いていた。

5

年が明けて、嘉永六年二月——。

江戸麹町《こうじまち》三丁目の坂道を、重い足取りで下りてゆく旅装の男がいた。菅《すげ》の一文字笠、埃《ほこり》まみれの衣服、草鞋《わらじ》はぼろぼろにすり切れ、見るからに長旅をしてきたという感じである。坂を下りきったところで男は足をとめ、菅笠のふちを押し上げて四辺を見回した。

藤十郎だった。

道の両側には旗本や御家人の拝領屋敷が立ち並んでいる。茂兵衛の話によると、このあたりに幕府天文方・山路《やまじ》なにがしの屋敷があるらしい。

すでに暮色が迫っていた。

往来には人影ひとつなく、物寂しい静寂があたりを領している。

しばらくその場に佇《たたず》んであたりを見回していると、路地の奥から商人ふうの中年男が出てきた。手に大福帳をぶら下げている。どこかの屋敷に出入りしている御用聞きであろう。その男を呼び止めて山路の屋敷を訊《たず》ねた。男はいま出てきた路地をふり返り、

「山路さまのお屋敷でしたら、この路地の突き当たりです」

と指さした。

「ついでに訊くが、ご当主の名は何と申す？」

「山路弥左衛門諧孝《やざえもんゆきたか》さまと申します」

「公儀の天文方をつとめられていると聞いたが、間違いないな」

「相違ございません」

「そうか」

男に礼をいって藤十郎は路地に足を踏み入れた。一丁（約百メートル）も歩かぬうちに、正面に堂々たる冠木門《かぶきもん》が見えた。門扉《もんぴ》は固く閉ざされている。藤十郎はためらうように門前で足をとめた。

幕府天文方は二百俵高の歴とした旗本である。何のつても口添えもなしに、いきなり門を叩くのはさすがに気が引けた。二、三度足踏みをして呼吸をととのえ、思い切って門を叩いた。力が入ったせいか、自分でも驚くほど大きな音がした。ややあって敷石を踏む足音が聞こえた。

じっと息をつめて待っていると、きしみ音を発して門扉が開き、若党《わかとう》らしき侍がうっそりと姿を現した。歳のころは二十三、四。目のつり上がった狷介《けんかい》な感じの若侍である。

「何用だ」

物いいも横柄だ。こんな若僧に見下されてたまるかと、藤十郎も精一杯の虚勢をはった。

「山路弥左衛門さまに御意を願いたい」

「そこもとの名を訊こう」

「野州・都賀郡《つがごおり》の算士・藤岡藤十郎と申す」

「算士？」

侍は蛇のような陰険な目で藤十郎の顔をねめまわしながら、鼻でせせら笑った。

「なんだ。物乞いか」

「ぶ、無礼な！」

藤十郎の怒りが爆発した。

「わしは仕官しに来たのだ。物乞いとは言葉がすぎるぞ」

「職を乞うのも、物を乞うのも同じことではないか」

侍は冷笑した。

「話にならん。おぬしのような家来を持つあるじもたかが知れていよう。仕官の話はこっちから願い下げだ」

吐き捨てるようにいって、藤十郎は憤然と踵《きびす》を返した。その背に侍の怒声が飛んだ。

「待て！」

ふり向いた瞬間、藤十郎は思わず瞠目《どうもく》した。侍が刀を抜いて立っている。

「拙者《せっしゃ》のことはともかく、あるじへの罵詈雑言《ばりぞうごん》は許せん」

「売り言葉に買い言葉だ」

「問答無用！」

猛然と斬りかかってきた。すさまじい勢いで振りおろされた切っ先を、どうかわしたのか藤十郎は憶えていない。ほとんど無意識に横に跳んでいた。切っ先が空を切って、侍の体は大きく前にのめった。と同時に藤十郎は侍の首根に手刀《てがたな》の一撃をくれていた。これもまったく無意識裡《り》の動作だった。気がつくと侍の体は朽木《くちき》のように音を立てて地面に倒れ伏していた。

いつの間にか、宵闇が江戸の町をつつみ込んでいた。

藤十郎は網の目のように入り組んだ路地を歩いていた。その場所がどこなのか皆目見当もつかない。西へ向かっているのか、東へ向かっているのか、方角さえもわからなかった。

当てもなく歩いているうちに、隠微《いんび》な灯りに彩られた盛り場に出た。路地には煮炊きの煙が立ち込め、得体のしれぬ男たちがひっきりなしに行き交っていた。くわえ楊枝《ようじ》の浪人者、肩をいからせて歩いてゆく破落戸《ごろつき》ふうの男、泥酔した人足もいれば、通行人に物乞いをしている願人坊主《がんにんぼうず》もいる。

藤十郎は知らなかったが、この町は神田橋本町といい、かつては願人坊主の巣窟《そうくつ》として知られた場所だった。願人坊主というのは、文字どおり僧籍を願う半俗半僧のことだが、実態は物乞い専門の乞食《こじき》坊主にすぎなかった。幕末になると願人坊主のみならず、諸国から食いつめ浪人やつぶれ百姓たちが流れ込んできて、この一帯はスラム化していった。橋本町と聞いただけで、善良な市民が眉をひそめる江戸屈指の悪所である。

路地の一角の居酒屋に足を踏み入れた。

男たちの体臭や人いきれ、酒や肴《さかな》の匂いがむっと鼻をつく。藤十郎は店の一隅に空いた席を見つけて腰をおろし、小女《こおんな》に燗酒と芋《いも》の煮物を注文した。

(物乞い、か……)

改めて怒りが込みあげてきた。先刻の若党の言葉にである。だが、冷静に考えてみると、あの若党の横柄な態度にもそれなりの理由があるような気がした。

おそらく山路家には藤十郎のような遊歴算家が、仕官の途を求めて連日のようにやってくるのだろう。そのつど若党はあのような無礼な言葉を吐いて門前払いにしたに違いない。いい換えれば、遊歴算家とはその程度の存在でしかないということでもある。

（今日までおれは何をしてきたのだろう）

何もかもが虚しかった。算家としての自信と矜持《きょうじ》が音を立てて崩れていく。

「いいですかい？」

ふいに背後で声がした。ふり返って見ると、肩幅の広い、ずんぐりとした男が立っていた。相席《あいせき》をしてもいいか、と訊いているのである。

「ああ」

「失礼いたしやす」

にっ、と笑って男は前に座った。

歳のころは二十四、五。目が細く、頬骨の張った、見るからに日当たりの悪そうな面がまえの男である。この店の常連なのか、注文もしないのにすぐ酒が運ばれてきた。

「お近づきのしるしに、一杯」

なれなれしげに男が徳利を差し出した。藤十郎は黙ってそれを受けた。

「あっしは野州無宿の富蔵と申しやす」

「野州？……そいつは奇遇だな」

「と申しやすと、旦那も？」

「都賀郡の出だ」

「へえ」

男が意外そうな目で見返した。

「おまえは？」

「犬塚《いぬづか》村です」

「いつ江戸に出てきたのだ」

「もう五年になりやす。旦那は」

「今日、出てきたばかりだ」

「仕事ですかい」

「まあな」

と、あいまいに応えて、藤十郎は酒を飲みほした。

「宿は決まってるんですかい」

「いや。もし知っているところがあれば紹介してもらいたい」

「おやすい御用で」

富蔵の紹介で、その夜は橋本町からほど近い馬喰《ばくろ》町の『升屋《ますや》』という旅人宿に泊まった。

翌朝、富蔵が宿をたずねてきた。江戸は初めてという藤十郎に案内役を買って出たのである。その日は上野山下、湯島、浅草と見てまわり、夕刻、宿の近くの小料理屋で酒を飲んで別れた。

翌日も、富蔵はやってきた。当初、藤十郎は富蔵のなれなれしさに少なからず警戒心をいだいていたが、付き合ってみると存外気のいい男で、江戸に不慣れな藤十郎の面倒をよくみてくれた。

「おれに付き合っても何の得にもなるまい」

酒を酌みかわしながら、藤十郎がからかい半分にそういうと、富蔵は屈託なく笑って、

「同郷のよしみってやつでさ」

「人がいいんだな、おまえは」

「いいえ、旦那が思ってるほど、あっしは善人じゃありやせんぜ」

「どういうことだ？」

「これを見ておくんなさい」

といって、富蔵は袖をまくって見せた。丸太のような二の腕に幅三分（約九ミリ）ほどの火傷《やけど》の痕《あと》があった。入れ墨を焼き消した痕である。

「墨を入れられたのか」

「へい。博奕《ばくち》のいざこざで喧嘩沙汰を起こしやしてね」

「世の中には入れ墨者なんて掃いて捨てるほどいるんだぜ。何も焼き消すことはねえだろう」

藤十郎も伝法《でんぽう》な口調になっている。

「どうしても消さなきゃならねえ事情《わけ》があったんですよ」

「というと……？」

「ちょっとした手づるがありやしてね。御天守番頭《ごてんしゅばんがしら》・今井右左橘《いまいうさきつ》さまの御用人から中間《ちゅうげん》奉公の口がかかったんです」

　御天守番とは、江戸城本丸の天守台を警備する役職である。天守閣は明暦三年（一六五七）の大火で消失し、それ以来再建されずに石垣だけが残っていたが、天守番の制は依然としてつづき、幕末におよんだ。天守番頭は役高四百石、定員四名。配下に十数人の天守番衆がいる。

「で、召し抱えになったのか」

　猪口の酒をなめながら、藤十郎が訊く。

「今井さまのお屋敷には二年ほど勤めやした」

「二年？……なぜやめたんだ？」

「これですよ」

　富蔵は苦笑を浮かべて、壺《つぼ》をふる手真似《てまね》をして見せた。

「博奕か」

「お屋敷の中間部屋で手なぐさみをしたのがばれちまいましてね」

はやい話、首になったのである。

「いまは何をやってるんだ？」

「深川の口入れ屋で働いておりやす」

口入れ屋とは、現代《いま》でいう私設職業斡旋所《あっせんじょ》のことである。「桂庵《けいあん》」「人宿《ひとやど》」ともいう。

「ところで」

と富蔵が訊き返す。

「旦那は何をなさってるんで？」

算法家——といっても、この男にはわかるまいと思い、簡単な和算の説明からはじめ、郷里を出たいきさつや旅の話、仕官の途を求めて江戸に出てきたこと、天文方・山路弥左衛門の門を叩いたが、若党から「物乞い」呼ばわりされて門前払いされたことなどを手みじかに語り聞かせた。

「そいつは散々でしたね」

富蔵が同情するようにいう。

「だが、逆におれの腹は固まった」

「逆に？」

「こうなったら意地でも仕官の途を得て、あの若僧を見返してやる」

かっ、と虚空を見すえた藤十郎の目に、瞋恚《しんい》の炎が燃え立っている。その炎の奥には山路家の若党のあの陰険な顔がゆらいでいた。

「旦那」

富蔵が身を乗り出した。

「どうしても侍になりてえとおっしゃるなら、手はありやすぜ」

「手？」

「株を買うんですよ。侍の株を」

「侍に株なんかあるのか」

それがあるのだ。

もちろん軽格の侍にかぎったことだが、株で武士の分限《ぶげん》が売買されていたのは事実である。これにはさまざまな規約があり、誰でも買えるというわけではなかったが、闇のルートを使えば比較的容易に手に入れることができた。闇の取り引きの場合は、武士の分限を売り買いするというよりも、身分に付随する「俸禄《ほうろく》」が売買された、といったほうが正確であろう。

富蔵が持ちかけたのは、徳川御三卿《ごさんきょう》の一つ、田安家の御小人《おこびと》株の話だった。御小人とは、主君の外出時の警備や、諸役人の供をする役目をいい、俸禄は十五俵一人扶持《いちにんぶち》である。

「知り合いから聞いた話なんですがね。御小人株を手放して隠居したいといってる者がいるそうなんで」

「いくらで売るといってるんだ?」

「二十五両です」

これは決して高い額ではなかった。当時、幕臣の同心株が二百両、御徒《おかち》株が五百両、与力株にいたっては千両もしたという。

藤十郎はすかさず腹の中で金勘定をした。藤岡宿を出るとき、嶋屋茂兵衛からひと月分の教授料三十両と餞別《せんべつ》五両をもらった。そのうち五両あまりを路用に使ったが、手元にはまだ三十両ちかい金が残っている。

「よし、その株、買おうじゃねえか」

一も二もなく、藤十郎はその話に乗った。

第二章　品川狂躁

1

御三卿《ごさんきょう》の田安家は大名というより、将軍家の扶養《ふよう》家族といったおもむきが強い。

家老以下の重臣たちは、すべて幕府から差し向けられた旗本で、家禄《かろく》も幕府から支給されていた。田安家が直接俸禄を支給して雇っているのは「お抱え者」と呼ばれる下級武士だけである。

田安家には二十数人の御小人衆《おこびとしゅう》がいた。その多くは藤十郎と同じように株の売買で分限《ぶげん》を得た「お抱え者」たちだった。

御小人衆のおもな任務は、主君・慶頼《よしより》公の外出時の警備や、諸役重臣の供とされていたが、実際には御三卿の当主は江戸城に出仕する義務がなく、特別の典礼や行事以外、屋敷を出ることはなかった。したがって、仕事といえば邸内の見回りや庭の掃除、殿舎の営繕《えいぜん》といった雑用ばかりで、一日の大半は詰所で茶を飲んだり、洒落本《しゃれぼん》を読んだり、将棋を差したりして無聊《ぶりょう》をかこっていた。

このところ詰所内では、一番二十文の賭け将棋が流行《はや》っていた。誰かが、

「ひと勝負やらんか」

と声をかければ、

「おう」

と必ず応じる者がいた。

勝負に負けた者は熱くなって、また別の相手を探す。そのうち新参者の藤十郎にも声がかかるようになった。将棋は子供のころ、父や兄たちと遊びでやった程度である。はじめは負けつづけたが、勝負を重ねていくうちに相手の数手先が読めるようになった。算学の解法と将棋の差し手はどこか通じるものがある。そう気づいたときから、ふしぎと負けなくなった。

「藤岡さんは強い。飛車角二枚落ちでも勝てん」

いつしか仲間内でそんな評判が立つほど腕を上げていた。だが、強くなればなったで、

「よし、おれが」

と、むきになって挑んでくる者もいる。

この日も、邸内の見回りを終えたあと、藤十郎は古参の朋輩《ほうばい》の挑戦を受けて将棋盤に向かっていた。序盤こそほぼ互角の戦いだったが、相手の防御の一角が崩れた瞬間に、勝負の趨勢《すうせい》は一気に藤十郎にかたむいた。しばらく黙考していた朋輩が大きくため息をついて、

「まいった」

と手駒を投げ出したときである。詰所の戸が開いて、東小門の門番が顔をのぞかせ、

「藤岡さん、来客です」

と告げた。

誰だろう、とけげんに思いながら東小門に行ってみると、門のわきの暗がりに富蔵が立っていた。以前より小ざっぱりした身なりをしている。

「よう、久しぶりだな」

富蔵とは半月ぶりの再会だった。

「旦那もお元気そうで」

「まあな。何か用か」

「そこらへんで一杯やりませんか」

「いいだろう」

そのまま富蔵と連れ立って屋敷を出た。

「お屋敷勤めには慣れやしたか」

歩きながら富蔵が訊く。

「慣れるには慣れたが、退屈で仕方がねえ」

「と思って、お誘いしたんです。今夜はあっしが大盤振る舞いいたしやすよ」

黄色い歯を見せて、にっと笑った。

「何かいいことでもあったのか」

「乞食《こじき》の晩酌ってやつでさ」

「なんだ、それは」

「年に一度ぐらいは旨《うま》い酒にありつけるってことですよ」

「なるほど」

合点がいった。博奕《ばくち》で儲《もう》けたに違いない。

「どういう風の吹きまわしか、今日はツキにツキまくりやしてね」

笑いが止まらぬといった感じで、富蔵は懐中の小判をちゃりちゃりと鳴らした。

「どこへ行く？」

「ま、あっしについてきておくんなさい」

富蔵は小躍りするように足を早めた。

すでに日はとっぷり暮れている。春だというのに頰《ほお》をねぶる風が凍えるように冷たい。

　四半刻（三十分）も歩いただろうか。道は神田川の土手に突き当たった。土手道を登って昌平橋《しょうへいばし》のほうへ歩いてゆく。橋のたもとに舟着場があり、提灯《ちょうちん》をともした猪《ちょ》牙舟《きぶね》がもやってあった。

「舟に乗るのか」

「へえ」

　富蔵が先に舟に乗り込み、船頭に、

「吉原《なか》にやってくれ」

といった。もちろん、藤十郎は「なか」という場所を知らない。何かの符丁だろうと思い、訊こうともしなかった。舟に乗り込むと、船頭が二人に煙草盆《たばこぼん》を差し出し、ゆっくり舟を押し出した。

　二人を乗せた猪牙舟は昌平橋から和泉《いずみ》橋、新《あたら》シ橋、浅草御門橋を経由して、大川《おおかわ》に出た。闇の奥に無数の灯影《ほかげ》がきらめいている。対岸の本所《ほんじょ》の街灯《まちあか》りである。その灯りが漁火《いさりび》のようにはるか彼方に見えたので、藤十郎は一瞬、

（海に出たか）

　と思ったが、右手の闇ににじむ両国《りょうごく》橋の巨大な影を見て、はじめて川だとわかった。

　これほどの大河を藤十郎はかつて見たことがなかった。上州・倉賀野《くらがの》宿を流れてい

た烏川《からすがわ》も、せいぜいこの川の三分の一ぐらいの川幅である。

漆黒の闇に塗りこめられた川面《かわも》を、色とりどりの明かりをともした大小の船が絶え間なく行き来している。なにもかもが、まるで夢の中のような光景だった。

藤十郎は舟べりにもたれて、惚《ほう》けたように河畔の夜景に見とれていた。富蔵は胴《どう》の間《ま》に横になって煙管《キセル》をくゆらせている。

猪牙舟は大川を遡行《そこう》して吾妻《あずま》橋をくぐり、やがて舳先《へさき》を左に向けて、掘割に入っていった。この堀は俚俗《りぞく》に「山谷堀《さんやぼり》」といい、もっぱら吉原通いの舟運《しゅううん》に使われていた。

「着きやしたぜ」

舟が止まったのは、山谷堀の南岸、山川町の舟着場だった。


四辺はまったくの闇だった。

その闇の中に真っすぐ道がつづいている。俗に「日本堤《にほんづつみ》」と呼ばれる土手道である。

富蔵は慣れた足取りでずんずん先を歩いてゆく。ほどなく左に折れる坂道に足を向けた。だらだらと三曲《みま》がりに曲がるこの坂道を「衣紋坂《えもんざか》」といった。

突然、藤十郎の視界におびただしい明かりが飛び込んできた。

「なんだ、あの明かりは」

「あれが吉原ってとこですよ」

「…………」

藤十郎は絶句した。まるで暗黒の海に浮かぶ光の浮島だった。夜風にのって、かすかな絃歌《げんか》のさんざめきが、潮騒《しおさい》のように聴こえてくる。

「さ、急ぎやしょう」

茫然と立ちすくむ藤十郎をうながして、富蔵は歩度を速めた。

衣紋坂を下りてしばらく行くと、正面に大身旗本の門構えを思わせる黒塗り屋根付きの冠木門《かぶきもん》が見えた。通称「大門《おおもん》」。この門をくぐって廓《くるわ》の中に一歩足を踏み入れると、そこは文字どおりの別天地だった。藤十郎がまず目をうばわれたのは、昼をあざむかんばかりの明かりの洪水だった。雪洞《ぼんぼり》があり、軒行燈《のきあんどん》があり、提灯があり、誰《た》そや行燈があった。

通りの両側には二階建ての大見世《おおみせ》が軒をつらね、朱塗りの細い格子の中では、きらびやかに着飾った遊女たちが、艶冶《えんや》な笑みを浮かべて男たちをさそっている。

「旦那」

富蔵の声で我に返った。

いつの間にか妓楼《ぎろう》の前に立っていた。『喜久万字屋《きくまんじや》』という半籬《はんまがき》（中級）の見世である。柿色の暖簾《のれん》を割って中に入ると、内所《ないしょ》から四十がらみの楼主が出てきて、

「やあ、富蔵さん、ようこそおいでくださいました」

と愛想笑いを浮かべて出迎えた。遊女屋のあるじにしては骨っぽい面立ちをしている。この男、名を杢二郎《もくじろう》といい、御家人《ごけにん》から吉原の楼主になったという変わり種だった。富蔵が藤十郎を紹介すると、杢二郎は丁重に挨拶《あいさつ》を返して、

「お差料《さしりょう》を預からせていただきます」

といった。武士が登楼《とうろう》するさいは、内所に刀を預けるのが吉原のしきたりなのだ。

二人は二階座敷に通された。ほどなく豪勢な酒肴《しゅこう》の膳が運ばれてきた。肴《さかな》は、あわび、帆立《ほた》て煮、かまぼこ、玉ずさ牛蒡《ごぼう》、こはく玉子、塩ぜんまいなど、山海の珍味の盛り合わせである。

「こいつは豪勢だな」

「遠慮なく召し上がっておくんなさい」

富蔵が酌をする。立てつづけに三杯ほど飲みほしたところで、藤十郎はふと酒杯を持つ手をとめて、探るように富蔵の顔を見た。

「それにしてもわからんな」

「何がですかい?」

「なぜ、おれにこんなに気を使ってくれるんだ」

「ですから……」

と、いいかけるのへ、

「同郷のよしみだけじゃねえだろう。ほかに何か理由《わけ》があるはずだ。正直に話してくれ」

「それが、その……」

富蔵は照れるように頭をかいた。

「旦那は……、他人のような気がしねえんですよ」

「というと？」

「どことなく死んだ兄貴に似てるような気がしやしてね」

「ほう」

富蔵は、野州・犬塚村の水呑み百姓の次男である。兄妹《きょうだい》は六人。上に兄ひとり、下に四人の妹がいた。兄の名は惣助《そうすけ》。文政八年の生まれというから、歳も藤十郎とまったく同じである。

惣助が非業《ひごう》の死をとげたのは、六年前の弘化四年（一八四七）だった。その年は日本各地で天変地異が相次いだ、と記録にある。一月には天草《あまくさ》で大がかりな一揆《いっき》が起き、三月には信濃・善光寺平《ぜんこうじだいら》で大地震が発生、その余震もおさまらぬうちに浅間山が噴火した。四月には美濃・山城《やましろ》が大洪水に見舞われ、五月は越後・高田で大火災、六月、肥後で洪水、七月、和歌山、越前で大暴風雨……、と数えあげたら枚挙にいとまがない。

野州各地も例外ではなかった。六月から七月にかけて霖雨《りんう》がつづき、日照不足のために稲作は甚大な被害をうけた。困窮した百姓たちは「借財多分ニ付難渋之旨《なんじゅうのむね》」を代官所に訴えて、年貢米の軽減を願い出たが、そうした嘆願書は代官までとどかぬうちに、役人の手でひそかに破棄されたり、焼き捨てられたりして、何の効果も上がらなかった。

これに業《ごう》を煮やした惣助は、近隣三カ村の百姓たちを集めて一揆を企てた。ところが蜂起《ほうき》前夜、仲間内から密告者が出て、惣助は代官手代《てだい》に斬殺《ざんさつ》され、一揆は失敗に終わった。その罪に連座して富蔵一家も離散の憂《う》き目にあったのである。

「それから一年ばかりあちこちを転々としたあと、五年前に江戸に流れてきやしてね。日雇いや物売りをしながら細々と口すぎをしてきたってわけで」

そういって、富蔵は苦々しく盃《さかずき》の酒を飲みほした。

六年前の大凶作のことは、藤十郎の記憶にも新しい。

都賀郡一帯でも百姓たちの不穏《ふおん》な動きがあり、それを監視するために父や兄たちと郷廻《ごうまわ》り（巡回）に歩いたことがあった。地域こそ異なるが、当時は富蔵たちと敵対する立場にいたのである。それを考えると、何やら複雑な思いが込み上げてくる。

「それにしても……」

気を取り直すように、藤十郎が話題を変えた。

「江戸ってところは奇妙な町だな」

「と申しやすと？」

「金で武士の身分を買うこともできるし、おまえのような無宿者《やどなし》でも大手を振って生きていける。じつに奇妙な町だ」

「ですから、他国《よそ》で食いっぱぐれた連中がみんな江戸に流れ込んでくるんですよ。……旦那、あっしとはじめて出会った場所を憶《おぼ》えておりやすか」

「たしか、神田橋本町といったな」

藤十郎の脳裏に、得体のしれぬ浪人や破落戸《ごろつき》ふうの男、薄汚れた人足風情や願人坊主などがたむろする、あの猥雑《わいざつ》な盛り場の光景がよぎった。

「あれが江戸の本当の姿なんで」

「まさに諸国の吹き溜まりだな」

かと思えば、この吉原のように紅灯緑酒《こうとうりょくしゅ》の、きらびやかな世界が一方にはある。まさに江戸は光と闇《やみ》、富貴《ふうき》と貧賤《ひんせん》、爛熟《らんじゅく》と頽廃《たいはい》が混在する町なのだ。そして、その棲《す》み分けを決めるのは「運」と「金」だ、と富蔵はいう。

「運がなきゃ金はつかめねえし、金がなきゃいい夢は見られやせんからねえ」

「まあな」

うなずいて、酒を注ごうとすると、

「酒はこのへんにして、そろそろお楽しみといきやしょうか」

富蔵がパンパンと手を叩いた。

ほどなく襖《ふすま》が開いて、着飾った二人の遊女がしんなりと入ってきた。その瞬間、

（あっ）

藤十郎の顔が硬直した。遊女の一人が高崎の『桃源楼』の茶屋女・お甲にそっくりだったからである。いや、まぎれもなくその妓《おんな》はお甲だった。

2

「いらっしゃいまし」

遊女は能面のように冷やかな表情で、敷居《しきい》ぎわに両膝をそろえて深々と頭を下げた。もう一人は富蔵のなじみの敵娼《あいかた》らしく、いかにもなれなれしげに富蔵の手をとって、

「では、ごゆるりと」

そそくさと隣室に入っていった。ぴしゃりと襖が閉まるのを見て、

「綾乃《あやの》と申します。よろしゅうごひいきのほどを」

そういって、遊女は立ち上がり、富蔵たちの部屋とは反対側の襖を引き開けた。二つ枕の豪華な夜具がしきのべられている。

「お召し物をお脱ぎなんし」

　廓《くるわ》言葉を使っているが、その声にも聞き覚えがあった。うながされるまま、藤十郎は憑《つ》かれたように衣服を脱いだ。綾乃はもう全裸になって夜具の上に横たわっている。

　白磁《はくじ》のように白くつややかな肌。たわわな乳房、くびれた腰、肉《しし》づきのいい太腿《ふともも》。股間《こかん》にふさふさと茂る秘毛。疑うまでもなく、そのすべてがお甲だった。

「お甲……」

　ためらうように藤十郎が声をかけた。

「おまえは……、お甲なんだな?」

「ふっふふふ」

　綾乃が小さく微笑《わら》った。否定も肯定もしない。ただ笑っているだけである。

「教えてくれ。なぜおまえはこんなところにいるんだ?」

　せき込むように訊いた。一拍の間があって、

「男に騙《だま》されたんですよ」

　綾乃がずけりといった。声の調子も言葉つきもがらりと変わっている。

「駈け落ちした相手にか?」

「羽振りのいい生糸の仲買人だと聞いていたんですがね。とんだ食わせ者でしたよ」

男は佐吉《さきち》と名乗った。歳は三十二。歌舞伎の和事《わごと》役者のように色が白く、目元の涼しげなやさ男だった。そもそも駈け落ち話を持ちかけてきたのは、佐吉のほうだった。

——おれは江戸の浅草に店を構えている。女房とは二年前に死に別れた。その女房が長患《ながわずら》いをしていたので、子はいない。おれの後添《のちぞ》えになってくれれば、一生安楽な暮しをさせてやる。

それが佐吉の殺し文句だった。

「そんな話にまんまと乗せられたあたしが馬鹿だったんです。江戸に着いて真っ先に連れてこられたのが、ここでした」

「売り飛ばされたってわけか」

「五十両でね。年季は十年」

「十年！」

「それまで、この体がもつかどうか……」

ふっと吐息をついて、綾乃は切なげに目を伏せた。長い睫毛《まつげ》がかすかにふるえている。

「お甲……、いや、綾乃」

藤十郎は、綾乃の頬に両手をあてがって、そっと唇をかさねた。綾乃のたおやかな腕が藤十郎の首にからみつく。むさぼるように口を吸った。甘い馥郁《ふくいく》たる香りが口中に広がる。懐かしい香りだった。口を吸いながら、綾乃の胸に手をやって、ゆっくり乳房をもみしだいた。やわらかく弾力のあるふくらみ。その感触もひどく懐かしかった。股間に手を伸ばして、はざまを撫で上げる。絹のような手触りの秘毛。小さな突起が指先に触れた。

「あっ」

小さな声をあげて、綾乃はのけぞった。

「抱いて……、もっと強く抱いて」

絶え入るような声を発しながら、藤十郎の背中にしがみついてくる。骨がきしむほどの力だった。藤十郎は秘孔に指先を入れた。そこはもうしとどに濡《ぬ》れそぼっている。肉ひだが熱い。綾乃のしなやかな指が藤十郎の一物をつまむ。猛々《たけだけ》しく屹立《きつりつ》していた。それを秘所にあてがい、やさしく中に誘導する。つるん、と入った。

「ああっ」

綾乃の口から喜悦の声がもれた。両脚を藤十郎の腰に巻きつけて、激しく尻をふる。ふるたびに秘孔の奥の肉ひだが収縮と弛緩《しかん》をくり返す。絶妙の波動が一物を伝わって藤十郎の脳髄《のうずい》を刺激する。綾乃も昇りつめていた。尻の動きがいっそう激しくなる。

電撃のような快感が藤十郎の体を突きぬけた。炸裂《さくれつ》寸前にそれを引きぬいた。綾乃の腹の上に白い泡沫《ほうまつ》が散った。抱き合ったまま、二人はしばらく死んだように動かなかった。

須臾《しゅゆ》のあと、綾乃がふっと目を開けて、ささやくようにいった。

「ふしぎな縁ですね。こんなところで藤十郎の旦那に出逢うなんて」

「まったくだ」

「ねえ、旦那」

綾乃が甘えるような声でいった。

「また来てくれますか」

「ああ」

「必ず、ですよ」

「来る。必ず来る」

「約束」

といって、綾乃は藤十郎の指に小指をからめて微笑《わら》った。ぞっとするほど凄艶《せいえん》な笑みだった。


富蔵の話によると、綾乃の揚げ代は二分（一両の半分）だったという。それに飲み食いの料金を加えて、およそ三分。現代の貨幣価値に換算すると、一人につき七、八万円の金を一晩で使ったことになる。富蔵にとっては大散財だったが、藤十郎はべつにおどろかなかった。高崎に滞在していたころ、それ以上の大金を綾乃に使っていたからである。

（三分なら安いものだ）

田安家の御小人株を買った、残りの五両が手つかずのままある。その金を持って、藤十郎は翌日も吉原に足を向けた。綾乃との約束を果たすというより、綾乃を抱かずにはいられない飢渇感《きかつかん》のようなものが、藤十郎を吉原に駆り立てたのである。

連日、吉原通いがつづいた。その一方で藤十郎は金策を考えていた。いずれ五両の金は底をつく。ひと晩三分ずつ使えば、六日でほぼ消える勘定になる。そのときが綾乃との縁の切れ目なのだ、と思うと胸苦しいほどの切なさと焦燥感《しょうそうかん》が込みあげてくる。

手っとり早く金を稼ぐ法が一つだけあった。

算学である。江戸にも算法好きの〝鴨《かも》〟はいくらでもいるはずだ。そういう連中を手玉にとれば、五両や十両の金はすぐ手に入る。そう思って、藤十郎は勤めのかたわら、市中の神社仏閣をめぐり歩いた。「算額」を探すためである。

意外だったのは、どんな小さな神社や寺院を訪ねても、二面や三面の算額が当たり前のようにかかげられていることだった。それほど江戸には算学愛好家が多いということであろう。そして、これも意外なことだったが、そこに記されている数式や定理は総じてレベルが高かった。

藤十郎の目に留まったのは、日本橋石町《こくちょう》の両替商・伊丹屋清右衛門《いたみやせいえもん》なる者が奉納した算額だった。それを選んだのには、とくに理由があったわけではない。ただ単に、

(両替商なら金離れがいいだろう)

と思っただけである。

その足で日本橋に向かった。

日本橋石町の裏通りには、幕府から下賜《かし》された「時の鐘」の鐘撞堂《かねつきどう》があり、土地の人々はこの通りを鐘撞新道と呼んでいる。鐘撞新道の南側の表通りは大きな商家が櫛比《しっぴ》する問屋街である。その一角に『伊丹屋』はあった。新興の両替屋らしく、店の造りは比較的新しい。

「ごめん」

と勇んで店の中に足を踏み入れた。

帳場で銭勘定をしていた初老の番頭が、如才ない笑みを浮かべて、

「両替でございましょうか」

「主人に取り次ぎを願いたい」

「失礼ですが、あなたさまは?」

「田安慶頼《よしより》卿家来・藤岡藤十郎と申す」

「ご用件は?」

「氷川神社の算額を見た、と伝えてくれ」

「ああ」

番頭の顔から笑みが消えた。

「算学勝負でございましたら、主人はいっさいお受けしておりませんので、どうかお引き取りくださいまし」

言葉つきこそ丁重だが、番頭の目には明らかに軽侮《けいぶ》の色が浮かんでいた。天文方・山路弥左衛門の若党が藤十郎を「物乞い」呼ばわりしたときの、あの目つきに似ていた。

「勝負をしに来たのではない。あの算額には誤りがある。それを指摘しにきたのだ」

憮然《ぶぜん》といい捨てて、藤十郎は足早に店を出た。

あとで知ったことだが、江戸には有名無名の算学塾や算学道場が数かぎりなくあり、武士町人にかかわらず、ほとんどの算学愛好家はそこに通って、日々算学の研鑽《けんさん》に励んでいるという。算学勝負で伝授料や教授料を稼ぎ回っている流浪の算士など、のっけから相手にしていないのだ。

藤十郎の思惑は完全に打ち砕かれた。

ほかに金策の方途はない。手元の金が底をつくのは、もはや時間の問題だった。

徳川家の縁戚《えんせき》・田安右衛門督《うえもんのかみ》慶頼《よしより》卿の家来といえば、いかにも物々しいが、御小人衆の俸禄はわずか十五俵一人扶持《いちにんぶち》にすぎない。

十五俵は年俸、一人扶持は月給に相当する。一人扶持とは、字義どおり一人分の食い扶持のことで、一日につき玄米五合（一カ月で一斗五升）が支給された。年俸の十五俵（五石）に月々の扶持米を加えると年収はおよそ七石。そこから食べる分を引けば、売る米は六石しかない。

時代によって米相場に多少の変動はあるが、一石二両（安政年間の相場）で計算すると、一年の現金収入は十二両、月割りにすればたったの一両である。屋敷内の侍長屋に住んでいるので家賃の心配はないが、この薄禄ではとうてい遊び金までは手が回らない。

思案に暮れながら道を歩いていると、

「旦那」

ふいに背後から声がかかった。

「おう、富蔵か」

「お屋敷にもどるところですかい？」

「ああ」

「風のうわさに聞きやしたが、このところ旦那、だいぶご執心だそうで」

富蔵が意味ありげに笑った。

「何の話だ」

「綾乃って妓《おんな》のことでさ」

「ちょうどいい。そのことでおまえに話がある」

と富蔵を近くのそば屋にさそった。

「じつはな……」

そばをすすりながら、藤十郎は、綾乃が高崎の茶屋にいたことや、佐吉と名乗る男に騙されて吉原に売り飛ばされたことなどを、はじめて富蔵に打ち明けた。話を聞き終えた富蔵が、

「旦那、ひょっとしてあの妓に……？」

と上目づかいに藤十郎の顔をみた。

「惚れた、といったらどうする？」

「べつにどうもしやせんがね。ただ……」

「ただ、何だ？」

「金がかかりやすぜ。吉原の妓は」

「その金を稼ぐために、仕事を探してもらいてえんだ」

「仕事？」

「内職をな」

　この時代の下級武士の内職は、ほとんどが屋内の手内職だった。青山の春慶塗《しゅんけいぬり》や提灯馬作り、巣鴨の羽根細工、山の手一帯の竹細工などがそれである。だが、手内職で稼げる金など高がしれていた。もっとわりのいい仕事を探してくれ、と藤十郎はいう。

「わかりやした。探してみやしょう」

　富蔵は深川の口入れ屋で働いている。職探しはお手のものだ。

　数日後、富蔵が田安邸にやってきて、商《あきな》いをするつもりはないか、と訊いた。

「商い？」

「おでん燗酒《かんざけ》の振り売りです。元手はかからねえし、日銭が入ってきやすから、片手間にやるには打ってつけの商売じゃねえかと」

「稼ぎは？」

「ひと晩売り歩いて七、八百文は堅いそうで」

「そうか。悪い話じゃねえな」

「旦那にその気があるなら、あっしが担《かつ》ぎ屋台を手配しやすよ」

「酒やおでん種はどこで仕入れる？」

「日本橋駿河《するが》町にあっしの行きつけの煮売屋があるんですがね。その店の親父に頼めば万端ととのえてくれやす」

藤十郎はその話に乗った。

ひと晩、八百文の売り上げがあれば、ざっと計算して四日で三分――つまり、四日に一度は吉原に通えるということである。武士の内職としては、決して体裁《ていさい》のいい商売ではなかったが、このさい背に腹はかえられない。

三日後の夜、富蔵に連れられて日本橋駿河町の煮売屋『たぬき』に向かった。店の裏手に真新しい担ぎ屋台がおいてあり、亭主の弥助が用意してくれた燗酒やおでんが湯気を立てていた。

「重たいから、足元にお気をつけなすって」

弥助と富蔵に見送られて、藤十郎は振り売りの一歩を踏み出した。


おでん燗酒、甘いと辛い。

さァさ、あんばいよし。あんばいよし。


この売り声も弥助から教えられた。当初は気恥ずかしくてなかなか声が出せなかったが、十日もすると慣れてきて声もよく透《とお》るようになり、独特の節まわしも板についてきた。慣れるにしたがって売り上げも順調に伸びはじめ、多いときでひと晩に九百文以上稼ぐこともあった。

時のうつろいは早い。

昼間は田安家の屋敷勤め、夜はおでん燗酒売り、そして四日に一度の吉原通い。そんな放逸懶惰《ほういつらんだ》な日々を送るうちに、八カ月あまりがすぎていた。

3

ごおーん、ごおーん……。

日本橋石町の時の鐘が隠々と鳴りひびいている。五ツ（午後八時）を告げる鐘である。

藤十郎は、おでん燗酒の担ぎ屋台を地べたに下ろし、寒さでかじかむ手を七輪の火で温めながら、恨めしげに夜空を仰いだ。利鎌《とがま》のように細い下弦の月が蒼々《あおあお》と耀《かがや》いている。

身も心も凍てつくような寒夜である。

売り物の燗酒を茶碗に注いで、一気に腹に流し込むと、藤十郎はふたたび天秤棒を担いで立ち上がった。『たぬき』を出てから一刻（二時間）ほどたつが、今夜はまだ二百文しか売り上げていない。せめてあと百文は売りたかった。

京橋に足を向けた。

蒼い月明《げつめい》の中に、灯《あか》りを消してひっそりと寝静まった家並みが黒々と軒をつらねている。人影の絶えた道を、数匹の野良犬がじゃれあいながら東のほうに走り去っていった。それを追うように、藤十郎は桶町《おけちょう》の路地を通りぬけ、南伝馬町一丁目の大通りを横切って東側の路地に足を踏み入れた。通称「狩野新道《かのうしんみち》」。この道に幕府の御用画家・狩野家の屋敷があったところから、そう呼ばれた。

狩野新道の東はずれに、ほんのりと明かりをともしている家があった。中からぱんぱんと乾いた音が断続的にひびいてくる。

竹刀《しない》を打ち合う音である。

玄関に『北辰一刀流《ほくしんいっとうりゅう》桶町道場』の門札が下がっている。道場のあるじは千葉定吉《ちばさだきち》。有名な神田お玉ケ池『玄武館《げんぶかん》』の千葉周作《しゅうさく》の弟である。兄・周作の「大千葉」に対して、弟の定吉は「小千葉」、または「桶町千葉」と呼ばれていた。

藤十郎は、屋台を下ろして、道場の武者窓から中をのぞき込んだ。

刺子《さしこ》の稽古着《けいこぎ》をつけた若い男が二人、汗まみれになって激しく打ち合っている。武者窓に顔をよせて道場のすみずみまで見渡したが、立ち合い稽古をしているのはその一組だけだった。

（二人だけか）

藤十郎の目当ては、稽古帰りの門弟たちだった。いつもなら十数人の門弟がいて、帰りがけに必ず三、四人が立ち寄ってくれるのだが、この夜にかぎって一組しかいない。

やや落胆しながらも、藤十郎はしばらくその場を離れなかった。道場の竹刀稽古にしては、あまりにも二人の気迫が真に迫っていたので、思わず見とれてしまったのである。

一人は肩の肉の厚い中背の若い男——千葉定吉の息子・重太郎《じゅうたろう》だった。ふだんは、この重太郎が父の定吉に代わって門弟たちに稽古をつけている。だから藤十郎も顔だけは見知っていた。

だが、もう一人の男ははじめて見る顔だった。

背が高い。五尺八寸（約百七十六センチ）はあろうか。月代《さかやき》を茫々《ぼうぼう》と伸ばし、元結《もとゆ》いの先を長く垂らしている。日焼けした浅黒い顔。鉢が広く、あごが細い。武士とも浪人ともつかぬ奇妙な風体《ふうてい》の男である。年恰好もよくわからなかった。燭台《しょくだい》の明かりの角度によっては、ひどく若く見えることもあるし、ときには三十すぎにも見える。

……と、そのとき、

「とおうッ」

裂帛《れっぱく》の気合とともに、重太郎が面を打ってきた。一毫《いちごう》の隙をついた紫電《しでん》の一振りだったが、次の瞬間、男は一歩跳びすさって、重太郎の竹刀の先を軽くはね上げ、すかさず踏み込んでパンと逆胴《ぎゃくどう》を打った。小気味よいほどの返し技《わざ》である。

重太郎がふっと笑みを浮かべて竹刀を引いた。打ち合っていたときとは別人のように、若々しくさわやかな笑顔である。

「さすが小栗流《おぐりりゅう》目録だな」

「恐れいります」

「今夜はここまでにしよう」

「ありがとうございました」

一礼したあと、男はいきなり首をめぐらせ、

「お前《まん》、そこで何しちょる！」

武者窓に向かって土佐弁で一喝《いっかつ》した。

思わず藤十郎は首をすくめた。

男が竹刀を引っ下げてつかつかと歩みよろうとすると、

「竜《りょう》さん、その男はおでん燗酒売りだよ」

重太郎が恬淡《てんたん》と笑っていった。

「なんだ、振り売りか」

「よかったら、一杯やっていきませんか」

藤十郎が声をかけると、

「うむ。そこで待っちょれ」

いいおいて、男は大股に奥に去ったが、すぐに玄関から姿を現した。木綿《もめん》の粗服に黒羽二重《くろはぶたえ》の羽織、仙台平《せんだいひら》の袴《はかま》をつけている。急いで着替えてきたらしく、襟元《えりもと》がだらしなくはだけている。

「まずは酒をくれ。熱燗でな」

男がぶっきら棒にいった。燗酒を茶碗に注いで差し出すと、男はけげんそうに藤十郎を見て、

「お主《ぬし》、侍か」

「田安慶頼卿の家来・藤岡藤十郎と申す」

「そうか。江戸の侍も大変じゃのう」

「お手前は？」

「わしは土佐郷士《ごうし》・坂本竜馬《さかもとりょうま》と申す」

藤十郎の目には二十五、六と映ったが、このとき竜馬は十八歳になったばかりである。それほど老けた顔をしていたし、物いいも態度もふてぶてしかった。

「じつは、おれも郷士の出なんだ」

七輪《しちりん》に炭を足しながら、藤十郎がいった。

「ほう。郷里《くに》はどこじゃ」

「野州都賀郡《つがごおり》」

「知らんな」

「江戸には公用で？」

「いや、剣術修行じゃ」

といって、竜馬は茶碗を突き出した。なみなみと注いだ酒がもう空になっている。

竜馬が江戸に出てきたのは、今年（嘉永六年）の三月十七日である。このころ、江戸ではちょっとした剣術ブームが起こっていた。武士にかぎらず、町人百姓までが竹刀を担いで道場通いをするという過熱ぶりである。

おかげで江戸の町道場は大繁盛し、最盛期にはその数二百五十を数えたという。中でも北辰一刀流・千葉周作の玄武館、神道無念流《しんとうむねんりゅう》・斎藤弥九郎《やくろう》の練兵館《れんぺいかん》、鏡新明智《きょうしんめいち》流《りゅう》・桃井春蔵《もものいしゅんぞう》の士学館《しがくかん》は「江戸三大道場」といわれ、にわか剣士たちの人気を集めていた。千葉定吉の道場はそれに次ぐ人気の道場で、竜馬のように諸国から剣術修行にやってくる下級武士や浪人があとを絶たなかった。

「うまそうだな」

竜馬がおでん鍋《なべ》をのぞき込んだ。

「芋《いも》と蒟蒻《こんにゃく》をもらおうか」

「芥子《からし》はつけるかい」

「いらん」

「さきほど、あんたの剣の腕を見せてもらったよ。あれは見事な逆胴だった」

「なに、わしの剣技などまだまだ田舎剣法じゃけん、北辰一刀流の大流儀にはおよびもせん」

「しかし、おれにはわからんな」

「何が？」

「こんな時代に剣術を身につけたって、何の役にも立たんだろう」

串刺しの芋をほおばりながら、竜馬がぎろりと見返した。

「おんし、いつ江戸に出てきたんじゃ？」

「今年の春だ」

「じゃ、黒船騒ぎを知ってるじゃろ」

「むろん、知ってる」

「幕府や大名はもう当てにならん。これからは、わしらのような下《した》っ端《ぱ》侍がこの国を支えていかなあかんのじゃ」

「そのための剣術修行ってわけか」

「ああ、こんな時代だからこそ剣術が役に立つ。今度黒船が来たら、わしは艀舟《はしけ》をこぎよせて黒船に乗り込み、夷狄《いてき》を片っぱしから斬り捨てるつもりじゃ」

酒が回ったせいか、鼻息が荒い。

この年の六月、米国のペリー艦隊が浦賀沖に来航したさい、竜馬も土佐藩の警備要員として駆り出され、品川付近の警戒に当たった。それ以来、竜馬は急速に攘夷《じょうい》思想に傾倒していった——といっても、このころの竜馬には思想といえるほどの国家観や世界観はまだなかった。ただ「夷狄討つべし」の一念に若い血が燃えたぎっていただけである。国元の父・八平《はちへい》に宛てた九月二十三日付の手紙にも、

異国船処々に来り候由に候へば
軍《いくさ》も近き内と存じ奉り候
其の節は異国の首を打ち取り
帰国仕《つかまつ》るべく候

と血気盛んな一文を記している。敵の首をとって帰国するとは、夜郎自大《やろうじだい》もはなはだしい。まるで戦国時代の武将気取りではないか。おそらくこの手紙を見て父の八平も苦笑したに違いない。

「あんた一人で斬り込んでいっても勝ち目はないだろう」

藤十郎が揶揄《やゆ》するようにいうと、

「勝ち負けはかかわりない。武士《もののふ》の心意気じゃ」

かっ、と茶碗酒をあおり、

「今夜はよう冷えるのう」

つぶやきながら、竜馬は道場の壁ぎわに立ち、おもむろに袴《はかま》の紐《ひも》をほどきはじめた。

「おい、何するんだ」

「小便」

いうなり、壁に向かって音を立てて尿《いばり》を放ちはじめた。酒を飲むと立ち小便をするのが竜馬の癖《くせ》だったという。藤十郎が呆気《あっけ》にとられて見ていると、放尿を終えた竜馬がもどってきて、

「馳走になった。これで足りるじゃろ」

ふところから一朱銀（二百五十文）を取り出し、無造作に銭笊《ぜにざる》の中に投げ込んだ。

「釣りは？」

「いらん」

首をふって、ふらりと背を返した。

「あんた、宿は……？」

「藩の中屋敷に寄食しておる」

土佐藩の中屋敷は築地《つきじ》にある。千葉定吉の道場からは十丁（約一キロ）の距離である。

「また会おう」

といって、竜馬は闇の中に消えていった。変な男である。だが……、

(おもしろい男だ)

と藤十郎は思った。物いいに少々高慢なところはあったが、決してそれが嫌味ではなかった。飾り気のない、ぶっきら棒な土佐弁も、藤十郎の耳にはむしろ好もしく聞こえた。

(江戸にはいろんなやつがいるもんだ)

『たぬき』にもどる途中、ふと思い立って、藤十郎は日本橋元大工町に足を向けた。元大工町は呉服橋御門の南、呉服町と数寄屋町の間にあり、西側は外濠通りに面している。

町の北側にひときわ宏壮な町家があった。幕府作事《さくじ》方《かた》大棟梁《おおとうりょう》・石丸《いしまる》久《きゅう》兵衛《べえ》の屋敷である。敷地はおよそ四百坪、屋敷の周囲は黒板塀でかこわれている。

作事方配下の大棟梁は、身分は町人だが、二百俵から百石高と小身の旗本並みに遇されていた。幕府の土木工事のさいに職工たちを監督する役目である。その金看板を隠れみのにして、石丸の屋敷の奉公人部屋では、しばしば骰子《さいころ》博奕《ばくち》が行われていた。

藤十郎の目当ては、賭場《とば》に集まる客たちだった。屋敷の裏手の切戸口《きりどぐち》のちかくに担

ぎ屋台を下ろし、板塀の隙間から中の様子をうかがった。奉公人部屋の障子が白く光っている。今夜も賭場が開かれているようだ。塀にもたれてしばらく待っていると、かすかなきしみ音を立てて切戸口が開き、男がこっそりと出てきた。

「旦那、来てやしたか」

富蔵である。藤十郎は待ってましたとばかり、

「どうだ？　中の様子は」

「さっぱりで。いつもの半分しかおりやせんよ」

「この寒さじゃ賭場も上がったりだな」

「ふところも冷える一方で。熱いやつを一杯もらいやしょうか」

藤十郎が燗酒を茶碗に注いで差し出すと、富蔵はそれをなめるように飲みながら、

「あ、そうそう」

と思い出したように、

「賭場に佐吉って野郎が来てやすぜ」

「佐吉？」

「色白のやさ男……。ひょっとしたら、綾乃を騙した〝銀流し〟じゃねえかと」

銀流《しょけん》しとは「まやかし者」という意味の俗語である。

「初見の客か」

「へえ。あっしも今夜はじめて見やした」

「そうか」

佐吉という名を聞いて、藤十郎の胸に、久しく忘れていた怒りの感情がむらむらとわき立った。もしその男が、綾乃を吉原に売り飛ばした「佐吉」だとすれば、綾乃のためというより、おのれ自身のために落とし前をつけなければならない。自分がいま、おでん燗酒売りなどに身を落としているのは、もとはといえば「佐吉」のせいなのだ、という妙な理屈が藤十郎の怒りをかき立てていた。

4

四半刻（三十分）ほどして、切戸口から一人の男が出てきた。茶の羽織、黒襟《くろえり》の広《ひろ》袖《そで》に三尺帯、日和下駄《ひよりげた》をはいた、見るからに遊び人といった派手な身なりの男である。

富蔵の目がちらりと動いた。それを見て、

「おまえはここで待っててくれ」

小声でそういうと、藤十郎は男のあとを追って闇に消えた。

「おい」

元大工町と呉服町との間の榑新道《たるしんみち》に出たところで男を呼びとめると、男はぎくりと足をとめてふり向き、不審そうに藤十郎を見た。なるほど、和事《わごと》役者のように色が白く、端整な面立ちをした男である。年恰好も綾乃の話と符合する。

「佐吉だな」

「は、はい」

「綾乃……、いや、お甲という女を知ってるか」

「お甲！」

男の顔が凍りついた。

「高崎の茶屋にいた女だ」

「な、何のことやら手前にはさっぱり」

「とぼけるな」

一喝して、じりりっと詰めよった。

「貴様、お甲を吉原に売り飛ばして、五十両の金をせしめたそうじゃねえか。その金をそっくり返してもらおうと思ってな」

「お侍さん、妙ないいがかりはやめてもらいやしょうか」

開き直るように、男が薄笑いを浮かべた。

「あっしにはまったく身に覚えのねえことですよ」

「まだ白を切るつもりか」

かっ、となって男の胸ぐらをつかまえようとすると、

「おっと、そうはいかねえぜ」

ひらりと身をかわすなり、男はふところから匕首《あいくち》を抜き放った。

あっ。

となって藤十郎が跳びすさるのと、男が匕首を突いてくるのとが、ほとんど同時だった。間一髪、藤十郎は左に体をひらいて切っ先をかわし、男の襟首をつかまえて思いきり投げ飛ばした。

たたらを踏んで、男の体が前にのめった。そこへ、すかさず背後から躍《おど》りかかり、片手を男の左腋《わき》の下に差し込んで羽交締《はがいじ》めにしながら、右腕を伸ばして匕首をもぎ取った。

「ち、畜生ッ」

わめいた男の顔がストップモーションのようにそのまま硬直し、やがて藤十郎の腕の中でずるずると崩れ落ちていった。匕首が男の脇腹に深々と突き刺さっている。

(殺した！)

一瞬、藤十郎の顔から血の気が引いた。

だが、すぐに思い直した。もとより殺す気は毛頭なかった。もみ合っているうちに、偶然、匕首が男の脇腹に突き刺さっただけである。

（おれのせいじゃねえ。自業自得だ）

腹の中でつぶやきながら、すばやく四囲を見回し、倒れている男のふところに手を入れて、胴巻きをまさぐった。所持金は三両。それをわしづかみにして、藤十郎は逃げるように走り去った。

「旦那、その血は……？」

もどってきた藤十郎を見て、富蔵が思わず声をあげた。着物の袖口にべったりと血が付着している。藤十郎はあわてて屋台の鍋の湯を袖にかけて、手拭いで血を拭きとった。

「佐吉って野郎は？」

「死んだ」

「殺しちまったんですかい」

「匕首を先に抜いたのはあの男だ。もみ合ってるうちに刺さっちまっただけさ」

悪びれるふうもなくそういうと、佐吉から奪った小判を一枚手渡し、

「口止め料だ。行こう」

屋台を担ぎあげて大股に歩き出した。そのあとにつきながら、

「ふっふふ……」

富蔵がふくみ笑いをもらした。

「何がおかしい？」

「これで旦那も本物の悪党になりやしたね」

「貧すれば鈍す、ってやつだ」

藤十郎はほろ苦く笑った。佐吉の死体から三両の金を盗みとったことを自嘲《じちょう》しているのである。われながら卑《いや》しい行為だと思った。

「それより、富蔵」

「へい」

「この商いも先が見えてきた。そろそろ商売替えをしようと思うんだが、ほかにもっと金になるような仕事はねえのか」

「あれば、あっしがやってやすよ」

と半畳《はんじょう》を打ちつつ、ふと思いついたように、

「いっぺん品川に足を延ばしてみやしょうか」

「品川宿に？」

「前々からうわさに聞いていたんですがね。お台場《だいば》の築造工事のおかげで、品川はえらい繁盛してるそうですよ」

その話は、藤十郎も田安家の詰所で朋輩から聞いたことがある。

アメリカ東インド艦隊が浦賀沖を立ち去った六月、幕府は伊豆韮山《にらやま》代官・江川太郎《たろう》

左衛門英龍《ざえもんひでたつ》の献策をうけて、急遽《きゅうきょ》、品川沖十一カ所に砲台（お台場）を築造することを決め、二カ月後の八月に着工した。総工費はおよそ七十五万両。現代の金額に直すと八千億円にのぼる国家的大事業である。

この「お台場特需」によって、品川宿は未曾有《みぞう》の好景気にわいた。諸国から集められた人足の数は五千人に達し、宿場の女郎屋や飯盛旅籠《めしもりはたご》は、連日、祭りのように賑わっているという。富蔵がつとめる口入れ屋からもすでに数十人の人足が送り出されていた。

「連中の日当はいくらだと思いやす？」

「さあな」

「飯付きで一日二百五十文だそうで」

「ほう」

この不景気なご時世に、二百五十文の日当は破格である。

　お台場の土かつぎ先で
　　飯《まま》食って二百と五十
死ぬよか、ましぞよ
　こいつァ、またありがてえ

当時、品川で土運びをしていた人足たちの間で、こんな俗謡が流行《はや》っていた。まるで西部劇のゴールドラッシュを彷彿《ほうふつ》とさせる光景ではないか。

「人が集まるところには金が落ちる。金が落ちるところには必ずうまい話がある。……とあっしはみたんですがね」

「なるほど。さすがに目のつけどころが違うな」

藤十郎がにやりと笑った。

「遊山《ゆさん》がてら行ってみるか」

二日後の午下《ひるさ》がり。藤十郎は、朋輩の目を盗んで田安邸をぬけ出し、日本橋南詰の高札場の前で富蔵と落ち合って、品川に向かった。

一片の雲もない冬晴れである。

師走が近いせいか、街の雰囲気も何となくあわただしい。

芝金杉《かなすぎ》を過ぎたあたりから、にわかに人の流れが激しくなった。

東海道を上り下りする旅人、人足風体の男たち、荷駄《にだ》を積んだ馬、勤番侍《きんばんざむらい》、幕府の役人らしき旅装の武士などがひっきりなしに行き交っている。

高輪《たかなわ》の大木戸をぬけて、八ツ山《やつやま》海岸に出たところで、あたりの景色は一変した。

右手に見える小高い山の斜面に、びっしりと人がへばりついている。よく見ると、それは山の土をけずり取って、モッコで運び下ろしているおびただしい数の人足たちだった。

土ぼこりがもうもうと舞い上がり、山の裾野は霞《かすみ》がかかったようにかすんでいる。

この小高い山は、俗に「八ツ山（一名を大日山ともいう）」と呼ばれ、南につづく御殿山とともに桜の名所とされていた場所だが、いまやその面影は片鱗《へんりん》もなかった。

赤茶けた地肌を無惨《むざん》にさらけ出している八ツ山を見て、

「こいつはひでえや」

富蔵が思わず眉をひそめた。

「聞きしにまさる大普請だな」

藤十郎も瞠目《どうもく》した。

品川沖十一カ所のお台場築造には、三十四万坪の埋め立て用の土砂が必要だったという。その土砂を調達するために八ツ山だけではなく、御殿山の一角や、町裏の高台、東海寺《とうかいじ》の脇往還《わきおうかん》の土などもけずり取られ、道までがすっかり変わってしまっていた。

行く先々に、

「御普請中、此の道筋、廻道の事」

と迂回路《うかいろ》を示す高札が立てられている。

そうやって採取された大量の土砂は、付近の漁民から徴発した二千隻の舟で、八ツ山海岸からお台場の築造現場に運搬された。その作業に駆り出された人足の数は、延べ二百七十万人にのぼったという。土砂の採取現場を監督する請負人や幕府下役人の数を加えると、常時七、八千人の人間がここで働いていたことになる。とにかく人、人、人の大混雑で、歩くのもままならぬありさまだった。そんな街道の様子を『東府年表』は、

「此の頃此の街道、武士の往来、器械の運送、土持ちの傭夫《ようふ》、晨《あさ》より夕にいたるまで此の地に充満して、東西に道をわけ、急混雑いふばかりなし」

と記している。

八ツ半（午後三時）ごろ、ようやく品川本宿《もとじゅく》に着いた。

ここにも人があふれていた。そのほとんどは昼夜交代で明け番になった人足や人夫たちだった。昼間から酒を食らっておだを上げている者もいれば、旅籠の飯盛女をからかっている者もいる。

若い衆を従えて宿場通りを闊歩《かっぽ》している男たちは、人足の差配人や請負元の主人たちであろう。いずれも見るからに羽振りのよさそうな身なりをしている。

辻角の茶店の前で、富蔵が足を止めた。

「ここで一服しやしょうか」

「うむ」

二人は床几《しょうぎ》に腰を下ろして、茶店の老婆に燗酒を注文した。冷たい浜風に吹きさらされてきたので、体が芯まで冷えきっている。熱い燗酒が五臓六腑《ごぞうろっぷ》にしみわたった。

「さて、これからどうする？」

茶碗酒を一気に飲みほして、藤十郎が訊いた。

「あっしの博奕仲間がこの先の南品川で飯屋をやってるんですがね」

「その男に会いに行くのか」

「へい。銭儲けには目端《めはし》のきく男ですから……。旦那はここで待っててておくんなさい」

「おれもそのへんをひと回りしてくる」

「じゃ、半刻（一時間）後にここで待ち合わせやしょう」

いいおいて、富蔵は小走りに走り去った。その姿が雑踏に飲み込まれるのを見届けると、藤十郎はゆっくり腰をあげて、人混みの中に歩を踏み出した。

品川宿は、目黒川を境にして、東海道の北側（江戸寄り）に北品川本宿と歩行《かち》新宿、そして南側に南品川宿、と三つの区域に分かれている。

目黒川河口の船着場にも、数百人の人夫が蟻集《ぎしゅう》していた。そこへ続々と小舟が到着し、栈橋《さんばし》で待機していた人夫たちを満載にすると、ふたたび沖合へと走り去っていった。

彼らは、小田原や伊豆方面から船で運ばれてくる石垣用の石材を、沖合の埋め立て地に荷揚げするために、近郷十二カ村から徴用された荷役人夫たちだった。

石垣用の石材は、採石地で一尺五寸（約四十五センチ）角、長さ二尺五寸（約七十六センチ）と三尺（約九十一センチ）に造材されたもので、約八十万本が五千艘《そう》の石材運搬船で品川沖の埋め立て地に運ばれたという。

藤十郎は目黒川の土手道を上流に向かって歩いていた。

（あれは……？）

ふと足を止めて、前方に目をやった。

川岸に丸太組の大きな小屋が立っている。屋根は板葺《いたぶ》き、太い丸太の柱に羽目板《はめいた》を張りつけただけの急造の小屋だった。巨大な二連の水車が轟音を立てて回っている。米春《こめつき》用の水車小屋にしては建物が大きすぎるし、戸口に積み上げられた荒菰《あらごも》や木炭の山も不審だった。

ときおり職人ふうの男が出てきて、荒菰や木炭を中に運び入れている。藤十郎は立ちすくんだまま、じっとその様子を見ていた。と、そのとき……。

5

背後に人の気配を感じてふり返った。塗り笠をかぶり、ぶっさき羽織に野袴《のばかま》といういでたちの長身の武士が二人、こっちに向かって大股に歩いてくる。

「やァ、おんしは……」

　聞き憶えのある声が飛んできた。塗り笠の下から現れた顔は、坂本竜馬だった。片手に貧乏徳利《びんぼうどっくり》をぶら下げている。

「坂本さんか」

「妙なところで会《お》うたのう。そんなところで何しちょる」

「今日は非番なので、お台場見物に来たんだ。……あんたは？」

「鮫洲《さめず》の下《しも》屋敷からの帰りじゃ」

　土佐藩は、鍛冶橋《かじばし》御門内の本邸（上屋敷）のほかに築地に中屋敷、巣鴨、芝、鮫洲などに下屋敷を持っていた。六月にペリー艦隊が来航したさい、竜馬は警備要員として鮫洲の下屋敷に詰めていたので、このあたりの地理にはくわしい。

「あの小屋は何だと思う？」

　藤十郎が巨大な水車小屋を指さして訊いた。

「ああ、あれか……。あれは公儀の焔硝《えんしょう》（火薬）製造所じゃ。黒船が立ち去ったあと、あわてて建てたそうだが、戦《いくさ》まではとうてい間に合わんじゃろ。公儀のやることは何もかもが後手後手じゃ」

　といって、背後をふり向き、

「武市《たけち》さん、このへんで一服つけようか」

　長身の武士に声をかけた。武市と呼ばれたその武士は、背負っていた風呂敷包みを

解きはずして、土手の枯れ草の上にどかりと腰を下ろした。竜馬もかたわらに腰を下ろし、

「同輩の武市さんじゃ」

と藤十郎に紹介した。

のちに土佐勤王党《きんのうとう》を結成した武市半平太《はんぺいた》である。同輩といっても、歳は竜馬より六つ上の二十四歳である。背丈も竜馬より高い。ゆうに六尺（約百八十センチ）はあるだろう。色白で鼻梁《びりょう》が高く、顎《あご》が張っている。『維新土佐勤王史』には、

「眼に異彩あり。喜怒色《いろ》に見《あら》はれず」

とある。その半平太は風呂敷包みの中から饅頭《まんじゅう》を取り出して、黙々と食っている。じつはこの男、「猪口ひとつ飲むと大酔ひする」ほど酒に弱く、甘いものが大好きなのだ。

かたわらで貧乏徳利の酒を喇叭《らっぱ》飲みにしていた竜馬が、

「おんしも飲むか」

と徳利を差し出した。

「いや、おれはいいい」

藤十郎が断ると、半平太が無造作に饅頭を突き出して、

「じゃ、これを食うかい？」

と、いった。顔に似合わず声が高い。

「いや、結構」

「藤岡さんも野州の郷士だそうじゃ」

竜馬がいった。

「ほう」

半平太がじろりと見た。爬虫類《はちゅうるい》を思わせる冷徹な目である。

「で、いまは？」

「田安家に仕えている」

「すると、おんしも開国派か」

「おれは政事《まつりごと》にはいっさい関心がない」

藤十郎が苦笑していった。

「じゃけん……」

と竜馬が反論する。

「田安家の家来なら無関心ではおられんじゃろ。いずれアメリカと戦《いくさ》が起こる。そのとき、おんしはどうするつもりじゃ」

「酒を飲みながら天命を待つだけさ」

「はっははは」

半平太が、突然、大口を開けて呵々《かか》と笑った。

「おいアザ、聞いたか」

アザとは、竜馬の首すじに特徴的な痣《あざ》があるところからついた綽名《あだな》である。それに対して竜馬は、半平太を「アギ」と呼んでいた。アギとは土佐言葉で顎《あご》のことをいう。

「これこそ兵法《ひょうほう》の極意ではないか」

「兵法だと」

「酒を飲みながら天命を待つとは、すなわち、おのれを死地に陥《おとしい》れ、しかるのち生きるということじゃ。孫子《そんし》もそういっちょる」

「それはおまんの屁《へ》理屈じゃ。話にならん」

口の端に垂れた酒の滴《しずく》を手の甲でぐいと拭《ぬぐ》い取ると、竜馬は憮然と立ち上がり、

「日が暮れる。行こう」

もう歩き出していた。

「藤岡さん、といったな」

風呂敷を包みなおしながら、半平太が、

「おんしとは気が合いそうじゃ。折りがあったら築地の中屋敷に訪ねてきてくれ」

いいおいて、大股に立ち去った。藤十郎は雲突くようなそのうしろ姿を見送りながら、

(土佐には変わり者が多いな)

と思った。


半刻後——。

北品川本宿の茶店にもどった。

富蔵が床几《しょうぎ》に腰を下ろして茶を飲んでいる。

「あ、旦那」

「待たせたな」

「あっしも、いま戻ってきたばかりで」

「何かいい話でもあったか」

「歩きながら話しやしょう」

茶を飲みほして、富蔵が立ち上がった。

陽が西の端《は》にかたむいている。さっきより宿場通りの人混みも増したような気がする。早々と軒燈《のきび》をともしている旅籠や茶屋もあった。留女《とめおんな》たちが甲高い声を張り上げて客を引いている。

「ちょいとやばい話なんですがね」

あたりに気をくばりながら、富蔵が低い声でいった。

「あっしの悪仲間が追剝《おいはぎ》を企《くわだ》ててるそうなんで」

「追剝！」

「おっと、声が高いですぜ」

あわてて周囲を見回し、

「その獲物ってのが、公儀の勘定方《かんじょうかた》の役人でしてね。五日に一度、大金を持って品川陣屋にやってくるそうで」

「それを襲うというのか」

「へえ。どうせその金は、役人どもが自分たちの飲み食いに使っちまう金ですから」

「まさか、その追剝一味に加われというんじゃねえだろうな」

「旦那が承知しねえだろうと思って、断ってきやしたよ」

「そうか。じゃ、いまの話は聞かなかったことにしておこう」

「ところが……」

と、富蔵は小ずるそうな笑みを浮かべて、

「この話にはまだつづきがあるんで」

「つづき？」

「奴らの上前をはねる、ってのはどうですかね？」

藤十郎の足がはたと止まった。何かを探すようにすばやくあたりを見回し、ほどな

くその視野の中に、小粋な造りの料理屋をとらえると、

「酒でも飲みながら、ゆっくり話を聞こう」

と富蔵をうながした。

富蔵の話によると、追剥を企てているのは豆州《ずしゅう》無宿の常松《つねまつ》と子分の与市《よいち》、上総《かずさ》無宿の長五郎《ちょうごろう》と相州《そうしゅう》無宿の直助《なおすけ》の四人。決行は明日の夜だという。

その計画というのは、こうだ。

品川陣屋に公金を運ぶ幕府の勘定方役人は二人。彼らが役所を出て、芝金杉橋にさしかかるのは暮六ツ（午後六時）ごろ――これは首領格の常松の下調べですでにつかんでいた。

二人が橋を渡ったところで、旅人を装った長五郎が道を訊ねるふりをして二人に接近する。その隙に乗じて橋のたもとに身をひそめていた与市と直助が背後から躍りかかり、こん棒で二人の役人を打ちのめす。そこへ見張り役の常松が駆けつけてきて、役人のふところから金包みを奪い、四人は四散する。後刻、常松の情婦《いろ》が住まう芝口三丁目の日陰町《ひかげちょう》の長屋に集結して、金を山分けする。という手はずになっていた。

「役人が持ってる金はいくらぐらいなんだ？」

「四十両は堅い、と奴らは踏んでやす」

「一人十両か、悪い稼ぎじゃねえな」

その金をそっくり横取りしようというのが、富蔵の企みだった。

「旦那が常松の女の長屋に先回りして、逃げ帰った常松から金をふんだくる。その間にあっしは近くの番屋に差口《さしぐち》（密告）する。そこで奴らは一網打尽って寸法でさ」

「おまえも悪知恵の働くやつだ」

といって、藤十郎は薄く笑い、猪口の酒をぐいと飲み下した。その笑みが富蔵への答えであったことはいうまでもない。

翌日の夕刻。

藤十郎は定刻よりやや早めに勤務を切り上げ、田安邸を出た。

向かったのは芝口三丁目の日陰町である。常松の情婦・お紋《もん》が住んでいる長屋は、富蔵から聞いて知っていた。勘兵衛店《かんべえだな》という九尺二間《くしゃくにけん》の裏店《うらだな》である。

日陰町は、東海道筋から一本西へ入った、文字どおり日当たりの悪そうな湿気《しけ》っぽい路地である。この界隈は古着屋や贓物《ぞうぶつ》（盗品）を商う怪しげな小店が多く、昼間は買い物客で混雑するが、さすがにこの時刻になると人影も絶えて、ひっそりと静まり返っている。

その路地の北はずれに勘兵衛店はあった。

夕闇が濃い。

藤十郎は、長屋木戸の前に立って、さり気なく四辺の様子をうかがい、人気のないのを確かめると、ふところから手拭いを取り出して顔をおおい、長屋路地の奥へ歩を運んだ。

奥から二軒目がお紋の家である。

窓の障子に明かりがにじんでいる。

「ごめん」

戸口に立って声をかけると、腰高障子《こしだかしょうじ》にフッと影がさして、心張棒《しんばりぼう》をはずす音が聞こえた。

「どなた?」

声とともに腰高障子がわずかに開いて、女が顔を出した。

厚化粧した二十五、六の蓮《はす》っ葉《ぱ》な感じの女である。

「お紋さんか」

「はい」

と応えた女の顔が、ふいにゆがんだ。藤十郎が当て身を食らわせたのである。声もなく戸口に折り崩れた女を、軽々と抱え起こして土足のまま部屋に上がり込み、枕屏風《まくらびょうぶ》に垂れていた扱《しご》きを取って、女の両手をしばり上げ、手拭いで猿ぐつわを嚙ませた。

部屋のすみに女の体を転がすと、藤十郎は行燈《あんどん》の灯りを吹き消して、戸口のそばの暗がりに腰を下ろした。あとは常松が現れるのを待つだけである。

ほどなく愛宕下《あたごした》の時の鐘が鳴りはじめた。六ツ（午後六時）を告げる鐘である。

いまごろ四人の破落戸《ごろつき》どもが野良犬のように凶暴な牙《きば》をむいて、勘定方役人に襲いかかっているに違いない。そんな光景をぼんやりと思い浮かべながら、藤十郎はひたすら待ちつづけた。

四半刻（三十分）ほどたったときである。長屋路地にひたひたと忍びやかな足音がひびいた。

（来たか）

藤十郎はそっと腰を上げて、鞘《さや》ごと大刀《だいとう》を引き抜き、三和土《たたき》に降り立った。

「お紋」

腰高障子の向こうから、低いだみ声が聞こえた。と同時に、がらりと戸障子が開き、一瞬差し込んだ月明の中に、黒々と髭《ひげ》をたくわえた凶悍《きょうかん》な男の顔が、くっきりと浮かび立った。

常松に違いない。

と見た瞬間、藤十郎はとっさに鞘のまま大刀を薙《な》ぎ上げていた。

がつん、と鈍い音がして、鞘の鐺《こじり》が男の下顎《したあご》を突き上げた。

「うっ」

と、うめいてのけぞったところへ、横殴りの一撃を脾腹《ひばら》に打ちすえた。男はたまらず前のめりに倒れ込み、上がり框《かまち》に這《は》いつくばるように崩れ落ちた。

すかさず男のふところに手を突っ込み、胴巻きの中からずっしりと重みのある袋を取り出した。中身が幕府の公金であることは、金糸綾《きんしあや》の「葵《あおい》」の紋散らしの袋を見れば一目瞭然だった。

袋の中の金子《きんす》をわしづかみにしてふところにねじ込み、空の袋を男のふところに戻した。町方役人が踏み込んできたとき、この袋が常松たちの犯行を裏付ける動かぬ証拠となるからである。

長屋を飛び出すと、藤十郎はその足で、日本橋堀留《ほりどめ》の料亭に向かった。そこで富蔵と落ち合うことになっていたのである。

富蔵は先に来ていて、手酌で飲んでいた。藤十郎の姿を見るなり、

「どうでした？」

せき込むように訊いた。

「ぬかりはねえさ。おまえのほうはどうだ？」

「手はずどおりにやりやしたよ。神明町《しんめい》の番屋の番太郎《ばんたろう》が南の御番所《ごばんしょ》（奉行所）にすっ飛んでいきやしたからね。いまごろ奴らは一網打尽になってるはずで」

「そうか」

ほくそ笑みながら、藤十郎は常松から奪い取った四十両の金子を畳のうえに積み上げ、

「これは、おまえの取り分だ」

と二十両を富蔵の前に差し出した。

第三章　黒船再来

1

情事の余韻を楽しむように、藤十郎は綾乃《あやの》の乳房を片手でやさしくもみしだきながら、ほんのりと薄桃色に染まった乳首を、舌先で愛撫していた。

吉原の妓楼《ぎろう》『喜久万字屋《きくまんじや》』の二階部屋である。

大引《おおび》け（午前二時）はとうにすぎている。いつもならこの時刻になっても、廓内《くるわ》のざわめきは絶えないのだが、この夜にかぎって、水を打ったような静けさがあたりを領していた。

「静かね」

藤十郎の耳元で、綾乃がささやくようにいった。

「鳥が鳴いてるぜ」

「鳥？」

「ああ、閑古鳥《かんこどり》がな」

綾乃がくすっと笑って、

「冷えてきたわ」

全裸のまま立ち上がると、衣桁《いこう》にかけた襦袢《じゅばん》をまとって、からりと障子窓を開けた。

「あら」

外は一面の雪景色である。漆黒《しっこく》の闇に大粒の白い雪が音もなく舞っている。

「雪だわ」

「道理でな」

「飲み直します？」

「ああ」

綾乃は窓の障子を閉めて、隣室の襖《ふすま》を開けた。飲み残した酒や料理の膳部がそのままおいてある。藤十郎は手早く着物をまとって、膳の前に腰を下ろした。

綾乃が獅噛《しがみ》火鉢《ひばち》に炭櫃《すびつ》の炭を足しながら、

「旦那だけですよ。こんな夜にわざわざ足を運んでくれるのは」

小さく微笑《わら》った。

「しばらく無沙汰《ぶさた》していたからな」

「忙しいんですか。おつとめ」

「いや」

と首をふって、銚子に残った冷えた酒を盃に注いでごくりと飲みほし、

「十日ほど前に佐吉って野郎に会ったぜ」

思い出したようにいった。

「佐吉？」

「元大工町の賭場のちかくでな。おまえの名を聞いたとたん、いきなり匕首《あいくち》で切りかかってきやがった。あやうく刺されそうになったが……」

藤十郎は薄く笑った。

「返り討ちにしてやったさ」

「そう」

綾乃はそっけないほど無表情で、

「それにしても奇妙な因縁《いんねん》ですね」

と藤十郎のかたわらにしどけなくにじり寄って、

「この広い江戸で旦那と佐吉が出くわすなんて」

「まったくだ」

「ねえ、旦那」

綾乃が媚《こび》をふくんだ目で、

「あたしに逢いに来てくれるのはうれしいんだけど、今夜かぎりでこの見世《みせ》に来るのはやめてもらえませんかね」

「やめろ、だと？……どういう意味だ、それは」

「お金がもったいないから」

「なんだ、金の心配か」

「そのお金を貯めていけば……」

言葉を切って、綾乃はふっと目を伏せた。

「金を貯めてどうする？」

「あたしの身請金《みうけきん》に」

「なるほど、しかし、気の長い話だな」

「一年……。いえ、たとえ二年かかったとしても、あたしの年季を考えれば短いものですよ」

「その間に、ほかの男に落籍《ひか》されちまったら元も子もねえ」

「いいえ」

綾乃が強くかぶりを振った。

「あたしは、旦那に落籍してもらいたいんですよ」

「綾乃」

「というのは、あたしの勝手な夢ですけどね」

「夢じゃねえさ。おまえの身請金ぐらいは何とかなる」

「当てでもあるんですか」

「すぐにというわけにはいかねえが、いずれ必ず……」

工面する、といいかけて、ためらうようにその言葉を飲み込んだ。確約できるほどの自信がなかったからである。それを見透かしたかのように、綾乃が笑って、

「旦那の気持ちだけ、ちょうだいしておきますよ。お酒、頼みます？」

「ああ」

うなずいて、藤十郎はふらりと立ち上がった。

「どちらへ？」

「厠《かわや》だ」

廊下の襖を引き開けて出ていった。

吉原の妓楼は、客用の厠が二階にあり、遊女用の厠は一階にあった。

二階の厠は廊下の突き当たりにある。入り口に暖簾《のれん》が下がっていて、それを分けて中に入ると、四畳ほどの板敷きがあり、正面が小便所になっていた。三人が横に並んで用を足せる広さである。

先客が一人いた。

おそろしく背の高い武士である。

藤十郎は厠用の駒下駄《こまげた》をはいて、その武士の横に立った。

「藤岡さんではないか」

ふいに武士が甲高い声をあげて、藤十郎を見た。武市半平太《たけちはんぺいた》である。

「武市さん！」

「妙なところで会ったもんじゃのう」

藤十郎は照れ笑いを浮かべて、

「この見世にはよく来るのかい」

「よく、というほどではないが……、五日にいっぺんぐらいはな」

この男、甘いものだけではなく、どうやら女にも目がないようだ。

「まじめくさって何になろう。一生はうたかたの夢よ。ひたすら遊び狂え」

放尿しながら、朗々と謡《うた》うようにいって、

「と、室町人《むろまちびと》もいうちょるからのう」

半平太は笑った。だが目は笑っていない。あいかわらず爬虫類のように冷徹な目である。ちなみに室町時代の歌集『閑吟集《かんぎんしゅう》』に、
何せうぞ　くすんで

一期《いちご》は夢よ　ただ狂え

という詠《よ》み人知らずの歌がある。半平太はそれを引用したのである。

「藤岡さん、よかったら、わしの部屋で飲まんか」

「せっかくだが、酒を頼んだばかりなので……」

「そうか。じゃ、おんしの部屋で飲もう」

「え」

「酒はにぎやかに飲むのがよい。さ、行こう。行こう」

有無をいわせぬ口吻《こうふん》である。

藤十郎の部屋で酒盛りがはじまった。

楼主の杢二郎《もくじろう》と半平太の敵娼《あいかた》・小紫《こむらさき》をまじえてのにぎやかな酒宴である。半平太はまったくの下戸《げこ》なので、妓楼の料理人に特別に作らせた汁粉《しるこ》をすすりながら、

「藤岡さんは、なかなか肚《はら》のすわった仁《じん》でな」

話題を藤十郎にふり向けてきた。

「アメリカと戦《いくさ》になったら、酒を飲みながら高みの見物を決め込むそうじゃ」

「ほう、それはまた豪胆な」

杢二郎が皮肉とも揶揄《やゆ》ともつかぬ口ぶりでいった。藤十郎は苦笑しながら、

「あれはほんの冗談さ。いざ戦となれば、おれだって夷狄《いてき》と戦う覚悟はある」

半平太が真顔になった。

「誰のために戦うつもりじゃ」

「それは……」

詰まった。おのれのため、といえば嘲笑《ちょうしょう》を買うに決まっている。

「田安家のためにか？　それとも公儀のためにか」

「あんたは誰のために戦う？」

すかさず藤十郎が切り返した。

「わしか……、わしは天皇《みかど》のために戦う」

「みかど！」

思いもよらぬ言葉だった。

土佐山内《やまのうち》家の家祖・山内一豊《かずとよ》は、慶長五年（一六〇〇）の関ケ原の役で徳川方の東軍につき、その軍功により土佐二十四万石の大大名に躍進した、いわば徳川恩顧の大名である。

現藩主・山内豊信《とよしげ》（容堂《ようどう》）も熱烈な佐幕《さばく》派であり、極端な尊攘《そんじょう》派嫌《は》いでもあった。

その山内家の家来である半平太の口からよもや「みかど」という言葉が出ようとは……。

（この男、尊皇派だったのか）

藤十郎は知らなかったが、武市半平太の「天皇好き」は土佐の郷士の間では、すでに有名だった。弱冠十一歳で尊皇攘夷の論客・徳永千規《とくながちのり》に入門して和漢を学び、青年期には国学者・平田篤胤《ひらたあつたね》の『霊之真柱《たまのみはしら》』（復古神道による天皇中心の国粋主義。のちに尊攘派の志士たちの必読書になった）や水戸学に心酔したという、筋金入りの尊皇主義者なのである。

「けど、武市さま」

李二郎が半平太に目をむけた。

「本当に戦は起こるんですかね」

「いや、起こらんじゃろう」

拍子ぬけするような応えが返ってきた。

「公儀は腑抜《ふぬ》けじゃ。夷狄と戦う気などさらさらない。もっとも戦ったところで負け戦は目に見えておるがのう」

「では、アメリカと和睦《わぼく》をむすぶと？」

「うむ。和睦をむすび、国を開く。ま、そんなところじゃろ」

「鎖国の祖法を公儀みずからが破る、ということでございますか」

御家人《ごけにん》上がりだけあって、李二郎はなかなかの雄弁である。

「そのあげく、日本はアメリカの属国になり下がる。阿片戦争で負けた清国《しんこく》のようにな」

「属国に！」

「そのときはじめて戦が起こる。公儀を相手の戦がな」

「つまり……」

李二郎が瞠目した。

「内乱じゃ」

おどろくほど平然といって、半平太は椀《わん》の汁粉を旨《うま》そうにすすり上げた。

「なるほど」

藤十郎は深くうなずき、

（天皇のために戦うとは、そういうことか）

と納得しながら、坂本竜馬と違って、この男には一見識ある、と思った。

綾乃と小紫は、男たちの政治談義を退屈そうに聞きながら、黙然《もくねん》と盃をかたむけている。

「おまんの名を聞くのを忘れておった。何と申す？」

汁粉をすすっていた半平太がふと綾乃の顔を見て、目を細めて訊いた。

「綾乃と申します」

「美形じゃのう。藤岡さんは目が高い」

「武市さま」

小紫がすねたような目で、

「それって、わちきへの面当《つらあ》てでありんすか」

「いや、なに……、暑いな、この部屋は」

と、はぐらかして立ち上がり、障子窓をからりと開け放った。

雪がやんでいる。

闇の奥から、かすかな鐘の音がひびいてきた。明け七ツ（午前四時）の鐘である。

「いよいよ、年も押しつまってきたな」

「来年はどんな年になるんですかねえ」

妓楼の屋根に降り積もった雪をながめながら、李二郎がぼそりとつぶやくと、

「乱世の年じゃ」

半平太がこともなげにいった。

2

明けて、嘉永七年（一八五四）――。

昨年の十二月五日に改元の令があり、この年から元号が「安政」と改まった。

江戸は例年になく、温暖でおだやかな新年を迎えた。

目にしみるように、空が青い。

どこまでも澄みきったその青い空に、のんびりと凧《たこ》が舞い、路地のあちこちから、羽根つきに興じる娘たちの華やいだ声がひびいてくる。いつもと変わらぬ、平穏でのどかな正月だった。武市半平太が予言した「乱世」のきざしなど、どこを探しても見当たらない。

――あまりにも平和すぎる。

藤十郎は、田安邸の庭にたたずんで、空のかなたに浮かぶ凧を仰ぎ見ながら、

（この静けさこそが、嵐の前ぶれかもしれぬ）

何となく、そんな不吉な予感にとらわれていた。そして、その予感は、人々がようやく屠蘇《とそ》気分から覚めた一月十六日（西暦一八五四年二月十三日）、現実のものとなった。

黒船再来航である。

このときペリー提督がひきいてきた艦隊は、サスクェハンナ号、レキシントン号、ヴァンダリア号、ポーハタン号、ミシシッピイ号、サザンプトン号、マセドニアン号の七艦。昨年六月に来航したときより三艦も増えていた。しかも、艦隊が投錨《とうびょう》した

のは、江戸からわずか二十マイル（約三十二キロ）の江戸湾内の海上だった。

予想外に早い黒船の再来航に、幕府はまたもやあわてふためき、急遽、目付役・黒《くろ》川嘉兵衛《かわかへえ》ら六人を差し向けて、

「浦賀に艦隊をもどせば、交渉に応じる用意がある」

と申し入れたが、アメリカ側は、

「この近くの海岸で会談したい」

と主張して一歩もゆずらなかった。それればかりか、要求が受け入れられなければ、さらに江戸湾深く艦隊を北上させる、と脅しをかけてくる始末である。

昨年六月、四隻の黒船が撃ち放った百雷のような砲音に肝《きも》をつぶし、右往左往のぶざまな醜態をさらした幕府も、しかし今度ばかりは黙って引き下がれなかった。

再度、黒川らを艦隊に派遣して、交渉の地を浦賀よりさらに遠い鎌倉に指定した。

「会談に応じるから江戸湾を出ていけ」

ということである。当然のことだが、アメリカ側がこれを飲むわけはなかった。結局、折衝は物別れに終わり、ペリーは予告どおり七隻の艦隊をひきいて品川沖に北進した。

黒煙を吐き出しながら、悠然と江戸湾を遊弋《ゆうよく》するタール塗りの巨大な蒸気船二隻と五隻のフリゲート艦。江戸市民がその不気味な船団を、はじめて目のあたりにしたの

は、翌十七日だった。
「へえ、あれが黒船か」
意外にも、このときの江戸っ子の反応は冷静だった。去年の黒船騒ぎがうそのように、街の様子もいつもと変わらない。幕府は、
「元寇《げんこう》以来の国難」
と色めきたったが、それとは裏腹に、
「戦にはならんだろう」
と庶民は楽観していた。幕府に戦う意思がないことを、彼らはとっくに見抜いていたのである。それと一つには、夷狄として恐れていたアメリカ人が思いのほか友好的で、戦が起こるような緊迫した気配がまったく感じられなかったからでもある。
毛唐人じゃと思うてからに
　アメリカ小馬鹿にしやんすな
ぬしを思えば　五千里一里
　はるばる日本の浦賀へ渡り
神奈川女郎衆にはまり
　手練手管の軍方計略
とうとう赤裸《はだか》で突き出されたる

挙げ句の果ては
あとでペルリと舌を出す
すちゃらかぽくぽく
なんだべ　こちゃらこちゃら

巷《ちまた》では、こんな戯《ざ》れ歌が流行《はや》り、芝から品川にかけての浜辺には、連日、黒船見物の人波が押し寄せていた。それを目当てに遠眼鏡《とおめがね》を貸し出す茶店なども現れて大繁盛したという。


月が変わって、二月。

対米交渉が難航する中、御三卿《ごさんきょう》・田安家も江戸湾沿岸の警備状況を視察するために、四人の目付役を品川に派遣することになり、藤十郎ら六名の御小人《おこびと》衆にも久しぶりに扈従《こじゅう》の命が下された。

午《ひる》すぎに田安邸を出た一行は、八ツ（午後二時）ごろ、品川宿に着いた。

お台場の築造普請は、予想以上に進んでいた。

すでに第一、第二、第三のお台場が完成している。

普請場は、あいかわらずの人海戦術で突貫工事がつづけられていた。

土煙を蹴立てて土砂を運ぶ大八車の車列、その土砂を小舟に積み込む人夫たち。声高に指揮を飛ばす幕府の下役人もいれば、そのかたわらを定紋《じょうもん》入りの藩旗やのぼりをかかげて、物々しく巡回する諸大名の藩兵たちの姿もあった。

浜のあちこちには『黒船見物無用』の立札が立てられ、立ち入り禁止の柵が張りめぐらされている。にもかかわらず、柵を踏み倒して黒船を見物しに来る人々があとを絶たなかった。ときおり郡代陣屋《ぐんだいじんや》の役人がやってきて追い散らしていくのだが、すぐにまた集まってくる。

沖合の黒船からペリーがこの光景を見ていたかどうかは定かではないが、彼は日記の中で日本人の物見高さを「おどろくほど異常な好奇心」と評している。

田安家の視察団一行は、北品川本宿から南品川宿の海岸を二刻（四時間）ほど見回ったあと、早々と宿に入った。目付役四人は南品川の脇本陣、六人の御小人衆は一般の旅籠《はたご》泊まりである。

夕食のあと、藤十郎は一人で宿を出て、近くの小料理屋に足を向けた。看板に『磯料理・浜ノ屋』とある。地元の漁師がやっている店であろう。戸口に暖簾代わりの漁網が下がっている。それを分けて中に入った瞬間、

（おや）

と奥を見た。二人の武士が奥の小座敷で酒を酌みかわしている。一人は坂本竜馬だった。もう一人は白皙《はくせき》の端整な面立ちをした若い武士である。

竜馬も気づいて、手を上げた。藤十郎が歩みよると、

「おんしも黒船見物か」

からかうような口調でそういって、

「よかったら、一緒に飲まんか」

と銚子を突き出した。藤十郎は、連れの武士にかるく会釈《えしゃく》して小座敷に上がった。

「紹介しよう。この仁《じん》は長州《ちょうしゅう》藩の桂《かつら》さんじゃ」

――桂小五郎《こごろう》。のちの木戸孝允《きどたかよし》である。

江戸三大道場の一つ・斎藤弥九郎の練兵館《れんぺいかん》の門人である桂小五郎と、北辰一刀流・千葉定吉の門弟である坂本竜馬とは、剣を通じての知友だった。歳は竜馬より二つ上の二十一歳である。

「偶然、南品川で桂さんと行き合ってな」

「すると、桂さんも品川の警備に？」

藤十郎が訊いた。

「いえ、わたしは師範に弁当を届けに来ただけです」

「弁当を……？」

小五郎の師・斎藤弥九郎は、盟友の伊豆韮山代官・江川英龍の要請をうけ、お台場築造工事の監督として品川に出張していた。その話を聞いたとき、小五郎は、

「わたしにもお手伝いさせてください」

と申し入れたが、弥九郎に断られた。品川のお台場築造は幕府直轄《ちょっかつ》の工事なので、長州藩士の小五郎を同行させるわけにはいかなかったからである。しかし小五郎はあきらめなかった。

「先生の弟子ということで、ぜひ」

小五郎の郷国・長門《ながと》には下関《しものせき》海峡があり、以前から沿岸防備のための砲台築造が長州藩でも検討されていた。そのためにもぜひ品川お台場の築造工事をつぶさに見ておきたかったのである。

同じ長州藩の吉田《よしだ》松陰《しょういん》に兵学を学び、二年前の嘉永五年（一八五二）に自費で江戸に遊学、斎藤弥九郎の練兵館に入門して、ほどなく塾頭になったという俊才・桂小五郎は、このころからすでに政治家としての目も持っていたといっていい。

小五郎の熱意に負けた弥九郎は、

「わしの従者ということで、毎日弁当を届けに来るがよい」

と品川行きを許してくれたのである。

「台場普請はかなり進んでいるようだが」

藤十郎がそういうと、

「いえ」

小五郎は眉根をよせてかぶりをふった。

「遅すぎますよ」

「遅い？」

「十一カ所の台場のうち、まだ三カ所しか完成してませんからね。しかも、黒船はもう目の前に来ている。これでは泥棒に入られてから縄《なわ》をなうようなものです」

正論である。

「わしもそう思う」

竜馬が相槌《あいづち》をうった。

「台場普請は即刻、やめるべきじゃ」

「やめたら、江戸は丸裸になるぞ」

藤十郎が反論すると、

「墨夷《ぼくい》（アメリカ）と和親をむすんで国を開くつもりなら、台場も大砲も要らんじゃろ。金の無駄遣いじゃ」

「それは違うな、坂本さん」

「違う？」

「外夷はアメリカだけではない。イギリス、フランス、オランダ、ロシヤ。そうした国がこれからどんどん開国を迫ってくる。そのとき国の備えがなければ、異国と対等な交渉はできんでしょう」

　これも、また正論である。竜馬は黙ってしまった。一見豪放そうに見えるが、分《ぶ》が悪くなると黙ってしまう稚気《ちき》じみたところが、竜馬にはあった。気まずい沈黙が流れたあと、

「さて、わたしはそろそろ」

　小五郎が腰を上げた。

「帰るのか」

「道場で塾生が待っているので」

「酒代は折半《せっぱん》だぞ」

「心得ています」

と卓の上に酒代をおいて、

「お先に失礼」

　一礼して小五郎は出ていった。それをちらりと見送りながら、

「どうも、あの男は理屈が多すぎる」

　苦い顔で、竜馬は酒を飲みほした。

「だが、いってることは間違ってない」

「あれは理想論じゃき、屁《へ》の役にも立たん」

「そういう、あんたの攘夷論はどうなった？」

「ん？」

「今度黒船が来たら、小舟をこぎよせて黒船に斬り込む、と勇ましいことをいっていたが」

「ああ、あれは……、やめた」

「やめた？」

「あんな化け物を相手にしても、とうてい勝ち目はない。それより、わしは……」

いいかけて、竜馬は猪口に酒を注いだ。

「ほかに何か策でもあるのか」

「あの黒船を手に入れようと思っちょる」

「坂本さん、おれはまじめに訊いてるんだぞ」

藤十郎があきれ顔でそういうと、竜馬もむきになって、

「わしもまじめに応えておる」

「じゃ訊くが、黒船をどうやって手に入れるつもりだ」

「簡単なことよ。公儀が国を開いて異国と交易をするようになったら、異国から買い取ればよい」

「なるほど、それも理屈だな」

突然、竜馬が手拍子をとりながら唄い出した。

　毛唐人じゃと思うてからに
　　アメリカ小馬鹿にしやんすな
　ぬしを思えば　五千里一里
　　はるばる日本の浦賀へ渡り

藤十郎があっけにとられていると、

「巷でこんな戯れ歌が流行っているのを知ってるか」

「ああ、知ってる」

「江戸の民草《たみくさ》はよう見ぬいちょる。わしも墨夷を見なおした。あんな化け物みたいな船を造るアメリカ人は敵ながらあっぱれじゃ。日本人より優れちょると思わんか、藤岡さん」

　つい先日の過激な攘夷論から、一転してこの変わりようである。藤十郎はますます竜馬、という男がわからなくなった。

「わしは黒船に乗って海を渡り、この目で異国の地を見てみたい」

　遠くを見つめるような眼差しで、竜馬がつぶやいた。大まじめな顔である。

「黒船を買う金はどうする？」

「いっそ公儀からふんだくるか」

「公儀から？」

「品川台場の工事を即刻やめさせて、その金を黒船購入に充《あ》てさせるんじゃ。これまでに七十五万両もの金を使ったことを考えれば、黒船の二隻や三隻は買えるじゃろ」

「それはどうかな」

藤十郎は首をひねった。

「台場普請で公儀の財政は火の車だそうだ。黒船を買うどころではあるまい」

「ここだけの話だが……」

竜馬が急に声を落として、

「江戸城には二つの御金蔵《ごきんぞう》があるそうじゃ」

「ほう」

「一つは公儀の日々の賄《まかな》いのための御金蔵。もう一つは非常時のさいの徳川家の御金蔵。その蔵には数十万両の金が眠っているらしい」

「つまり、隠し金か」

「うむ」

「とすれば、なおさらそんな金は出さんだろう」

「出さなければ、盗み出せばよい」

「盗む？」

「わしに盗っ人の才覚があればの話だが……、ま、無理じゃろな」

といって、竜馬はからからと笑い飛ばした。この男の話はどこまでが本気で、どこまでが冗談なのか、さっぱりわからない。さすがに藤十郎も閉口して、

「おれもそろそろ宿にもどらなければならん。与太話《よたばなし》のつづきは江戸に帰ってから、ゆっくり聞かせてもらおう」

腰を上げると、

「藤岡さん」

と竜馬が呼び止めて、ぼそりといった。

「時勢は動いちょる。この国は変わるぞ」

3

二月も終わろうとしていた。

あちこちで、しきりに鶯《うぐいす》が鳴いている。

このところ春めいた陽気がつづき、田安邸の庭園の桜のつぼみも薄《うっす》らと色づきはじめていた。

邸内の見回りを終えて、藤十郎が詰所にもどろうとしたとき、路地の角で朋輩《ほうばい》の大《おお》

庭伊兵衛《ばいへえ》とばったり出くわした。伊兵衛は平服の着流し姿で、小脇に小さな風呂敷包みを抱えている。

「大庭さん、出かけるのか」

「いや、屋敷を暇《いとま》するのだ」

「やめる？」

「今日かぎりでな。いままでの借りを返しておこう。おぬしにはとうとう一度も勝てなかった。それだけが心残りだ」

苦笑しながら、伊兵衛が小粒を差し出した。賭け将棋の負け分である。

「やめてどうするつもりだ」

「半年ほど前から片手間にはじめた商《あきな》いが、ここへきて急に忙しくなったのでな。そろそろ本腰を入れて商いに精を出そうかと」

「商いというと？」

伊兵衛の顔から笑みが消えた。するどい目で四辺を見回して、一段と声をひそめ、

「盒薬《ごうやく》の製造だ。これがおもしろいように儲かる」

盒薬とは、大砲や鉄砲に使う火薬のことである。ペリー艦隊が品川沖に出没するようになってから、大名旗本がにわかに弾薬を買いあさり始めたために、正規の火薬が品不足となり、密造の盒薬や焔硝《えんしょう》が大量に市中に出回るようになった。伊兵衛はそ

こに目をつけたのである。

（この男にそんな世才《せさい》があったか）

藤十郎はあらためて伊兵衛の顔を見なおした。歳は藤十郎より二つ上の三十一歳だが、間延びした顔のせいか、実年齢より若く見えたし、愚鈍な印象の男だったが……、

「見かけによらず、あんた、目端が利くんだな」

「なに、わしは他人《ひと》さまよりちょっとばかり欲が深いだけさ。……長いあいだ世話になった。おぬしも堅固でな」

と、踵《きびす》を返す伊兵衛に、

「大庭さん」

藤十郎が歩み寄って、

「その話、もっとくわしく聞かせてもらえんか」

「商いのことか？」

「ああ、話によっては、おれも一口乗せてもらおうかと思ってな」

「元手《もとで》を出すなら、仲間に加えてやってもよいが」

「いくらだ」

「硝石《しょうせき》を買い入れるために、差し当たって三十両の金がいる。その半額を出してくれれば、わしも助かる」

「十五両、か……」

一瞬迷った。

追剝の首領・常松から奪った金が十六両あまり残っている。その中から十五両を出すと、手元に残るのは一両と少々。日々の暮らしは扶持米《ふちまい》で何とかやっていけるが、問題は遊び金だった。わずか一両ではいかにも心もとない。逡巡《しゅんじゅん》する藤十郎を見て、伊兵衛が、

「一度、仕事場を見に来ないか。金を出すか出さぬかは、それから決めればよい」

といった。

「よし、見に行こう」

翌日がちょうど非番だった。

午少し前に、神田明神《かんだみょうじん》の境内で伊兵衛と待ち合わせ、中山道を北に向かった。

火薬という物騒な代物を、江戸市中で作るわけにはいかないので、ほとんどの密造者は幕府の目の届かぬ江戸四宿《ししゅく》（品川・新宿・千住《せんじゅ》・板橋）の外に製造所をかまえていた。伊兵衛の仕事場も板橋宿にあるという。日本橋から二里半（約十キロ）の行程である。

途中、巣鴨のめし屋で腹ごしらえをして、板橋宿には九ツ半（午後一時）ごろ着いた。

板橋宿の行政区域は、上宿《かみじゅく》と下宿《しもじゅく》の二つに大別されており、中心地を中宿《なかじゅく》と俚称した。その中宿と上宿の境に流れる石神井《しゃくじい》川に、長さ五間余（約十メートル）の小橋が架かっている。これが宿場の名の由来になったという。

町並みは南北に十五丁。

町家は五百七十軒余。

橋をわたって、伊兵衛はすぐ右に折れた。石神井川に沿った土手道である。その道を川下に向かってしばらく行くと、景色は一変して、のどかな田園風景が視界に広がった。

見渡すかぎりの田畑である。田んぼの畦道《あぜみち》には芹《せり》やよもぎなどの春草が芽吹いている。

「あれだ」

と伊兵衛が指さした先に、古い小さな水車小屋が川岸にへばりつくように立っていた。それを見て、藤十郎は品川宿の目黒川の河畔に建てられた巨大な水車小屋を思い出し、

「盒薬を作るのに、なぜ水車が必要なのだ？」

と訊いた。素朴な疑問である。

「見ればわかる」

伊兵衛は歩度を速めて水車小屋に歩み寄り、がらりと板戸を引き開けた。この水車小屋は、板橋宿の富農・太左衛門《たざえもん》から借り受けたものだという。

薄暗い小屋の中で二人の職人が、顔を真っ黒にして立ち働いていた。

水車の回転とともに、車軸に連動した太い欅《けやき》の杵《きね》が、臼《うす》の中の粘土状のものを絶え間なく搗《つ》きあげ、そこから舞い上がる黒い微粉末が煙のようにもうもうと小屋の中に充満している。

この時代の火薬（盒薬・焔硝）は、硝石・硫黄《いおう》・木炭から作る黒色火薬である。その製造法は、まず白焔硝石《しろえんしょうせき》を唐銅釜《からあかがねがま》に入れて、飯を炊くぐらいの水を加え、大柄《おおえ》の杓《ひしゃく》でかきまぜながら煮つめ、さらに麻幹《あさがら》、躑躅《つつじ》、桐、柳などで作った木炭粉（灰）をまぜて蒸す。

こうして出来上がった粘土状のものを、臼に入れて急速に勢いよく搗きあげ、それに薬研《やげん》で擦《す》って絹篩《きぬぶるい》にかけた硫黄の粉を加えて、また搗きあげる――つまり、この工程で水車の動力が必要となるのである。

硝石一貫目（約三・八キロ）に対して、硫黄二百五十匁《もんめ》（約九百四十グラム）、木炭二百二十匁（約八百三十グラム）ぐらいの割合が上火薬とされていたが、逆にこの割合を間違えると爆発することもあるという。

「搗きあがった火薬をこの筒の中に入れて……」

と伊兵衛が口径二寸五分（約七・六センチ）ほどの木筒を示した。この筒の中に火薬をつめて棒状にし、それを銅包丁《あかがねぼうちょう》で細かくきざんで乾燥させれば完成だという。

「大筒《おおづつ》（大砲）には樫《かし》の実《み》を二つ割りにしたぐらいの大きさ、小筒（鉄砲）には米の半分ぐらいの火薬粒がよいそうだ」

「一日どのぐらいの量を作るんだ？」

「藩名は明かせんが、さる大名家から五十貫目（約百九十キロ）ほど頼まれている。一貫の売値がおよそ三両だから、ざっと計算して百五十両の大商いだ」

それにかかる元手が三十両だとすれば、五倍の儲けになる勘定である。

「大庭さん」

水車小屋を出て、石神井川の土手道をもどりながら、藤十郎がいった。

「肚《はら》は決まった。おれも一枚嚙ませてもらう」

「金はあるのか？」

「もちろん。そのつもりで持ってきた」

ふところから十五両の金子をわしづかみにして、伊兵衛の前に突き出した。

「いいだろう。わしも金の工面をつけた。早速、この金で硝石を買い入れる。利益が出るのは半月後になるが、それでよいか」

「ああ、楽しみに待っている」

十五両の金がわずか半月で七十五両になるのである。こんなうまい話はあるまい。

（やっとおれにも運が回ってきたぞ）

藤十郎は腹の中でにんまりほくそ笑んだ。

それから数日後のことである。

――どどーん、どどーん！

突如、天地をゆるがすような轟音が、横浜の空にひびきわたった。

ペリー艦隊が撃ち放った十七発の砲音である。といっても、これは威嚇《いかく》の砲声ではなく、幕府が日米会談の地を横浜に決定したことへの礼砲だった。そして、この礼砲とともにペリーは、正装した儀礼兵と陸戦隊員ら五百人をしたがえて横浜に上陸した。

会見所の仮館《かりやかた》で一行を迎えたのは、幕府の儒官・林大学頭《だいがくのかみ》、町奉行・井戸対馬守《つしまのかみ》、浦賀奉行・伊沢美作守《みまさかのかみ》、目付・鵜殿《うどの》民部《みんぶ》少輔《しょうゆう》らであった。

安政元年（一八五四）三月三日。アメリカの威圧に屈した幕府は、日米和親条約（神奈川条約）十二箇条に調印し、下田《しもだ》・箱館《はこだて》の二港を開港した。

この条約の締結に、ペリーはすこぶる満足し、林大学頭にアメリカ国旗を贈呈した。日本側も館内にしつらえた土俵で相撲を披露、調印後のレセプションはきわめてなごやかな雰囲気だったという。

だが、その一方で、幕府はいざというときの備えのために、江戸湾沿岸の警備に当たっていた諸藩に、さらなる防備の強化を命じた。文字どおりの面従腹背《めんじゅうふくはい》である。この相矛盾する幕府の対応は、逆に人々の不安をあおり、攘夷派の怒りに油を注ぐ結果となった。

「これからどうなっちまうんですかねえ。この国は……」

猪口の酒をすすりながら、富蔵が暗然とつぶやいた。

日本橋駿河《するが》町の裏路地にある煮売屋《にうりや》『たぬき』の一隅である。半刻（一時間）ほど前、富蔵がふらりと田安邸を訪ねてきて、藤十郎を酒にさそったのである。

「戦《いくさ》が起こるかもしれねえな」

藤十郎が応えると、

「まさか」

富蔵は一笑に付した。

「それはねえでしょう。戦を避けるためにアメリカと和睦をむすんだわけですから」

「このまま攘夷派が黙っていると思うか」

「え？」

「連中の矛先《ほこさき》は公儀に向けられている。敵はアメリカじゃねえ」

「てえと、つまり内乱……！」

富蔵が目をむいた。

「そのきざしはある。大名どもがひそかに盒薬や焔硝を買いあさってるそうだ。これからおもしろくなりそうだぜ」

そういって、藤十郎は喉《のど》の奥でくっくくと笑った。

その笑いの意味が富蔵には理解できない。大きく嘆息をつきながら、

「おもしろがってる場合じゃねえでしょう。戦が起きたら江戸は火の海になりやすぜ」

「江戸がどうなろうと、おれの知ったことじゃねえ。もともとおれには失うものは何もねえんだ。戦になって困るのは金持ちや分限者《ぶげんしゃ》だけよ」

「そりゃまァ、そうですが」

「なァ、富蔵」

ぐいと顔を寄せて、

「世の中が乱れれば、おれたちにも『運』をつかむ機会がめぐってくるんだぜ。いつだったかおまえがいってた〝いい夢を見るための運〟ってやつがな」

「へえ」

「現に、おれはその『運』をつかんだ」

「と、いいやすと？」

「じつはな」

と声を落として、大庭伊兵衛に十五両の金をあずけて盒薬の密造に手を染めたことや、半月後にその金が五倍になって返ってくることなどを得意げに話した。

「へえ、そんなうまい話があったんですか」

「何なら一口乗せてやってもいいぜ。例の金がまだ残ってるだろう。いまからでも遅くはねえ。あの二十両をおれにあずけりゃ五倍の百両にしてやる」

「ところが……」

ばつが悪そうに富蔵は頭をかいた。

「あの金は博奕《ばくち》ですっちまったんで」

「博奕で？　二十両そっくりか」

「へえ。それで、その、旦那に少しばかり融通してもらおうかと思いやしてね」

なんのことはない、富蔵は借金を申し入れに来たのである。

これにはさすがに藤十郎もあきれ返った。

「生憎《あいにく》だがおれも素寒貧《すかんぴん》だ。悪いことはいわねえ。けちな博奕はもうやめたほうがいいぜ」

「へえ」

富蔵がしょんぼりと頭を下げた。

「あっしも今度ばかりは懲《こ》りやしたよ」

4

「半月、辛抱しろ。盒薬の売り上げが入ったら、十両や二十両の金は回してやる」

『たぬき』を出て、寝静まった町筋を歩きながら、藤十郎が慰めるようにいった。

「けど旦那、ずぶの素人が盒薬なんかに手を出して大丈夫なんですかね。一つ間違えりゃ大火傷《やけど》、いや木《こ》っ端《ぱ》みじんですぜ」

「伊兵衛は慎重で手堅い男だ。まず間違いねえだろう」

「ならいいんですが」

「おれの吉原通いも当分おあずけだな」

「何がつらいって、旦那にとっちゃ、それが一番つらいんじゃねえんですか」

「まあな」

そんなとりとめのない話をしているうちに、神田今川橋の四辻《よつつじ》にさしかかっていた。

藤十郎はこの辻を左に折れて、鎌倉河岸《かまくらがし》から九段坂の田安邸にもどる。富蔵の住まいは、大通りをまっすぐ行って、神田鍛冶町二丁目の角を右に曲がった松田町にある。通旅籠町《とおりはたごちょう》の商人宿で下働きをしているお滝《たき》という女と小さな貸家に住んでいるという。

「じゃ旦那、ここで」

「うむ」

今川橋で富蔵と別れ、藤十郎は鎌倉河岸に足を向けた。

竜閑橋《りゅうかんばし》の北詰に出たときである。

前方の闇に忽然《こつぜん》と提灯《ちょうちん》の明かりが浮かび立った。

黒い影が一団となって、小走りにこっちに向かってくる。ほどなく藤十郎の視界に、物々しく身固めをした男たちの姿がよぎった。先頭の男は鎖帷子《くさりかたびら》に鎖鉢巻《くさりはちま》き、籠手《こて》脛当《すねあ》てをつけた町方同心だった。そのうしろに六尺棒を持った五人の捕方《とりかた》がついている。藤十郎がけげんな顔で見ていると、すれちがいざま、

「いずこへまいられる？」

同心が足をとめて誰何《すいか》した。

「田安邸にもどるところでござる」

同心は提灯の明かりを近づけて、藤十郎の顔を一瞥《いちべつ》するなり、

「失礼つかまつった」

にべもなく立ち去ろうとした。藤十郎がすかさず、

「捕り物でござるか」

と訊くと、

「伝馬町の牢を破って、四人の囚人が脱走した。そこもとも気をつけて帰られよ」

いい捨てて、一団は風のように走り去った。

(四人というと……、もしや)

一瞬、藤十郎の身のうちに電撃のような戦慄《せんりつ》が奔《はし》った。

ちょうどそのころ、富蔵は松田町の貸家の玄関の前に立っていた。いつもなら、お滝はとっくにつとめ先から帰ってきているはずなのだが、窓に明かりがついていない。

不審に思いながら戸を引き開けて中に入った。

「おい、お滝。帰《けえ》ったぜ」

声をかけても応答がない。雪駄《せった》をぬいで上がりこみ、障子を開けて部屋に入った。中は真っ暗闇である。お滝がこんな時分に外出することはめったにない。手さぐりで火打ち石を探し、行燈《あんどん》に灯を入れた。その瞬間、

(あっ!)

富蔵の顔が凍りついた。

畳の上にお滝が倒れている。刃物でめった刺しにされたらしく、全身血まみれの無残な姿だった。部屋の中は荒らされた形跡がない。賊が複数であることは、畳に残された足跡でも明らかだった。胸の動揺をおさえながら、そっとお滝の手をとった。

かすかに温もりがある。殺されてまだ間がないようだ。

(それにしても、なぜお滝が……?)

着物の乱れもない。鏡台の上の財布も無事だ。もっとも金が目当ての押し込みなら、こんな粗末な家をねらうわけはない。そう考えるとますます賊の目的がわからなくなった。

と、そのとき……、

かたっ。

と表でかすかな物音がした。富蔵はとっさに行燈の灯を吹き消して窓ぎわに跳び、神気《しんき》を研ぎ澄ませて表の気配をうかがった。ややあって、

——もどってきたようだぜ。

低く、押し殺した男の声が聞こえた。実際には、ほとんど聞き取れぬほど小さな声だったが、富蔵の耳にはたしかにそう聞こえた。

(賊のねらいは、おれか)

背筋に冷たいものが奔った。畳に両手をついて奥の六畳間に這い進んだ。がらり。

玄関の戸が引き開けられると同時に、富蔵は障子窓を開け放って、裏手の闇に身を躍らせた。

「逃げやがった。裏に回れ！」

男の胴間声《どうまごえ》がひびいた。その声を聞いて、富蔵はようやく事態を理解した。去年の

十一月、幕府の勘定方を襲って四十両の公金をうばった四人の破落戸《ごろつき》の首領・常松の声に違いなかった。

「逃がすな！　あっちだ！」

常松の声が迫ってくる。

富蔵は一目散に裏手の赤松林に逃げ込んだ。

視界はまったくの闇である。

その闇の中を泳ぐように走った。

この界隈《かいわい》は土地が低く、物の書に「松樹多く、また沼田多きを以て此の名（松田町）あり」とあるように、市街地にしてはめずらしく手つかずの自然が残っていた。

富蔵は、藪陰《やぶかげ》に身をひそめて追手の気配を探った。松林のあちこちから、がさがさと枯れ草を踏みしめる足音が聞こえてくる。三人や四人の足音ではなかった。ざっと数えて六、七人はいる。

追剝《おいはぎ》一味の首領格・常松と子分の与市、そして上総無宿の長五郎と相州無宿の直助の四人が、仲間をかき集めて復讐《ふくしゅう》に来たのだ。富蔵は知らなかったが、常松一味の破牢の手引きをしたのも、じつはその仲間たちだったのである。

「おい、富蔵！」

闇の奥から、常松の胴間声がひびいた。

「隠れても無駄だ！　観念して出てきやがれ！」

どうやら赤松林は包囲されているようだ。

藪の中から這い出ると、富蔵は身をかがめて、猫のように音もなく林の中を走った。

一丁（約百メートル）ほど先に古びた小さな祠《ほこら》がある。祠の南側には、土地の者が「沼《ぬま》っ原《ぱら》」と呼ぶ湿地帯があり、そこを突っ切れば、となりの白壁町《しらかべ》に出られる。

泥まみれになりながら、富蔵は沼っ原をわたった。

「いたぞ！　こっちだ！」

先回りされていた。必死に道に這い上がり、富蔵は脱兎《だっと》の勢いで走った。追手の影がぐんぐん迫ってくる。ほどなく前方に小さな明かりが見えた。

地口行燈《じぐちあんどん》（常夜燈）の明かりである。

その明かりの先に町屋の灯がちらほらとにじんでいる。ここまで来れば何とか逃げ切れる。そう思ったとたん、地口行燈の明かりの中に忽然として二つの人影がわき立った。

長五郎と直助だった。

「富蔵、よくも裏切ってくれたな。たっぷり礼をさせてもらうぜ」

いうなり、二人は長脇差《ながどす》を抜き放った。

「畜生」

数歩跳び下がって、富蔵は道ばたに落ちていた薪雑棒《まきざっぽう》をひろって身がまえた。背後に追手が迫っている。こうなったらもう破れかぶれである。薪雑棒をぶんぶん振りまわしながら突進した。

がしっ。

長五郎の長脇差の刀刃が薪雑棒に食い込んだ。引いても離れない。富蔵はそのまま渾身《こんしん》の力で薪雑棒を引きよせた。長五郎の体が前にのめる。その襟首をとって地面に叩き伏せ、薪雑棒に食い込んだ長脇差をもぎとるや、横合いから斬り込んできた直助を、拝み打ちに斬り倒した。

「うわーッ」

悲鳴を上げて、直助がのけぞる。

背後に追手の影が迫った。常松と与市、そして三人の破落戸《ごろつき》たち。いずれも手に長脇差や匕首《あいくち》を持っている。富蔵はすぐさま背を返して長脇差を中段にかまえた。

「やっちまえ！」

常松の怒声とともに、五人の男たちが得物《えもの》をかまえて、ざざっ、と富蔵を取り囲んだ。長脇差をうばわれた長五郎は、地口行燈の陰に隠れておろおろと見守っている。

「死にやがれ！」

常松が斬りかかってきた。富蔵は横に跳んでかろうじてかわしたが、左横から同時に突いてきた与市の匕首はかわしきれなかった。切っ先が富蔵の二の腕をかすめ、血がほとばしった。

乱刃になった。

多勢に無勢。

富蔵の劣勢は明らかである。

破落戸の一人がすかさず富蔵の背後に回りこみ、長脇差を叩きおろそうとしたそのとき、突然、闇を衝いて人影が矢のように飛び込んできた。

「な、なんだ、手めえは！」

常松が目を転じたときには、破落戸の一人は血をまき散らしながら、丸太のように地面に転がっていた。間髪《かんはつ》をいれず、与市が影に向かって猛然と突進した。

きらり。

闇に一閃《いっせん》の銀光が奔った、と見えた瞬間に、与市は声もなくその場に崩れ落ちていた。

影が流れるように走る。

まるで黒いつむじ風だった。

影が走りぬけたあとの、信じられぬ光景に富蔵は思わず瞠目《どうもく》した。頸《くび》の血管《ちくだ》を切り裂かれた四つの死体が、折り重なるように転がっている。

「野郎ッ」

常松が斬り込む。影は下からすくい上げるように切っ先をはじき返し、そのまま右上から斜め左下へ、目にもとまらぬ速さで斬り下げた。神速《しんそく》の右袈裟である。

「ぎえっ！」

けだもののような悲鳴を発して、常松は仰向けに転がった。影が鍔《つば》鳴《な》りをひびかせて刀を鞘《さや》におさめると、その機を待っていたように、地口行燈の陰に身をひそめていた長五郎が、

「うわー」

と、わめいて一目散に逃げ出した。

ところが……、
このとき、また異変が起きた。

半丁（約五十メートル）も走らぬうちに長五郎が急に足をとめて、じりじりと後退しはじめたのである。

行く手に別の黒影が立ちはだかっていた。

「だ、誰だ。おめえは！」

藤十郎だった。竜閑橋から走りつづけてきたらしく、息づかいが荒い。

「そ、そこを、どいて……」

くれ、と長五郎がいいおわらぬうちに、藤十郎の抜きつけの一閃が飛んでいた。

横薙ぎの一刀である。

長五郎の腹が割れて、おびただしい血が噴き出している。上体がぐらりとゆらいだ。崩れ伏すのを待たず、藤十郎は血ぶりした刀を鞘におさめて、富蔵のもとに駆け寄った。

「旦那！」

「怪我はねえか」

「へえ」

横に若い武士が立っている。

「おぬしは……！」

藤十郎は息を飲んだ。桂小五郎である。

5

「おぬしが、この連中を？」

地面に累々《るいるい》と転がっている六つの死体を見て、藤十郎が訊くと、

「いや、わたしが斬ったのは五人です」

小五郎がさらりと応えた。

それにしても一挙に五人斬りとは、恐るべき剣である。しかも、これだけの剛剣をつかいながら、返り血ひとつ浴びていない。世に「位《くらい》の桃井《もものい》、技《わざ》の千葉、力の斎藤」といわれているが、さすがは神道無念流・斎藤弥九郎道場の塾頭、みごとな業前《わざまえ》だと藤十郎はつくづく感服した。

「藤岡さんの知り合いでしたか」

小五郎が意外そうな顔で、かたわらに突っ立っている富蔵を見た。

「うん。まあ」

藤十郎はあいまいにうなずき、

「弟分のような男だ。……富蔵、腕から血が出てるぜ。大丈夫か」

「へい。まさかこんなところで物盗りに襲われるとは思いやせんでしたよ」

小五郎の手前、富蔵はうそをついた。

「お侍さん、ご助勢ありがとうございやした。おかげで命びろいしやした」

「大事なくてよかったな」

小五郎はにこにこと笑っている。

「旦那、あっしはちょいと用事があるんで、ここで失礼いたしやす」

家に放置してきたお滝の亡骸《なきがら》が気になったのである。

「気をつけてな」

「へい」

ぺこんと頭を下げて、富蔵は走り去った。それを見送って、小五郎が、

「坂本さんに会いに行くところです。藤岡さんも一緒に行きませんか」

「築地の中屋敷に行かれるのか」

「いえ、柳橋の船宿です」

「邪魔でなければ」

といって、藤十郎は小五郎のあとについた。

それから四半刻（三十分）のちに、二人は柳橋の『浮舟《うきふね》』という船宿の網代門《あじろもん》をくぐり、粋筋《いきすじ》らしい三十年配の女将《おかみ》の出迎えを受けていた。

「お待ちでございますよ」

女将に案内されたのは、二階の八畳ほどの座敷である。竜馬が一人で盃をかたむけていた。

「やァ、藤岡さんも一緒か」

「屋敷にもどる途中、偶然、桂さんと行き合ってな」

「そうか。まずは一盞《いっさん》」

と竜馬が二人の盃に酒を注ぎながら、

「で、貴藩の動きはどうなっちょる？」

小五郎に訊いた。どうやら二人は互いの藩の情報を交換し合っているらしい。

「寅次郎《とらじろう》どのが下田《しもだ》に向かいましたよ。黒船に乗り込むために」

「なんじゃと！」

竜馬の盃から酒がこぼれた。

寅次郎とは、元長州藩士・吉田松陰のことである。松陰は三年前の嘉永四年（一八五一）、藩庁の許可なく旅に出たために脱藩の罪に問われ、士籍を剝奪《はくだつ》されていた。

その吉田松陰が弟子の金子重輔《じゅうすけ》とともに、下田沖に停泊中の米艦に乗り込み、海外密航を企てたのである。

ときに松陰、二十四歳。

日米和親条約を破約し、攘夷を断行すべしとの声が高まる中、国家の信義にかかわることなので、いったん結んだ条約を一方的に破棄するわけにはいかない、との立場を取る松陰は、

「欧米列強の先進文明を学ばずして、津波のごとく押し寄せる外夷に対抗はできぬ」

と主張して、過激な攘夷論者とは一線を画していた。思想的背景はともかく、その考え方は竜馬にも通じるものがあった。それだけに、

（先を越された）

という思いがあったのだろう。いかにも悔しそうに沈黙する竜馬に、

「わたしもさそわれましたが断りました。寅次郎どのはひどく立腹してましたよ」

苦笑を浮かべて、小五郎がいった。実際、そのときの松陰の憤激ぶりは尋常ではなかったらしく、のちに松陰は回顧録の中で、

「桂、じつに事を済《な》すの才あり。胆略《たんりやく》と学問乏《とぼ》しきは残念なり。この節、大いにくじけたるも、胆学乏しきゆえなり」

と、散々にこき下ろしている。

「で、寅次郎どのは首尾よく黒船に乗り込んだのか」

藤十郎が訊いた。

「それが、まだ……」

「いつ、わかる？」

竜馬もそれが知りたい。小五郎が何かいいかけたとき、がらりと襖が開いて、

「桂、大変なことになったぞ！」

二人の武士が蒼白《そうはく》な顔で飛び込んできた。

松陰と親交のあった熊本藩士・宮部鼎蔵《みやべていぞう》と長州藩の友人・秋良敦之助《あきらあつのすけ》である。

「どうした」

「寅次郎どのが捕まった」

「まことか、それは！」

「黒船の水夫に乗船を拒否され、下田番所に突き出されたそうだ」

秋良敦之助が苦い顔《かこ》でいった。この男は松陰から密航の費用を無心されたとき、

「国禁を犯すのはよくない」

と、断っている。宮部鼎蔵も松陰の密航計画には当初から反対していたので、二人ともこの結果には必ずしも同情的ではなかった。

「密航計画は時期尚早だった」

と、宮部がいえば、

「暴挙以外のなにものでもない」

と、秋良がずばりと切り捨てる。それに小五郎が加わって、三人の話題は日米和親条約の是非や海防問題、諸藩の動静などへ移っていった。竜馬は退屈そうに耳をかたむけながら、吉田松陰が密航に失敗したことに、内心ほっと胸をなでおろしつつ、

(次はわしの出番じゃ)

と、腹の底でつぶやいていた。

それから一刻（二時間）後。

竜馬と藤十郎は、柳橋の土手道を歩いていた。いつ尽きるとも知れぬ三人の論議に

へきえきして、適当な口実をみつけて中座してきたのである。

十六夜《いざよい》の月に、ぼんやりと雲がかかっている。雨もよいの空である。

「なァ、藤岡さん」

歩きながら、竜馬がいった。

「寅次郎どのの話を聞いて、わしはますます黒船が欲しくなったよ」

「また、その話か」

藤十郎は苦笑して、

「本気でそう思うなら、江戸城の御金蔵から公儀の隠し金とやらを盗み出したらどうだ？」

「わしにそんな芸当ができるなら、とうにやっちょるわい」

「おれならできそうな気がする」

「あ？」

「吉田寅次郎どののように、命を捨てる覚悟があればな」

「そりゃ、いかんぜよ、藤岡さん」

「何がいかん？」

「命を捨てるっちゅうことは、しくじるっちゅうことじゃ。初手《はな》からそがな覚悟をしとったんじゃ、しくじるに決まっちょる。現に寅次郎どののもしくじった」

「しかし、失敗を恐れていたら、何もできんだろう」

藤十郎が反駁《はんばく》すると、

「だから、わしは何もせん」

けろっと竜馬はいってのけるのである。

要するに、この男は夢想家なのだ。黒船に乗り込んで異国人の首を取る話、その黒船を異国から買い入れて海外に渡航する話、そして御金蔵破りの一件。竜馬の話は何もかもが空想の世界の絵空事にすぎない、と藤十郎は思った。

「おう、みごとな桜じゃのう」

竜馬がふと足を止めた。

浅草御門橋のたもとの桜の老樹が満開の花を咲かせている。それをながめながら、

「あと三カ月か……」

竜馬が妙なことをいう。

「何のことだ?」

「あと三カ月で、江戸遊学の期限が切れる。六月には郷里《くに》に帰らなければならん」

「そうか。あんたに逢えなくなると思うと寂しいな」

「わしは江戸が好きじゃ。またすぐにもどってくるさ」

と竜馬はいったが、じつのところ、それがいつになるのか、竜馬自身にもわからな

かった。

「あんたは土佐の片田舎におさまってるような男ではないからな」

藤十郎が慰撫《いぶ》するようにいうと、竜馬は目をきらきらと耀《かがや》かせて、

「藤岡さん、わしが江戸にもどってきたときは、一緒に黒船に乗って異国を見に行かんか」

「考えておこう」

腕白な弟を見るような目で、藤十郎は苦笑した。

第四章　爆発連鎖

1

藤十郎は、江戸城の内濠《うちぼり》の縁《ふち》に立って、春霞《はるがすみ》の向こうにおぼろげにそびえ立つ乾《いぬい》櫓《やぐら》をながめていた。石垣の上に立ち並んでいる桜の木が、もう花を散らせはじめている。

（御金蔵、か……）

さっきから、ぼんやりそのことを考えていた。

この広い江戸城の中に二つの御金蔵がある、と竜馬はいったが、その一つが内桜田門のちかくの蓮池《はすいけ》御金蔵であることを、つい最近、田安家の役人たちの何げないやりとりの中で知った。竜馬がいったとおり、日常の金銀の出納《すいとう》は蓮池御金蔵で行われているらしく、幕臣なら誰でもその所在を知っているようだった。

幕府の財政は逼迫《ひっぱく》している。品川台場の築造普請に七十五万両もの巨費を投じておきながら、それでも足りずに、江戸市中の豪商や近在の富農から十万両をかき集めたというから、おそらく蓮池御金蔵の金も底をついているだろう。

もう一つの御金蔵――そこに蓄えられている金銀は幕府の公金ではなく、徳川家の隠し金である。とすれば、その所在を知るものはごくかぎられているはずだ。そして、その御金蔵にはまだ数十万両の金が眠っている、と竜馬はいった。

果たしてそれは事実なのだろうか。

事実だとすれば、第二の御金蔵は江戸城のどこにあるのか。


（埒《らち》もないことを……）

ふっ、と藤十郎は我に返った。なぜそんなことを考えていたのか、自分でもわからない。乾櫓をながめているうちに、無意識裡《り》に思念がそこへ飛んでいたのである。竜馬の妄想癖《へき》が移ってしまったか、と苦笑しながら藤十郎が背を返した、そのとき、

「よう、ここにいたか」

雲突くような大兵《だいひょう》の武士が歩み寄ってきた。武市半平太である。

「武市さん」

「田安邸を訪ねたら、飯を食いに行ったと聞いたのでな」

「おれに何か用か」

「アザ（竜馬）が国元に帰るそうじゃ」

「その話なら坂本さんから聞いた」

「それで、まァ、ささやかな送別会でもやってやろうかと――」

「送別会？」

藤十郎が訊《き》き返すと、半平太はにやりと笑って、

「というのは、じつは口実でな……。あいつを男にしてやろうと思っちょるんじゃ」

「わからんな。どういうことだ？」

「あの歳《とし》で女を知らんのだよ。アザは」

「まさか」

藤十郎は笑殺《しょうさつ》したが、これは事実だった。

どういうわけか、竜馬は女に関してひどく晩熟《おくて》だった。その理由を半平太は、

「姉御のせいじゃろう」

と分析する。

竜馬の三つ年上の姉・乙女《おとめ》は、身の丈六尺（約百八十センチ）にあまる大女で、裁《さい》縫《ほう》や料理よりも武術や学問・遊芸を好む男まさりの女だという。

一方、幼年時代の竜馬は、近所の悪童どもから、よばれたれ（寝小便たれ）・はな

たれ・泣き虫などとからかわれる、ひ弱で出来の悪い子供だった。十二歳のときに母を亡くし、それ以来、姉の乙女が母親代わりになって、出来の悪い竜馬を徹底的に教育した。

なにしろ、にわか雨が降り出すと日和下駄《ひよりげた》をはいたまま、両手に一俵ずつの米俵を下げて米蔵の間を何回も往復したという女丈夫である。竜馬にとって、これほど厳しい師はいなかった。その姉の訓育のおかげで、竜馬は泣き虫の愚童から脱皮し、たくましく成長していった。

「それゆえ、いまだに乙女どのには頭が上がらんそうじゃ」

現代《いま》ふうにいえば、シスター・コンプレックスである。

「で、坂本さんを男にしてやるとは？」

どういうことだ、と藤十郎が訊いた。

「吉原で妓《おんな》を抱かせようと思っちょる。アザには内緒でな」

「なるほど」

「おんしも付き合わんか。妓楼《ぎろう》の費用《かかり》はわしが出す」

もちろん断る理由はなかった。というより、半月以上も綾乃に逢っていなかったので、断るどころか、むしろ願ってもない話である。

「坂本さんにとっても、いい江戸土産になるだろう」

ふむ、と半平太がうなずいて、

「あの男は土佐にあだたぬ人物になる」

あだたぬとは、「収まりきらない」という意味である。

「そがな男が女を知らんでは、話にならんからのう」

といって、半平太はからからと笑った。だが、あいかわらず目は笑っていない。


その夜、藤十郎は柳橋から猪牙舟《ちょきぶね》に乗って、吉原に向かった。

静かな夜である。

日米和親条約が締結されてから、江戸の街は一応平穏を保っている。

だが、庶民の不安が完全に払拭《ふっしょく》されたわけではない。条約に反対する攘夷《じょうい》派の怒りと不満が、燎原《りょうげん》の火のごとく六十余州に広がりつつあることを、人々は敏感に感じとっていた。

政情不安。

政局の混迷。

先の見えぬ闇の時代。

江戸市民の最大の娯楽である祭礼も、政情不安のために次々に中止されたり、延期されたりして、この年（安政元年）に催されたのは山王権現《さんのうごんげん》の祭り一つだけという寂しさだった。

諸物価も高騰した。巷《ちまた》には不景気風が吹き荒れている。

吉原も例外ではなかった。廓《くるわ》一の賑《にぎ》わいを誇る仲之町《なかのまち》にも遊客は数えるほどしかなく、通りを彩る軒行燈《のきあんどん》や雪洞《ぼんぼり》の明かりも、心なしか薄暗かった。客の激減にたまりかねて、江戸中に「遊女大安売り」の引札《ひきふだ》（チラシ）をばらまいた楼主もいたという。

「それもこれも、公儀が腑抜《ふぬ》けだからですよ」

と憤慨するのは、妓楼『喜久万字屋』のあるじ・杢二郎である。

その前で竜馬と藤十郎が黙々と酒杯をかたむけている。

酒が飲めない半平太は、例によって特別に作らせた汁粉をすすっている。

「和親条約などさっさと破約して、攘夷を敢行すべきです」

杢二郎が、いつからこれほど極端な攘夷論者になったのかわからないが、杢二郎にかぎらず、ちかごろ庶民の間で公然と攘夷論が語られるようになったのは、それだけ幕府の威信が失墜《しっつい》したという証左であろう。

「亭主」

と竜馬が酒杯を膳において、杢二郎に目をむけた。

「こんなところでおだをあげててもはじまらん。文句があるなら公儀に直訴したらどうじゃ。大筒《おおづつ》をぶっ放して墨夷《ぼくい》どもを追い払えとな」

「それをやってのけたんじゃよ。この男は」

横から半平太が口をはさんだ。

「やってのけた？」

「登城《とじょう》の若年寄《わかどしより》に駕籠訴《かごそ》におよんだそうじゃ」

「駕籠訴！」

竜馬と藤十郎が同時に声を発した。

二人のおどろきようを見て、杢二郎は照れるように頭をかきながら、

「おかげで町奉行からきつい灸《きゅう》をすえられましてね。過料《かりょう》五貫文を申しつけられました」

「…………」

竜馬は絶句している。

「そのときの杢二郎の献策というのがふるってってな」

半平太が笑いながら語をつぐ。

「まず酒や魚を千艘《そう》の漁船に積み込んで、横浜沖に投錨《とうびょう》している黒船にこぎよせる。このとき敵の不審を買わぬよう、ねんごろに挨拶におよんだ上、アメリカの水夫《かこ》どもをたぶらかして酒宴を催す。酒興《しゅきょう》たけなわになったところで、かねて見定めた黒船の焔硝蔵《えんしょうぐら》に火をはなち、隠し持った鮪包丁《まぐろぼうちょう》で面々斬りこむ」

この奇策を用いれば、

「必勝の利、疑いなく存じ奉り候」

と、願書にしたためて若年寄に駕籠訴したというのである。

「本気でそれを公儀に……？」

藤十郎があきれ顔で訊いた。

「もちろん、本気です。手前も漁船に乗り込んで黒船に斬りこむつもりでした」

「坂本さん」

藤十郎が薄笑いを浮かべて、

「上には上がいるもんだな」

「………」

竜馬は気まずそうに沈黙している。敵艦に小舟をこぎ寄せて斬り込むという奇策は、もともと竜馬が考えたことだが、黒船の船上で酒宴を開き、敵を酔わせて一気にやっつけるという奇抜な発想には、およびもつかなかった。だから内心、

（こいつには負けた）

と思ったのだろう。すねたように黙然と酒杯をかたむけている。

「その奇策の是非はともかく」

半平太がつづける。

「李二郎の心意気やよし。いまの公儀にはそれが欠けちょる」

「黒船が来るのはわかっていたんですからね。もっと早く手を打っておけば……」

と、李二郎が歯がみする。

「品川台場に注ぎ込んだ金も、結局、死に金になってしまったな」

藤十郎がそういうと、半平太は苦々しい顔で、

「公儀は浮足立ってドジばかり踏んじょる。つい三日ほど前には、目黒川の焔硝製造所が爆発したそうじゃ」

「あの水車小屋が……！」

一瞬、藤十郎の脳裏に、目黒川の河畔に立っていた二連水車の巨大な建物がよぎった。

「あれが爆発したのか」

「木っ端《こっぱ》みじんにな。五人の火薬職人が爆死したと聞いた」

「………」

いやな予感がした。

大庭伊兵衛の水車小屋は大丈夫だろうか。

もし、あの水車小屋でも同じような事故が起きたら、虎の子の十五両は水の泡である。

「どうした？　何か気になることでもあるのか」

「いや、べつに……」

首をふって、酒を注ごうとすると、

「酒はもういいじゃろう。それより」

と、半平太が目くばせした。それぞれの部屋に引き下がろう、といっているのである。

李二郎がすかさず察して、

「お支度はできております。ささ、どうぞ」

立ち上がった。

「なんだ、もう寝るのか」

竜馬は何もわかっていない。

「夜も更けてまいりましたので」

「まだ酒が残っちょる」

盃に残った酒を未練がましく見ている竜馬に、

「坂本さまのお部屋は奥になります。さ、まいりましょう」

腕をとって、李二郎が強引に連れ去った。

2

「お久しぶり」

夜具の中で綾乃が艶然《えんぜん》と微笑《わら》った。黒い大きな眸《め》が行燈の明かりにきらきらと耀いている。

「逢いたかったぜ」

藤十郎がささやくようにいった。二人とも一糸まとわぬ全裸である。藤十郎は片手で綾乃の肩を抱き、もう一方の手で乳房を愛撫しながら、

「いい話がある」

「どんな？」

「近々、大金が手に入るんだ」

例の七十五両である。

「その金が入ったら、おまえを身請けする」

「ほんと！」

「身請金はいくらだ？」

「旦那さんは百両だって」

「百両、か……」

足りない。――が、李二郎に直談判《じかだんぱん》すれば、不足分の二十五両はまけてくれるかもしれぬ。まけてくれなければ、延べ払いにするという手もある。もともと綾乃は佐吉から五十両で買った妓《おんな》なのだ。李二郎を口説《くど》けば何とかなるだろう、と勝手な胸算用をしていると、

「お金が足りないの」

綾乃が心配そうに訊いた。

「いや、金のことは心配いらん。早ければあと三日、遅くとも五日のうちには金が入ってくる」

「あと五日……」

遠くを見るような目で、綾乃がつぶやいた。長い睫毛《まつげ》が目元に濃い影を落としている。

「そう。あと五日でおまえはおれのものになるんだ」

「なんだか、夢のよう」

「夢じゃねえさ」

いいながら、藤十郎は乳房から下腹へ手を伸ばした。指先が小さな突起にふれた。

「あっ」

と声を発して、綾乃がのけぞる。藤十郎の指が秘所に入っていた。花芯はもうしとどに濡れている。藤十郎は上体を起こして、綾乃の足元に回りこみ、両足首をつかんで高々と持ちあげた。股間の茂みからむせるように女が匂う。

藤十郎の一物もすでに猛々《たけだけ》しく怒張している。綾乃の両脚を肩にかけて、それを突き入れようとした、――まさにその瞬間、

「藤岡さん」

次の間の襖の外で、半平太の声がした。

（なんてこった）

一物がもう萎《な》えている。

（無粋《ぶすい》なやつめ）

苦々しい顔で立ち上がると、下帯もつけず、裸の上に着物を引っかけて次の間へ行き、がらりと襖を開け放った。寝巻《ねまき》姿の半平太が立っている。

「どうした？」

「アザが逃げよった」

「逃げた？　屋敷に帰ったのか」

「ま、来てくれ」

半平太が踵《きびす》を返した。

廊下の右奥が竜馬の部屋である。その部屋の襖を引き開けると、獅嚙火鉢《しがみひばち》の前で長襦袢姿の遊女がふてくされたような顔で酒をあおっていた。その妓には目もくれず、半平太はずかずかと部屋の中に入りこみ、西側の出窓を開けた。窓の向こうは物干し台になっている。

「あれじゃ」

半平太が指さした。

屋根の上に、下帯ひとつの竜馬が背中を丸め、両膝を抱えこむようにして座っている。

「坂本さん、どういうことなんだ。これは？」

「どうもこうもないわいッ」

いきなり怒声が返ってきた。

「おんしもアギ（半平太）の片棒かついだんか！」

廓《くるわ》中に聞こえそうな大声だ。めずらしく感情をむき出しにしている。まるで駄々っ子のようなその姿に、思わず藤十郎は吹き出しそうになったが、それをぐっとこらえて、

「何が気に障《さわ》ったか知らんが、そんなところにいたのでは話にならん。とにかく下りてこい。酒を飲みながらゆっくり話そう」

「その前に妓を部屋から追い出してくれ」

「おんな？」

と、ふり返って半平太を見た。

「坂本さんはそういってるが……」

「わかった。妓はわしが連れて行く。李二郎に酒を運ばせるので、あとはよろしくたのむ」

いいおいて、

「おまんはわしと一緒にこい」

遊女をうながして、半平太は部屋を出ていった。

「妓は出ていったぞ」

藤十郎が声をかけると、竜馬はまだ疑わしそうな顔で、

「アギはどうした？」

「一緒に出ていった」

「そうか」

ひらりと身を躍らせて物干し台に降り立つと、出窓から部屋の中へ入り、

「寒い。まずは酒じゃ」

膳の上の銚子をわしづかみして、喇叭《らっぱ》飲みにした。それも二本立てつづけにである。

ようやく人心地ついたのか、ふう、と大きく吐息をついて、

「おんしも人が悪いのう」

うらみがましくいった。

「どういうことだ」

「アギとぐるになって、わしを騙《だま》しおった」

「べつに騙すつもりはなかったが」

そこへ、仲居が酒を運んできた。その酒を注ぎながら、藤十郎が弁解するように、

「あんたがそれほど女嫌いだとは思わなかったよ」

「女は……、嫌いではない」

「では、なぜ？」

「郷里《くに》を出るときに、親父どのからきつく申し渡されたことがあるんじゃ」

竜馬は立ち上がって、衣桁《いこう》にかけられた胴巻きの中から、小さく折り畳んだ書状を取り出し、獅噛火鉢の前にどかりと腰をすえると、その書状を大事そうに披《ひら》いた。それには、

修行中心得大意

一、片時も忠孝を忘れず、修行第一の事

一、諸道具に心移り、銀銭を費やさざる事
一、色情にうつり、国家の大事をわすれ心得違ひあるまじき事
右三箇条胸中に染め修行をつみ、目出度帰国専一に候。　以上。
丑ノ三月吉日　老父
竜馬殿

と、墨痕淋漓《ぼっこんりんり》としたためられている。

二条目の「諸道具」とは、刀剣類のことである。

竜馬が生まれ育った高知城下の上町《かみまち》には、刀鍛冶《かたなかじ》や鉄砲鍛冶、野鍛冶《のかじ》など二十四人の鍛冶屋のほかに、鞘《さや》師、研《とぎ》師、鍔《つば》師などの職人が多く住んでいた。そうした環境の中で育ったせいか、竜馬は子供のころから刀剣類に興味を持ち、耳学問で専門知識を身につけていった。

長じてそれが趣味となり、十九歳のころには、すでに刀の鑑定に一家言《いっかげん》持つほどの刀剣通になっていた。父の八平が「刀剣類に心を移して無駄遣いするな」と戒《いまし》めたのはそのためである。

第三条は、説明するまでもなく、女遊びを禁じた訓戒である。

音吐《おんと》朗々、竜馬がそれを読みあげる。

「一つ、色情にうつりイ、国家の大事を忘れエ、心得違いあるまじき事オ」

ここでいう国家とは国と家、つまり土佐藩と坂本家を意味する。

「アギが何を吹き込んだか知らんが、わしは女嫌いでもないし、女を知らんわけでもない。ただこの心得を守るために……」

といいつつ、竜馬はふたたび書状を丁寧に畳みながら、

「わしはあえて女色《じょしょく》を避けちょるんじゃ。それが江戸修行を許してくれた親父どのと藩への忠孝だと思っちょる」

「なるほど、それは立派な心がけだ……、しかし」

といいかけて、藤十郎は次の言葉を飲み込んだ。

「しかし、何じゃ？」

「いや、なに――」

父親の訓戒状を肌身はなさず持ち歩き、それを愚直なまでに守っている竜馬が、藤十郎は正直おかしくてならなかった。一度や二度女を抱いたところで、誰が見ているわけでもないし、証拠が残るわけでもない。帰国して父親に問われたら、

「修行心得はしかと守りました」

と報告すればすむことではないか。ましてや国（土佐藩）と家（坂本家）への忠孝のためにおのれの欲望を自制する、などという理屈は、藤十郎にはとうてい理解でき

なかったし、また竜馬が本心からそういっているとも思えなかった。要するに竜馬という男は、自分に嘘をつけない男なのである。その子供じみた純粋さがたまらなくおかしかった。

「なァ、藤岡さん」

竜馬が着物を着ながらいう。

「屋根の上で考えていたことなんじゃが、わしは今度江戸に出てきたら、同志をかき集めて社中《しゃちゅう》（商社）を作ろうと思っちょる」

「社中？」

「異国人相手の商いじゃ」

「黒船を買うためにか」

「それもある。が、それだけではない。買いたいものは、ほかにも山ほどある」

「たとえば？」

「異国の知識、技術、文明、それをそっくり買い込んで、日本を異国並みの、いや、それ以上の強い国にするんじゃ」

「そいつはまた大仰《おおぎょう》な話だな」

藤十郎は苦笑した。

「そんときは、おんしも一枚加わらんか」

「考えておこう」

「気に食わんな、その応え。先日も同じ返事をしよった」

「先日？」

藤十郎は忘れている。

「考えているだけでは物事は先に進まん。男に必要なのは決断力じゃ。おんしにはそれが欠如しちょる」

「おれはもともと算士《さんし》だからな」

「算士？」

「算法《さんぽう》は考えに考えぬいて『解（答え）』を見つける。だが、あんたの場合はまず先に『解』ありきだ。そこが違う」

「おんしが算士なら、わしは剣士ぞね。邪念を捨てて無の心で打つのが剣の極意じゃき、いわれてみれば、なるほど、おんしとわしとの違いはそこにあるのかもしれんなァ」

妙に納得している。単純といえば、これほど単純で素直な人物は当節めずらしい。

この男には人を惹《ひ》きつける何かがある、と藤十郎は思った。

「お互いに性分は違うが、おれとあんたはなんとなく馬が合いそうな気がする。今夜は心ゆくまで飲もう」

「よし、酔いつぶれるまで飲むぞ」

結局、二人は東の空がしらしら明けになるころまで飲みつづけた。

3

流連《いつづけ》を決め込んだ武市半平太を『喜久万字屋』に残し、藤十郎と竜馬は吉原をあとにして山谷堀から猪牙舟に乗り込み、柳橋で別れた。

時刻は六ツ（午前六時）をすぎている。

眠りから醒《さ》めた町は、もうあわただしく動きはじめていた。

仕事場へいそぐ職人や人足、買い出しに向かう小商人《こあきんど》、店先を掃除している商家の奉公人など、さまざまな人々がさまざまに立ち働いている。

風が生あたたかい。不快なあたたかさだ。風がそよぐたびに、藤十郎は吐き気をもよおした。喉のあたりまで酒が残っている。胃の腑が焼けるように熱い。口の中がむやみと渇く。

ようやく九段坂までたどりついた。

そのときである。

突然、ずずーん、と腹を突き上げるような音がして地面が大きく揺らいだ。いや、揺れたような気がしただけで、実際には自分の体が揺れたのかもしれない。

ひどい目まいを覚えて、藤十郎は思わず足を止めた。空がぐるぐる回っている。地面も激しく回転しはじめた。まるで自分が独楽《こま》になったような感覚である。よろよろと足がもつれ、立っているのもおぼつかない。たまらず立木にもたれて、周囲の目もはばからず嘔吐《おうと》した。

そのとき、また、
ずずーんと轟音がひびき、体がぐらりと揺れた。

（ただごとではない）

と気づいたのは、九段坂をころがるように駆け降りてくる人影を見たときだった。

近くの番屋の番太郎ふうの中年男である。

「何かあったのか？」

と声をかけると、男は肩で大きく呼吸《いき》をととのえながら、

「内藤新宿のほうで煙が上がってます」

「火事か」

「さァ、何かが爆発したようで」

「爆発？」

男は、もう走り出していた。

坂の上のほうが騒がしい。通行人がいっせいに坂をかけのぼっていく。

藤十郎も走った。

この時代の九段坂は、現在のように勾配《こうばい》のゆるい坂道ではなかった。古くは飯田坂とよばれ、月の名所として知られた眺望絶景の急峻《きゅうしゅん》だったのである。

明治になって人力車や荷車が通れるように改造されたが、それでも坂をのぼるのが一苦労で、坂の下には車の後押しを業《なりわい》とする、俗に「立ちん坊」とよばれる強力《ごうりき》がたむろしていた。現在のような勾配のゆるい坂に改造されたのは、関東大震災のあとである。

さすがに息が切れた。心ノ臓が早鐘のように高鳴っている。

田安御門の前を走りぬけて、坂の上まで駆けのぼると、あちこちの屋敷から飛び出してきた家士《かし》や若党、中間《ちゅうげん》などが道をふさぐように佇立《ちょりつ》して、西の空に目をやっていた。

家並みのかなたに、もうもうと黒煙が立ちのぼっている。

(なんだ、あの煙は……)

煙の形が異様だった。太い円柱形の黒煙が垂直に立ちのぼり、上空で傘が開いたように水平に広がっている。まるで巨大なキノコだった。

「藤岡さん」

人混みの中で、ふいに声をかけられた。

ふり向くと、端正な身なりの若い武士が立っていた。桂小五郎である。

「桂さんか」

小五郎が塾頭をつとめる斎藤弥九郎の練兵館は、ここからほど近い麹町《こうじまち》三番町にあった。先刻の轟音を聞きつけて、小五郎も練兵館を飛び出してきたのだろう。

「いったい何が起きたんだ」

「わかりません。様子を見に行きましょうか」

小五郎は先に立って歩き出した。

三番町通りを西へ向かい、市ケ谷御門、四ツ谷御門をへて、四ツ谷伝馬町通りにさしかかったころには、藤十郎の酔いも完全に覚めていた。さっきより足どりも軽い。

「柏木《かしわぎ》のほうですね」

歩きながら、小五郎がいった。

柏木は内藤新宿の西方に位置する角筈《つのはず》・成子《なるこ》・淀橋《よどばし》などの総称である。

西の空に立ちのぼるキノコ形の黒煙は、刻一刻その形を変えて、黒雲のように宿場の空を覆いはじめていた。形こそ崩れているが、煙の勢いは一向におとろえていない。

宿場通りは、さながら戦場だった。

けたたましく鳴りひびく半鐘《はんしょう》。

右往左往する人々。

泣き叫ぶ子供たち。

家財道具を満載にした大八車が行き交い、怒号と怒声が渦巻き、刺子半纏《さしこばんてん》の火消し人足たちが、荒々しく竜吐水《りゅうどすい》を曳《ひ》いて走りぬけていく。

「何があったのだ？」

小五郎が通りすがりの鳶《とび》の者をつかまえて訊いた。

「淀橋の水車小屋が爆発したそうで」

「水車小屋！」

藤十郎の声が上ずった。

昨夜、武市半平太から品川の水車小屋が爆発した話を聞いたばかりである。鳶の者に詳細を聞くまでもなく、淀橋の水車小屋で盒薬《ごうやく》（火薬）が製造されていたであろうことは、想像にかたくなかった。何よりも、あたり一面にただよう強烈な硝煙の匂いが、それを如実に物語っている。

（伊兵衛の水車小屋は大丈夫だろうか）

真っ先にその不安が脳裏をよぎった。わずか数日間に二カ所の水車小屋が爆発したのである。三度目が起きないという保証は何もない。それを考えると、急に気が重くなった。

「行きますよ。藤岡さん」

小五郎にうながされて、藤十郎はゆっくり歩を踏み出した。

爆発した水車小屋は、寛文《かんぶん》のころ（一六六〇年代）に建てられた古いもので、以前は米や麦を精製していた。持ち主は、柏木村淀橋の久兵衛《きゅうべえ》という男である。水車小屋の大きさは間口十一間（約二十メートル）、奥行き五間三尺（約十メートル）、水車の直径一丈六尺（約五メートル）と、かなり大きなものだった。

ペリー艦隊が浦賀沖にはじめて来航した去年（嘉永六年）の六月、久兵衛は幕府の火薬奉行・永田帯刀《ながたたてわき》に命じられて火薬の製造に手を染めはじめ、その後、幕府に内緒で諸藩の御持筒《おもちづつ》奉行や砲術家などからも注文を受け、その業大いに繁盛したという。

幕末期の江戸町名主《まちなぬし》・斎藤月岑《げっしん》は、淀橋の水車小屋の爆発事故について、自著『武江年表《ぶこうねんぴょう》』に次のように記している。

「明け六ツすぎ、柏木淀橋の水車より火を発す。この年頃、此の川端にありしところの水車を以て、この頃鉄砲の火薬を製しけるが、今朝いかがしてか一奴隷《しもべ》（職人）火を過ち、盒薬に移りしかば、たちどころに火起こり、雷霆《らいてい》よりも恐ろしく、すさまじく響きして其の者は五体微塵となり、その家はさらなり。淀橋町、長さ十九間幅六間余焼亡す。この響きにして近辺より角筈村、本郷村、中野村など、人家傾き、あるいは潰れ、倉庫も破壊し大木も傾きたり。家屋まばらのところもあれど、怪我人五十余輩ありと聞けり。江戸近辺はいうにおよばず、近国へも響きたりぞ」

隣接する中野村にも被害がおよんだというのだから、惨状思うべしである。

二人が成子坂《なるこざか》にさしかかったとき、また前方で爆発音がとどろき、と同時に、目のくらむような閃光《せんこう》が奔《はし》り、赤黄色の火柱が轟然と噴き上がった。

小石や木片、土砂などが雨あられのごとく降り落ちてくる。

「危険だ。引き返そう」

あわてて藤十郎が踵を返したときには、もう小五郎は数間先を走っていた。

おどろくほど逃げ足が速い。

「おい桂さん、待ってくれ」

追っても追っても追いつかない。

じつは、この逃げ足の速さこそが、激動の幕末をしたたかに生きぬいた桂小五郎＝木戸孝允《きどたかよし》の身上だったのである。

十年も後の話になるが――池田屋騒動が起きたときも、小五郎は間一髪難を逃れているし、芸者・幾松《いくまつ》の家に潜伏中、新撰組の急襲をうけたときも、踏み込まれる直前に逃げ出している。また、長州藩士でありながら禁門の変には参加せず、長州藩が敗走したのち、乞食に変装して京都を脱出、広江孝助《ひろえこうすけ》の変名を用いて但馬《たじま》・出石《いずし》に逃れている。

そんな小五郎の逃げ足の速さは、志士の間でもうわさになり、いつしか、

「逃げの小五郎」

と呼ばれるようになった。ふだんは思慮ぶかく、冷静沈着な男だが、危険を察知したら脱兎《だっと》のごとく逃げ出す。それが小五郎の生得《せいとく》の保身術であった。

内藤新宿の東はずれで、ようやく追いついた。

通りの右側には玉川上水《たまがわじょうすい》が流れており、水路のほとりに上水を管理する水番所が立っている。玉川上水はここから四ツ谷までの間を甲州街道の地下およそ十尺（約三メートル）のところを、幅一間（約一・八メートル）の石樋《いしどい》を通って江戸の曲輪内《くるわうち》に送水されるのである。水番所の前には、

此の上水道において
魚とり　水をあびて
ちりあくた捨てるべからず
奉行

と記された高札が立っている。

小五郎はその高札の前にたたずんでいた。息も乱さず、涼しい顔をしている。

「まるで韋駄天《いだてん》だな」

息を切らせて藤十郎が歩み寄ると、小五郎はにっこり笑って、

「あの茶店で一服つけましょう」

銀杏《いちょう》の大木のかたわらに立っている小さな茶店に向かってすたすたと歩き出した。

「それにしても、すさまじい爆発だったな」

茶店の床几《しょうぎ》に座って、藤十郎が茶をすすりながらいった。

「成子坂の松の木に紅絹裏《もみうら》の小袖が一枚、まるで着せかけたように引っかかってました。おそらくあのあたりの百姓の娘のものでしょう」

「あれだけの爆発を起こすとなると、なまじの量の火薬ではないな」

「あの水車小屋では千貫（約三・八トン）の火薬が作られていたそうです」

「千貫！」

「ここだけの話ですが」

小五郎が四辺にするどい目を配って、声をひそめた。

「じつは長州藩も注文していたんですよ。二十貫目ほど。もちろん公儀には内緒で」

「なるほど、それで……」

小五郎が一目散に逃げ出したわけがわかった。長州藩士が爆発現場にいたという事実が幕府の探索方に知れたら、長州藩にも火薬密造の疑いがかかる。それを恐れて小五郎はいちはやく爆発現場から逃げ出したのである。

結果的にその判断は正しかった。

二人が爆発現場を離れた直後、公儀目付・渡辺掃部《わたなべかもん》と南町奉行・池田播磨守《いけだはりまのかみ》配下の与力・水谷兵蔵《みずたにへいぞう》が現場に到着し、被害の状況や水車小屋で製造された火薬の量、その受注先などを子細に調査していたのである。このとき、内藤新宿の名主・喜兵衛《きへえ》が目付の渡辺に被害の救済を嘆願し、幕府から金三百四十七両、銀一匁八分、銭六十七貫文の救済金を賜った、と記録にある。

小五郎が二杯目の茶を飲みながら、

「そもそも米や麦をひく水車小屋で火薬を作ろうというのがむちゃな話なんですよ」

気になることをいった。

「水車小屋はいかんのか」

「火薬を搗《つ》くのには微妙な力加減が必要なんです。水車ではそうはいきませんからね。ましてや舎密《セイミ》（化学）の知識や技術がない素人がやってるわけですから、爆発してもふしぎではありません」

「………」

藤十郎は不安になった。

いわれてみれば、大庭伊兵衛に舎密の心得があるとは思えなかった。もっとも、そんな伊兵衛の話に疑いもなく飛びついた藤十郎も、舎密に関してはまったくの無知といっていい。

「火薬の製造とはそれほど難しいことなのか」

「舎密の知識がなければ無理でしょう。金になるからといって素人が安易に手を出したら大火傷《やけど》するだけです」

その一言がぐさりと胸に突き刺さった。さらに小五郎は、

「このまま野放しにしておいたら、きっとまた同じ事故が起こりますよ」

とどめを刺すようにそういった。

4

小五郎の予言が現実となったのは、それからわずか三日後のことだった。

今度は、牛込矢来下《うしごめやらいした》の水車小屋が爆発したのである。さらにその翌日には、荏原《えばら》郡《ごおり》小山村の百姓・三次郎方の水車小屋が爆発して多数の死傷者が出た。

品川の爆発事故から数えて、じつにこれで四件目である。もはや偶発的な連鎖事故とはいえなかった。小五郎が指摘したとおり、水車小屋で火薬を製造すること自体に問題があるのだろう。

——板橋の水車小屋は大丈夫だろうか。

藤十郎は苛立《いらだ》っていた。

伊兵衛との約束の日限は明日にせまっている。無事に五十貫目（約百九十キロ）の火薬が完成すれば、明日の夕方には七十五両の金がころがり込んでくる。だが、万一爆発事故でも起これば、七十五両はおろか元手の十五両もふいになる。それを思うと気が気ではなかった。

（様子を見に行こうか）

とも思ったが、藤十郎が出向いたところで何の役に立つわけでもないし、仕事がはかどるわけでもない。むしろ伊兵衛たちの邪魔になるだけである。そう考えて思いとどまった。

とにかくあと一日。——その一日が無事に過ぎることを祈るしかない。

日没とともに雨が降り出した。

けむるような霧雨である。

気をまぎらわせるために、藤十郎は傘をさして町に出た。ふところには小粒（一分金）一つと文銭少々。それが所持金のすべてである。

久しぶりに日本橋駿河町の煮売屋『たぬき』をたずねた。

「あ、旦那、お久しぶりで」

亭主の弥助が愛想よく迎えてくれた。

折りからの雨で客足が途絶えたのだろう。店の中に客の姿はない。

酒と芋《いも》の煮物をたのんで、卓の前に腰をおろした。板庇《いたびさし》を叩く雨音がしだいに高まってくる。

「本降りになってきたようだな」

「へえ」

弥助は戸障子を開けて表を見た。霧雨が大粒の雨に変わっている。

「弱り目に祟《たた》り目ですよ」

うらめしげにつぶやいて戸を閉めようとしたとき、雨粒をはじき飛ばしながら、一人の男が駆け込んできた。菅笠《すげがさ》に筒袖《つつそで》の半纏《はんてん》、浅葱《あさぎ》の股引《ももひ》き、紺地に『丸飛』と染め抜いた胸当てを着けている。日本橋葺屋《ふきや》町の町飛脚《まちびきゃく》『近江屋《おうみや》』の飛脚人足・浅吉《あさきち》だった。

「やァ浅吉つぁん、仕事の帰りかい」

「ああ」

うなずいて、浅吉は片隅の空き樽《だる》に腰を下ろした。

町飛脚は別名「便り屋」ともいい、おもに江戸市中の書簡を扱った。その料金は芝金杉・吉原あたりまでが三十二文、品川・千住・板橋・新宿の、いわゆる江戸四宿までは五十文。割り増し料金を払えば、現代の速達に相当する「早便り」もしてくれたという。

浅吉は、その「早便り」を板橋宿の問屋場に届けに行った帰りだった。

「酒にするかい？」

弥助が訊いた。

「ああ、冷やでたのむ」

と応えて、手拭いでせわしなく肩の雨滴を払いながら、浅吉は冴えない顔で、

「今日はついてねえや」

ぼそりとつぶやいた。

「何か不具合でもあったのかい？」

「また爆発したぜ。板橋宿の水車小屋がな」

「板橋！」

驚声を発したのは、藤十郎だった。

「板橋宿の、どこの水車小屋だ」

「石神井川の太左衛門方の水車小屋だそうで」

（まさか！）

一瞬、藤十郎は耳を疑った。

「ほ、ほんとうか、それは！」

「へえ。宿場役人がそういっておりやしたから」

「…………」

言葉を失った。恐れていたことが現実に起きたのである。目の前が真っ暗になり、底のない闇の淵《ふち》に体が沈みこんでいくような感覚におそわれた。

「まったく恐ろしい世の中になったもんで」

運ばれてきた冷酒を猪口《ちょこ》に注ぎながら、浅吉が興奮さめやらぬ面持ちで、

「あっしもすんでのところで命びろいしやしたよ」

水車小屋が爆発したのは暮の七ツ（午後四時）ごろである。浅吉が板橋宿に着いたのは、その四半刻（三十分）後だったという。

「もうちょっと早く板橋に着いてたら、あっしも巻き込まれてたに違えねえ。それを思うとぞっとしやすよ」

「で、宿場はどんな様子だった？」

気を取り直して、藤十郎が訊いた。

「上宿《かみじゅく》あたりは大変な騒ぎでした。旅籠《はたご》が二軒ほど傾いておりやしたよ」

「死人は？」

「さいわい宿場の人間は無事だったようですが、水車小屋で働いてた三人の男が木っ端みじんに吹き飛ばされたそうで」

その三人の中に伊兵衛がいるに違いない。

——金になるからといって素人が安易に手を出したら大火傷《やけど》するだけです。

桂小五郎はそういったが、大火傷どころか伊兵衛は命までも失ってしまったのである。

藤十郎にとっても、この事故は痛恨のきわみだった。金のことはともかく、身請け話を「夢のよう」だと喜んでいた綾乃を裏切ることになるからである。

（これが綾乃との縁の切れ目になるかもしれぬ）

そう思うと、ますます未練がつのり、胸が締めつけられるように痛んだ。


板橋宿の水車小屋の爆発の原因は、その後の町奉行所の調べで、水車の心棒が発火して臼《うす》の中の火薬に引火したものと判明した。

死者は大庭伊兵衛と火薬職人の源三《げんぞう》、忠七《ちゅうしち》の三名。そのほか怪我人十四名。倒壊家屋二棟。淀橋の事故にくらべて思いのほか被害が軽少だったのは、火薬の量が少なかったためである。

この事故の直後、幕府は大名・旗本に次のような通達を出している。

「火薬取扱の儀、精々念入りに申すべくは勿論《もちろん》の儀に候処、近来合薬製造に付き、過誤とは申し乍《なが》ら、怪我人等もこれあり趣《おもむき》相聞《あいき》き、以《もっ》ての外《ほか》の事に候。畢竟《ひっきょう》取扱方等、等閑《なおざり》故の儀に候間《あいだ》、向後《きょうこう》製薬の節は、その筋取扱候もの、急度《きっと》心付《こころづく》差し添え、粗忽《そこつ》の儀これなき様、相心得るべく候」

　火薬の扱いには注意しろ、という程度の示達《じたつ》である。欧米列強の外圧が強まる中、幕府としても火薬の密造を全面的に禁止するわけにはいかなかったのだろう。その一方で幕府は、急進的な攘夷派の動静をさぐるために、諸藩が保有している鉄砲や火器類の調査をはじめていた。

　御三卿・田安家は九段坂の上屋敷のほかに、四ツ谷に中屋敷、日本橋に下屋敷を持っている。上屋敷は当主の居館、中屋敷は退隠《たいいん》した当主や嗣子《しし》たちの住まい、下屋敷は別荘のようなものである。

　その日の夕刻、当主の田安慶頼《よしより》卿が日本橋箱崎《はこざき》の下屋敷に側室・お江与《えよ》の方の病気見舞いにおもむくことになり、藤十郎ら五人の御小人《おこびと》衆に扈従《こじゅう》の命が下った。

　公儀の目をはばかっての微行《しのび》なので、随行は番頭《ばんがしら》と用人が一名ずつ、警護の目付が三名、そして御小人衆五名と駕籠《かご》の陸尺《ろくしゃく》四名を加えて総勢十四名の小規模な行列になった。

　一行が箱崎の下屋敷に到着したのは、七ツ半（午後五時）ごろだった。予定では一刻（二時間）ほどで帰邸することになっていたが、久しぶりに愛妾《あいしょう》・お江与の方の顔を見たせいか、慶頼卿はすこぶる上機嫌で、

「今夜は泊まりにいたす」

となったため、五人の御小人衆はいったん上屋敷にもどり、明日の朝、ふたたび迎えに行くことになった。この日の役目はこれで終了ということである。五人は下屋敷の前で解散した。

（『たぬき』で一杯やっていくか）

と、藤十郎が駿河町に足を向けたとき、行く手に二人の武士が忽然と立ちはだかった。一人は鳶茶《とびちゃ》の羽織に鉄紺《てっこん》色の袴《はかま》姿のがっしりした体軀《たいく》の武士、もう一人は黒羽織に褐色《かちいろ》の袴を着した小肥りの武士。佩刀《はいとう》と一緒に朱房《しゅぶさ》の十手《じって》を差しているところを見ると、この武士は町方与力《まちかたよりき》らしい。

「藤岡どの、だな？」

と誰何《すいか》したのは、がっしりした体軀の武士だった。

「いかにも。……おぬしたちは？」

「公儀目付・渡辺掃部《かもん》」

「手前は南町奉行所与力・水谷兵蔵と申す」

淀橋の爆発現場を調査した二人である。

「手前に何か」

藤十郎が不審げに訊いた。

「おぬし、大庭伊兵衛という男を知っておろうな」

「存じている。半月ほど前まで手前の朋輩だったが、一身上の都合で田安家を致仕《ちし》した」

「その伊兵衛が板橋宿の水車小屋で火薬を密造していたこともご存じであろう」

これは水谷である。物いいは丁寧だが、目つきは陰険そのものである。

「さて、それは一向に……」

「白《しら》を切っても無駄だ。すでに調べはついている」

渡辺が傲然《ごうぜん》といい放つ。それを受けて水谷が、

「我々が知りたいのは、大庭伊兵衛がいずれの家中から注文を受け、どれほどの火薬を作っていたかということです。貴殿ならそれをご存じのはずだが」

「生憎《あいにく》だが、手前は何も知らぬ」

「困りましたな」

水谷が苦々しい顔で、渡辺を返り見た。

「致し方ない。奉行所まで同道願おうか」

「断る」

言下に突っぱねた。

「手前は御三卿・田安家の家来。町方に引っ立てられる筋合いはない」

「水谷どのは町方だが、わしは公儀の目付だ。御三卿のお抱え人といえども、非違《ひい》の

疑いがあれば取り調べる権限はある」

公儀目付は、若年寄の耳目となって旗本以下の士分を監察する役職であり、直接将軍や老中に意見を申し立てる権限を持っている。

「非違の疑い？」

藤十郎が訊き返した。

「おぬしが伊兵衛に火薬密造の資金《もとで》を出していたことはわかっておるのだ」

「たしかな証拠《あかし》でもあるのか」

「証拠は……」

一瞬、詰まった。

「ない。……ないが、そのような風聞が伝わっている」

「風聞だけで田安家の家来を裁くことはできまい。所用があるので失礼する」

藤十郎が背を返すと、

「藤岡どの」

渡辺の声が飛んできた。藤十郎は足を止めてゆっくりふり返った。

「田安家の重臣はすべて公儀から差し向けられた幕臣だ。そのことを忘れるなよ」

まるで恫喝《どうかつ》だった。

公儀目付が権力を笠にきて下級武士を恫喝する光景は日常茶飯事だった。藤十郎も何度か目《ま》のあたりにしているし、そうやって情報をかき集め、軽微な罪を針《しん》小《しょう》棒大《ぼうだい》にあばき立てるのが、彼らの手法であることも知っている。

人をはめるもの

落とし穴と次郎左衛門《じろうざえもん》

これは大奥の大スキャンダル「絵島生島事件《えじまいくしま》」をあばいた目付・稲生《いなお》次郎左衛門を痛烈に揶揄《やゆ》した物ぞろえである。この事件の吟味に当たった稲生次郎左衛門の巧妙かつ陰湿な訊問の手口は、いまなお人々の語り草になっている。

「渡辺掃部どのといったな?……あんたの名も一生忘れないぜ」

吐き捨てるようにいって、藤十郎は踵を返した。

翌朝、辰《たつ》の中刻（午前八時）――。

田安家の用人が日本橋の下屋敷に当主・慶頼卿を迎えに行くことになり、五人の御小人衆に召集がかかった。藤十郎もそのつもりで身支度をすませ、詰所に向かったが、妙なことに、一行はすでに田安邸を出ており、当直の若い御小人がひとりで茶を飲んでいた。

「なぜ、おれだけ外されたのだ?」

その男に訊ねると、

「さァ」

と首をふるばかりである。そこへ、組頭の平居《ひらい》庄左衛門《しょうざえもん》がずかずかと入ってきて、

「藤岡、話がある」

顎《あご》をしゃくって表にうながした。不審に思いながら庄左衛門のあとについて表に出ると、

「先ほど、ご家老からお達しがあってな」

庄左衛門が苦虫を千匹も嚙みつぶしたような顔でいった。

「本日かぎりでおぬしは奉公お構いになった」

「お構い！」

つまり、免職である。

「あえてわしの口から理由《わけ》は申さぬ。おのれの胸に訊けばわかるであろう」

「…………」

藤十郎は絶句した。目付の渡辺掃部から圧力がかかったことは疑うまでもない。

庄左衛門が追い打ちをかけるように、

「午《ひる》までに荷物をまとめて屋敷を出ていってくれ。よいな、午までにだぞ」

と、いいおいて、足早に立ち去った。

(そういうことだったのか)

これが情報提供を拒否した藤十郎への、渡辺掃部の報復だったのである。

――理不尽。

としかいいようがなかった。藤十郎の身のうちで何かがはじけた。腹の底から熱いものがこみ上げてくる。たぎり立つような烈々たる怒りだった。

5

「ひでえ話だ」

富蔵がしわのように細い目をつり上げて、憤然と吐き捨てた。

神田松田町の富蔵の家の六畳間である。

「目付ごときのいいなりになるなんて、御三卿の名が聞いてあきれやすぜ」

富蔵の怒りはおさまらない。

藤十郎は沈黙したまま、壁にもたれて黙々と茶碗酒をあおっている。

田安邸を着の身着のままで追い出された藤十郎は、しばらく町をうろついたあと、富蔵が帰宅するのを待って、つい半刻（一時間）前にこの家にころがり込んだのである。すでにかなりの量を飲んでいるのだろう。目が真っ赤に充血している。

富蔵が気を取り直して、藤十郎の茶碗に酒を注ぎながら、

「で、これからどうするつもりですかい」

「………」

藤十郎は上《うわ》の空である。行燈の明かりに目をすえたまま、じっと思案にふけってい
る。

「旦那」

富蔵が心配そうに声をかけると、藤十郎はふっと顔を向け、急に開き直った感じに
なって、

「富蔵、おれは腹を決めたぜ」

といった。

「え？」

「公儀を相手に一世一代の大博奕《おおばくち》を打ってやる」

「……てえと？」

「土佐藩の侍から聞いた話なんだがな」

飲みほした茶碗を畳の上において、藤十郎がずいと膝をすすめた。

「江戸城内に将軍家の隠し御金蔵があるそうだ。その御金蔵から金を盗み出すのよ」

「ま、まさか」

と富蔵は笑殺したが、すぐにその笑みは消えて、とまどうような表情に変わってい

た。藤十郎の双眸《そうぼう》に異様な光がたぎっているのを見たからである。

「本気なんですかい？　旦那」

「やると決めたら、おれは必ずやる」

　一拍の間があった。

　富蔵は藤十郎の真意をはかりかねている。

「けど、金が目当てなら何も江戸城の御金蔵をねらわなくても……」

「金だけが目当てじゃねえ。公儀の役人どもの鼻を明かしてやりてえんだ」

「気持ちはわかりやすがね」

「たとえ百両でも、いや一両でもいい。将軍家の御金蔵から金が盗まれたとなれば、大《だい》公儀は天下に恥をさらすことになる。おれのねらいはそれよ」

「命がけの仕事になりやすぜ」

「もとより覚悟の上さ。このまま食い詰めて野垂《のた》れ死にするぐらいなら、獄門台《ごくもんだい》にさらされたほうがましだぜ。世間をあっといわせてな」

「ふっふふ……」

　ふいに富蔵がふくみ笑いをもらした。

「何がおかしい？」

「とうとう本物の悪党になっちまいやしたね、旦那」

「あきれたか」

「その逆です。感服しやした。その話、あっしも一枚乗せてもらいやしょう」

「問題は、隠し御金蔵の在《あ》りかだ。まずそれを調べなきゃならねえ」

つぶやきながら、藤十郎はごろりと横になって肘枕《ひじまくら》をついた。

「そういえば……」

富蔵が思い出したように、

「あっしが御天守番頭《ごてんしゅばんがしら》・今井右左橘《うさきつ》さまの中間奉公をしていたとき、お城の御本丸で小火《ぼや》騒ぎが起きやしてね」

いまから五年前の嘉永二年（一八四九）の話である。

出火元は大奥御殿の北側にある長局《ながつぼね》（奥女中の住居）の三ノ側だった。その近くに天守台があったため、御天守番頭の配下の中間たちも消火作業に駆り出されたという。

「そのとき、やけに警備の厳しい蔵を見かけやしたよ」

「警備の厳しい蔵？」

藤十郎がむっくり起き上がり、

「どこにあったんだ？　その蔵は」

「御天守台の乾《いぬい》（北西）の方角です。ひょっとしたら、あれが隠し御金蔵じゃねえかと」

「富蔵、矢立てと紙を持ってきてくれ」

「へい」

富蔵がそれを持ってくると、藤十郎は行燈の明かりの下に紙を広げ、江戸城の外郭の大雑把《おおざっぱ》な図面を描いた。西ノ丸御殿や御本丸中奥《なかおく》御殿、大奥《おおおく》御殿の位置ぐらいはおおよその見当がつく。

描き上がった絵図を富蔵に示し、

「御天守台はどのへんにある？」

藤十郎が訊いた。富蔵は記憶をたどるようにしばらく考えたあと、

「たしか、このあたりだったと……」

絵図の中に×印を書き込んだ。

「隠し御金蔵の位置は？」

「御天守台から半丁（約五十メートル）ほど離れた、このへんだったと思いやす」

そこにも×印を書き込んだ。

「とすると、ちょうど乾櫓《いぬいやぐら》の真裏あたりだな」

藤十郎の脳裏に総白漆喰《そうしろしっくい》壁、軒唐破風《のきからはふ》造りの壮麗な二重櫓がくっきりと浮かび立った。見なれた乾櫓のたたずまいである。手を伸ばすとすぐ届きそうなところにその映

像はあった。

「そうか、あの櫓の裏か……」

図面から目を離し、藤十郎がぼそりとつぶやくと、富蔵は二、三度首をふって、

「けど、その蔵が本当に隠し御金蔵かどうか」

確信はない、という。

「まず、それをたしかめるのが先決だな」

「たしかめるって、どうやって？」

「時間《とき》はたっぷりある。これからゆっくり考えるさ」

といって、藤十郎はふたたびごろりと横になった。

「旦那、酒はもういいんですかい」

「…………」

返事がない。かすかな寝息を立てて藤十郎は眠りに落ちていた。

第五章　本丸惣絵図

1

富蔵の家に身を寄せてから三日がたっていた。

その三日間、藤十郎は一歩も外に出ず、敷きっぱなしの煎餅蒲団《せんべいぶとん》の上に座って、一日じゅう手描きの江戸城の絵図面を見て過ごしていた。

富蔵が見たという土蔵が〝隠し御金蔵〟である可能性は高い。場所は乾櫓《いぬいやぐら》の真裏。富蔵の記憶を信じれば、その位置もほぼ間違いないだろう。蔵は、なまこ腰壁《こしかべ》の堅牢な土蔵造りで、高さはおよそ一丈半（約四・五メートル）、幅八間余（約十五メートル）、戸口は二間（約三・六メートル）、扉には防火のために銅板が張ってあり、頑丈な巾《きん》着錠《ちゃくじょう》（南京錠）がかけられていたという。

番士《ばんし》は五人ほどいたというが、おそらくその五人は大奥の長局《ながつぼね》で小火《ぼや》騒ぎが起きために緊急に配備された人員であろう。〝隠し御金蔵〟は非常時に備えた蔵なのだから、常時五人もの番士が張りついているとは思えない。ふだんはもっと少ないはずだ。問題は、

――どこから城内へ忍び込むか。

藤十郎が知るかぎり、本丸の城門は十カ所ある。各城門には十数人の番士が昼夜交代で警備に当たっている。城郭の周囲は深い濠《ほり》と長大な石垣、その上に連なる多聞《たもん》、隅櫓《すみやぐら》などで厳重に囲繞《いにょう》されており、ねずみ一匹這《は》い入る隙がない。

十カ所の城門のうち、本丸にもっとも近い門は次の四カ所である。

艮《うしとら》（北東）の平川門《ひらかわもん》と不浄門《ふじょう》。

乾《いぬい》（北西）の北拮橋門《きたはねばし》。

搦手《からめて》（裏）の西拮橋門。

平川門は大奥専用の門である。世に有名な「絵島生島事件《えじまいくしま》」の主役・絵島が、歌舞伎役者・生島新五郎《しんごろう》と密会するためにこの門を頻繁に出入りしていたことは、衆人の知るところである。

その絵島が大奥を追放され、折りからの寒風の中、小袖一枚、素足に草履《ぞうり》ばきという哀れな姿で引き出されていったのが、平川門に隣接する不浄門である。この門は城内で起きた事件の罪人や死者を運び出すときだけに使われるので、俗に不開門《あかずのもん》ともよ

ばれていた。

乾（北西）の北拮橋門と搦手（裏）の西拮橋門は、築城当時、北狄《ほくてき》に対する防衛を目的として建てられた拮橋《はねばし》形の城門で、通常、橋は上げられたままになっている。

侵入口はこの四カ所の城門のいずれかになるだろう。

藤十郎は漠然とそう考えていた。

どの門を選択するかは、まず四カ所の城門の結構（構造）や警備の状況、隠し御金蔵の正確な位置、そして城門から御金蔵に至るまでの経路を詳細に調べてからの話である。

もとより長期戦は覚悟の上だが、差し当たっての問題は、調査や情報収集にかかる金をどう工面するかだ。すでに所持金は払底《ふってい》していたし、収入の当てもまったくない。

「せめてあの株さえあれば……」

つぶやきながら、藤十郎はふっと顔を上げた。

御小人《おこびと》株のことである。田安家を免職になったために、藤十郎の御小人株は召し上げになった。あの株を売れば十両や二十両の金は工面できたのにと、つい愚痴《ぐち》りたくもなる。

いつの間にか、陽が翳《かげ》っていた。

部屋の中に薄闇がただよいはじめている。

（そうだ）

ふと藤十郎の脳裏にひらめくものがあった。

（あの男から金を、引き出そう）

立ち上がって、手ばやく身支度をととのえはじめた。袴《はかま》はつけず、着流しに大刀《だいとう》の落とし差し。月代《さかやき》やひげもうっすらと伸びて、見るからに浪人体《てい》のいでたちになっていた。


半刻（一時間）後——。

藤十郎は、築地《つきじ》の土佐藩中屋敷の裏門の前に立っていた。ほどなく、

「よう、藤岡さんか」

闊達《かったつ》な声とともに姿を現したのは、坂本竜馬である。あいかわらず髪はぼさぼさで、洗いざらしの黒木綿の粗服に色あせた仙台平《せんだいひら》の袴をはいている。羽織は着ていない。

藤十郎が、つと歩み寄って、

「折り入って相談があるんだが」

小声でそういうと、

「こんなところで立ち話もなんじゃき、酒でも飲みながらゆっくり聞こう」

ひょいと顎《あご》をしゃくって、竜馬は歩き出した。

中屋敷の北側に出た。

築地川に架かる木橋のたもとで、ふいに竜馬がふり返り、

「きれいな川じゃろ」

といった。

「郷里《くに》の鏡川《かがみ》に似ちょる。江戸も捨てたもんじゃないのう」

築地川は本流と支流が潮の満干《みちひ》によって、互いにその流れを引き合うことから、

「合引川《あいびき》」の別称があった。そこに架かる木橋は寛文期（一六六一〜七二）ごろまでは無名橋だったが、いつしか川の名にちなんで「合引橋」と呼ばれるようになった。

風韻《ふういん》のある、なかなかの名橋である。

「以前、わしはこの川で獺《かわうそ》を見たことがある」

木橋を渡りながら、竜馬がいった。

「カワウソ?」

「誰も信じてくれんかったが、これは本当の話じゃ」

「おれは信じるよ」

「それにしても残念じゃのう」

「何が?」

「この夏、おんしに見せたいものがあった」

「このあたりは昔からホタルの名所でな。おんしと一杯やりながらホタルを見たかった」

「というと……？」

「来年の夏の楽しみにしておくさ。それまでには江戸にもどってくるんだろう？」

「そのつもりだが……、まだわからん」

二人は合引橋を渡って、左の土手道へ足を向けた。

夕闇の奥に点々と提灯《ちょうちん》の明かりがにじんでいる。船宿の明かりである。物の書に「この辺より品海（品川沖）に出て遊漁を試みるもの多きがゆえ、釣船、貸船、網船を業とするもの少なからざりし」とあるように、合引川の川岸には数軒の船宿が軒をつらねていた。

二人は『柴竹《しばたけ》』という船宿に入った。

戸口ちかくの卓で釣客らしき男が二人、酒を酌み交わしていた。客はその二人だけである。竜馬の顔を見るなり、五十がらみの亭主が愛想よく奥の小座敷に案内した。

竜馬は冷酒とハゼの天ぷら、藤十郎は例によって芋《いも》の煮つけを注文した。芋といっても、この時代ジャガイモはまだ一般に普及していない。里芋である。海のない下野国《しもつけのくに》で育った藤十郎は、里芋の煮つけが大好物なのだ。

「で、わしに相談ちゅうのは？」

独酌《どくしゃく》でやりながら、竜馬が訊いた。

「あの話、やることに決めたぜ」

「あの話？」

「あんたの与太話《よたばなし》だよ」

「わからんな。気をもたせんではっきりいってくれ」

藤十郎が顔を寄せて、低くいった。

「江戸城の隠し御金蔵から金を盗み出す」

「ほう」

竜馬はおどろかない。むしろ興味津々《しんしん》の体《てい》で藤十郎を見返した。

「どうやって？」

「それはこれから考える」

「考えてできることでもあるまい」

「いや、考えればできる。どんな難解な算問でも必ず『解』はある」

「解、か……」

竜馬が低く笑った。

「おんしらしい理屈じゃ」

「首尾よくことが運んだら、あんたの社中《しゃちゅう》にも金を回してやる」

「藤岡さん」

ことりと猪口を膳の上において、

「なんでまた、そがな大それたことを思い立ったんじゃ？」

けげんそうに訊いた。

「わけあって三日前に田安家をお構いになった。腹いせといっては何だが、公儀にひと泡吹かせてやりたい。おれの目的はそれだけだ」

「つまり、意趣返しか」

「まァな」

「しくじったら首が飛ぶぜよ」

「覚悟はできてる」

竜馬は、まだ半信半疑の面持ちで、ハゼの天ぷらを口に運びながら、

「勝ち目のない博奕《ばくち》じゃき。やめちょけ、やめちょけ」

「隠し御金蔵の所在がわかったんだ」

「あ？」

竜馬の手が止まった。

「あんたのいったとおり、もう一つの御金蔵はたしかにある。江戸城の乾櫓の裏手にな」

「調べたんか？」

「その蔵を見た者がいる」

「そうか。あのうわさ本当だったか」

「分け前は半分だ」

藤十郎が唐突にいった。竜馬はきょとんとしている。

「盗み出した金を半分あんたにやる。それで手を打たんか」

「いうとる意味がようわからん。どういうことじゃ、それは」

「当座の費用《かかり》を出してもらいたい」

「金を盗むのに金がかかるちゅうのか」

「ただの盗みとはわけが違う。おれが盗もうとしているのは江戸城だ」

徳川幕府開闢《かいびゃく》以来、一度も敵に攻め込まれたことのない江戸城の本丸に忍び入り、将軍家の隠し御金蔵を破るというのは、まさに城そのものを盗むに等しい行為といえる。

「ふむ」

竜馬がにやりと笑った。

「おんし、うまいことをいうのう。……当面、いくらいる？」

「二十両」

と応えると、竜馬はちょっと考えて、またにやりと笑った。了解の笑みである。

金に不自由のない家に育ったせいか、竜馬は金銭に無頓着な男である。

坂本家の本家・才谷屋《さいだに》は高知の資産家・浅井・川崎とならんで、「浅井金持ち、川崎地持ち、上《かみ》の才谷屋道具持ち」と俗謡に唄われたほど富裕な商家だった。その分家である坂本家も一介の町郷士でありながら、経済的にはかなり恵まれた家柄だった。

江戸遊学中、竜馬は実家から潤沢《じゅんたく》な仕送りを受けていた。つねに十両や二十両の金を胴巻きにしのばせて持ち歩いていたという。

「ええじゃろ。その話はもともとわしがいい出した話じゃき」

といって、無造作に胴巻きの中から二十両の金子《きんす》をつかみ出し、

「城を盗むちゅうのが気に入った。わしも一口乗せてもらおう」

藤十郎の手をとって、その掌《てのひら》にちゃりんちゃりんと一枚ずつ積んでいった。まるで子供が遊びに加わるような無邪気さである。

後年、竜馬が海援隊《かいえんたい》を結成したとき、隊士たちに、

「盗賊は、我、世を見る手鏡なり」

と説いたのは、藤十郎の影響を受けたせいかもしれない。

その二十両の金子をふところにねじ込みながら、

「あんたが江戸にもどってくるころには、この金が百倍、いや二百倍になってるはず

だ。来年の夏は、おれがこの船宿を借り切って坂本さんを接待する。羽織芸者《きれいどころ》をはべらせてホタル合戦でも見物しようじゃないか」

藤十郎は自信たっぷりにそういった。

ホタル合戦とは、ホタルが交尾のために入り乱れて飛ぶさまをいう。

2

その二日後。

藤十郎は、神田松田町の富蔵の家から、京橋常磐町《ときわちょう》の長屋に引っ越した。引っ越しといっても、荷物は何もない。身ひとつで長屋に移っただけである。

家具調度・夜具・食器など、暮らしに必要な最低限の什器《じゅうき》類は、すべて古道具屋で買いととのえて長屋に運ばせた。それをふくめて引っ越しにかかった費用は〆めて五両。残りの十五両でこれからの生活《たつき》と情報集めの費用をまかなわなければならない。

部屋が片づいたところで、藤十郎と富蔵は近くの湯屋に行って汗を流し、帰りに酒屋で上等の下り酒を一升ばかり買って長屋にもどった。

「これからが正念場だな」

富蔵の湯飲みに酒を注ぎながら、藤十郎がぎらりと目を光らせていった。

「目算はついたんで？」

「まだ固まったわけじゃねえが……」

藤十郎はふところから例の手描きの絵図面を取り出し、

「ねらいはこの四カ所のいずれかだ」

と四つの城門を指した。

「門から忍び込むつもりですかい」

「ほかに侵入口があると思うか」

富蔵は細い目を宙にすえて、ちょっと考えてから、

「濠を渡るってのはどうです？」

「濠を渡っても石垣がある。あの高さをよじ登るのは容易じゃねえ。それより金を盗み出したあと、石垣の上から金箱を下ろして濠を渡ったほうが楽だろう」

「なるほど」

「まずはこの四つの門の下調べをする。念入りに調べれば必ずどこかに隙があるはずだ。それを見つけてから次の段取りを考える」

「あっしは何をすればいいんで？」

「そうだな」

と二杯目の酒を湯飲みに注いで、

「昔の仲間から城の中の様子を詳しく訊き出してもらえねえか」

「昔の仲間てえと……?」

「天守番頭《てんしゅばんがしら》の中間《ちゅうげん》よ」

「ああ、それならお安い御用で」

「くれぐれも相手に気《け》どられぬようにな」

「へい」

それから半刻(一時間)ほどして、富蔵は長屋を出ていった。

石町《こくちょう》の鐘が四ツ(午後十時)を告げている。

藤十郎は寝着に着替えて、蒲団にもぐり込んだ。が、気が昂《たかぶ》ってなかなか寝つけない。

とろとろとまどろんでいるうちに、いつしか夜が明けていた。

障子窓に白々と朝陽が映えている。

蒲団をぬけ出して、竈《かまど》に火を熾《おこ》し、湯をわかした。その湯で顔を洗い、ひげと月代《さかやき》をきれいに剃って身支度をととのえると、田安御門の「門札《もんさつ》」をふところに忍ばせて長屋を出た。この門札は田安家を出るときにひそかに隠し持ってきたものである。

空が青く晴れ渡っている。

朝の陽光がまぶしい。

神田三河町のめし屋で簡単な朝食をとると、藤十郎は散策でもするようなのんびりした足どりで、外濠《そとぼり》沿いの道を西に向かった。

ほどなく一橋《ひとつばし》御門が見えた。田安御門同様、これも枡形《ますがた》門である。濠に架かる橋は、田安御門は盛土《もりつち》で造られた土橋だが、ここには木橋が架かっている。

この門も一般庶民の通行が許されていた。ただし門の警備は厳重で、番所の定書《さだめがき》には、

一、門の開閉は卯《う》の刻（午前六時ごろ）に開き、酉《とり》の刻（午後六時ごろ）に閉じ、あやしい者の出入りは検問せよ。

一、交替のときは門の開閉を試してから交替せよ。

一、番所の近くで喧嘩《けんか》をする者があれば双方とも捕らえおき、御目付に連絡して御《お》指図《さしず》を受けよ。病人・怪我《けが》人があるときは養生《ようじょう》させよ。

一、たとえ役人でも理由なしに番所に立ち寄ってはならない。薬と湯水以外は飲んではならない。

一、門や番所の屋根に草が生えたらすぐに取らせ、土手の草はときどき刈りとれ。ただし、城門の渡り櫓《やぐら》の屋根や塀に草が生えたら、抜かずに御目付に連絡せよ。

等々、細部にわたって厳しい規制がしかれていた。

藤十郎は、しばらく濠端《ほりばた》に立って門の様子をうかがった。二ノ門の高麗門《こうらいもん》と一ノ門

の渡り櫓門の大扉はすでに開けられていて、幕府の役人や一橋家の家士《かし》、出入りの商人《あきんど》などがひっきりなしに木橋を行き来している。

藤十郎も何食わぬ顔で木橋を渡った。平川門に行くには、この門を通るのが一番の近道なのだ。高麗門をくぐって直角に左に折れると、一ノ門の渡り櫓門に出た。開け放たれた大扉の左右に番士が二人ずつ立っている。一人が藤十郎をじろりと瞥見《べっけん》したが、誰何《すいか》されることはなかった。

櫓門を出てすぐ左に曲がる。

小砂利をしきつめた宏大な内曲輪《うちぐるわ》に出る。

正面に江戸城の内濠、左手に御三卿・一橋家の屋敷、右手に平川門が見えた。この門にも木橋が架かっている。木橋を渡った突き当たりは垂直にそそり立つ高い石垣、左側は平川濠、右側に高麗門がある。これも左折れの枡形門だ。

朝が早いせいか、木橋を往来する人影はなく、門の周辺はひっそりと静まり返っている。

ふうっ。

と藤十郎は吐息をついた。こうして改めて城門の結構（構造）や城郭の縄張り（設計）をながめ渡すと、二百五十余年間、改築に改築をかさねて築きあげられた江戸城はさすがに堅牢堅固、鉄壁といっていい防備がほどこされている。

と、そのとき、藤十郎の目のすみに、木橋を渡ってくる小柄な侍の姿がよぎった。銘仙《めいせん》の羽織に唐桟《とうざん》の尻っぱしょり、千草《ちくさ》の股引《ももひ》きに一本差しというでたちである。

藤十郎は知らなかったが、この侍は「五菜《ごさい》」と称する大奥の下働きの侍だった。「五菜」は公儀の禄《ろく》をはむ侍ではなく、大奥の高級女中に個人的に雇われた下男で、買い物や使いっ走りなどの雑用をまかなっていた。

「おはようございます」

藤十郎の姿を見て、その侍が挨拶をした。歳のころは五十二、三。見るからに人のよさそうな顔をしている。藤十郎を地方から出てきた勤番侍《きんばんざむらい》と見たのか、

「お城見物ですか」

侍が気やすげに声をかけてきた。

「ええ」

と、うなずいて、

「三日前に野州の宇都宮から出てまいりました。あの門が有名な平川御門ですか」

藤十郎がとぼけ顔で訊ねると、侍はさも得意そうに、

「さよう。いまから百四十年前の正徳《しょうとく》四年二月二日、大奥御中臈《おちゅうろう》・絵島さまが山村座のお役者・生島新五郎との密通の罪を問われて信州高遠《たかとお》にお預けとなり、あの平川御門から小袖一枚のお姿で引き立てられていったのです。また元禄十四年、殿中松の

廊下で刃傷《にんじょう》におよばれた播州《ばんしゅう》・赤穂《あこう》のお殿さま・浅野内匠守長矩《たくみのかみながのり》さまも、あの御門から引き出され、芝田村町の田村右京大夫《たむらうきょうだいぶ》さまのお屋敷にお預けとなりました。はい」

田舎侍を見かけるたびに、こうして城門の講釈をしているのだろう。立て板に水の語り口である。藤十郎がさりげなく、

「不浄門というのは、どのあたりにあるんですか？」

と訊くと、侍はしたり顔で、

「みなさん、同じようなことをお訊ねになりますがね。実はないんですよ、不浄門というのは」

「ない？」

「この木橋を渡ると右手に高麗門があります。あれ、あの御門です。見えますか？」

侍が指を差す。

「見えます」

「あの御門を入ると、すぐ左に大きな渡り櫓御門があり、正面に帯曲輪《おびぐるわ》門《もん》があります。不浄門と申されるのは、おそらくその帯曲輪門のことでしょう」

「不浄門から死人が運び出されるとうわさに聞きましたが……」

「俗説ですよ。帯曲輪門の外はすぐ濠になってましてね。細い土手道が竹橋御門につづいているだけなんです。あんなところから仏さまを運び出したら罰が当たります」

そういって、侍は苦笑した。

帯曲輪門から竹橋御門につづく細い土手道を帯曲輪という。この土手道の目的は、高い樹木を植えて本丸の背面を隠すことと、濠を内と外に区切って水位を調整することにあった。

帯曲輪門は、土手道に植えられた樹木の手入れや石垣の補修のさいに出入りする門なので、平素は閉じられたままになっている。「不開門《あかずのもん》」や「不浄門」の俗説が流布《るふ》されたのはそのためであろう。

「近ごろ、この平川御門も警備が厳しくなりましてねえ」

侍が嘆くような口調で、

「厄介なことに、手前ども『五菜』もこんな御門札を持たされるようになりました」

ふところから小さな木札を取り出して、藤十郎に示した。薄い桜板に紫房の紐《ひも》がついた門鑑《もんかん》（通行証）である。その木札には、
　平川御門・門鑑。

　御中臈・松濤《まつなみ》様御抱え。

　五菜・宮田六兵衛《みやたろくべえ》。

と記されている。

「宮田さんと申されるのですか」

「はい。御中臈・松濤さまにお仕えしております」

「平川御門は大奥のお女中方の通用門だと聞きましたが、門衛はお広敷《ひろしき》のお役人が……？」

「いえ、ご譜代五万石以上のお大名の御家来衆が警衛に当たってます」

番士の数は馬上三人、徒侍《かち》五人、持弓《もちゆみ》（弓組）二人、持筒《もちづつ》（鉄砲組）二人。計十二名が常時番所につめているという。

「それだけ警備が厳しければ、泥棒も二の足を踏むでしょうな」

藤十郎が冗談まじりにそういうと、宮田六兵衛は声を出してからからと笑い、

「泥棒どころか、ねずみ一匹、いや蟻《あり》一匹入り込む隙はありませんよ」

「備えあれば憂《うれ》いなしと申します。用心に越したことはありますまい」

といって、藤十郎はたもとから小粒を一個取り出し、

「ご親切にかたじけない。些少《さしょう》だがこれを」

と六兵衛の手ににぎらせた。

「あ、あの、こんなことをしていただいたのでは……」

「ほんの気持ちです。遠慮なく収めてくだされ」

「申しわけございません。では、お言葉に甘えて」

満面に笑みを浮かべ、六兵衛は何度も頭を下げた。

3

竹橋御門を通って、内濠に沿った道を西へ向かう。

陽差しが高くなるにつれて、内曲輪を行き来する人の数も増えてきた。

しばらく行くと、左手にまた城門が見えた。

北拮橋《きたはねばし》御門である。

この門につづく土橋は濠の途中で切れており、城の内側から拮橋を下ろさなければ渡れない仕組みになっている。橋の幅はおよそ一間半（約三メートル）、長さはおよそ六間（約十一メートル）。太田道灌《おおたどうかん》の時代には、この門が大手門であったという。

藤十郎は土橋の下馬札《げばふだ》の前で足をとめて門を見上げた。

巨大な城門である。

周囲の濠は深く、石垣もひときわ高い。

大小とりどりの石で積みあげられた石塁の曲線は「扇の勾配」といい、厳《いか》めしさの中に優美な景観をかもし出している。もっともこの勾配は美観を目的としたものではなく、石塁の崩落を防ぐために緻密に計算されたもので、十七世紀末に来朝したオランダ人・ケンペルは、この優美で堅牢な石垣の築造技術にひどく驚嘆したという。

藤十郎の視線は、吊り上げられたままの拮橋に注がれていた。

この橋が永い歳月使用されていないことは一目瞭然だった。橋を吊っている鎖は赤く錆《さ》びつき、橋板は青々と苔《こけ》むしている。高麗門の軒下も蜘蛛《くも》の巣だらけだ。

視線を転じると、門の周辺の樹木の間を、ヒヨドリやメジロ、ヤマガラ、ノジコなどが群れをなして飛び交っていた。多聞櫓《たもんやぐら》の屋根の上では、キジバトが数羽のんびりと羽づくろいをしている。まるで山里の樹林を想わせるのどかな風景である。それを見て藤十郎は、

（この門は無人だ）

と直観した。

野鳥が群れ集まるということは、門の周辺に人がいないという何よりの証《あかし》ではないか。

そもそも拮橋は、外敵の侵入を防ぐというより、一朝事が起きたときに城内から外へ脱出するための橋であり、平時に番士を常駐させておく必要はないのである。ふだんは何気なく見過ごしてしまうことだが、それに気づいただけでも下見の収穫は十分あった。

内濠沿いの道をさらに西へ足を向ける。

石垣の北西の角に巨大な二重櫓がそびえ立っている。田安邸の庭から毎日ながめて

いた乾櫓《いぬいやぐら》である。櫓の右手に矢来門《やらい》が見えた。太い杉の角材で組まれた柵門《さくもん》である。

この柵門は城内の吹上庭園《ふきあげ》に通じる門で、幕府の作事方《さくじかた》や吹上役所の役人以外は通行が禁じられていた。常時二人の番士が柵門の前に立って厳しい監視の目を光らせている。

四カ所の城門の最後の一つ、西拮橋門は、矢来門を通って内濠沿いを左（南）に曲がったところにある。だが、藤十郎は実際にその門を見たことがなかった。というより矢来門の通行が禁止されているので、誰も見ることができないのだ。西拮橋門の位置や周辺の状況は推測にたよるしかない。構造は、おそらく北拮橋門と同じであろう。

矢来門を横目に見ながら、吹上役所の築地塀《ついじべい》の角にさしかかったときである。

「待て」

ふいに背後から呼び止められた。ふり向くと、二人の武士が立っていた。

「……！」

一瞬、藤十郎の顔がこわばった。一人は公儀目付・渡辺掃部《かもん》である。もう一人も相役《あいやく》の目付であろう。陰険な目つきをした三十がらみの男である。

「また会ったな」

渡辺がにやりと笑った。人を蔑《さげす》むようないやな笑い方である。

「おれに何か用か？」

「田安家をお構いになった男が、なぜこんなところをうろついているのだ」

「どこを歩こうがおれの勝手だ。ほっといてくれ」

「ここは内曲輪だぞ。様子の怪しいものを見かけたら詮議するのがわしらのつとめだ」

まったくのいいがかりである。藤十郎は憮然となって見返した。

「怪しいだと？」

「行き先を聞こう」

「おぬしに詮索されるいわれはない」

唾棄《だき》するようにいい捨てて踵《きびす》をめぐらせた。その背中に、

「貴様の嫌疑はまだ晴れてないんだぞ」

渡辺の野太い声が飛んできた。火薬密造の件をいっているのである。

藤十郎の足がはたと止まった。渡辺が恫喝《どうかつ》するようにいった。

「今回は見逃してやる。だが、二度目はないと思え」

「………」

こみあげてくる怒りをぐっと腹の底に押し込みながら、藤十郎はゆっくりふり返った。

二人は背を向けて歩き出している。

（おれを見くびるなよ、渡辺）

立ち去る渡辺のうしろ姿に、突き刺すような視線を投げつけて、

（そのうち必ず……、必ず御金蔵を破ってやる！）

藤十郎は心の中で叫んだ。

（公儀目付なら命を張ってでも城を守りぬいてみろ）


いつか月を越えて、四月に入っていた。

陰暦の四月は太陽暦の五月、季節は初夏である。

このところ晴れた日がつづいている。

そのせいか、陽が落ちても長屋の部屋の中は、むっとするようなむし暑さである。

（暑いわけだ）

ふと顔をあげて、藤十郎は奥の部屋に目をやった。北側の障子窓が閉ざされたままになっている。立ち上がって窓を引き開けたとたん、涼やかな夕風が吹き込んできた。

藤十郎はふたたび文机《ふづくえ》に向かった。

机の上には例の手描きの江戸城の絵図面がある。その図面に城門と城門の距離、内濠の幅、石垣の高さなどを、これは下見をしたときに歩測や目測で測った数字だが、一つひとつ記憶をたどりながら書き込んでいく。

本丸の外周に関する絵図面は、おおむね完成していた。

問題は城内である。

富蔵の記憶をたよりに、天守台と御金蔵の位置だけは書き込んでおいたが、それ以外の部分はまったくの空白である。おそらく、その空白の部分には、網の目のように入り組んだ路地や通路があり、中仕切門《なかじきりもん》、木戸、番所、詰所などが二重三重に設けられているに違いない。

――それをどうやって調べるか。

ごろりと横になって宙に目をすえた。そのとき、

「旦那」

と表で低い声がして、腰高障子《こしだかしょうじ》が開いた。富蔵である。藤十郎はむっくり上体を起こして、

「おう、富蔵。何かわかったか？」

「へい」

雪駄《せった》をぬいで部屋に上がりこみ、

「耳よりなネタを」

といって、富蔵はにやりと笑った。

「元大工町の石丸さまの屋敷に江戸城の図面があるそうで」

「なに」

藤十郎の目がぎらりと光った。

「石丸家の抱えの大工がそういってやしたから、間違いねえでしょう」

石丸久兵衛が、幕府作事方の大棟梁《おおとうりょう》であることは、前に述べた。

大棟梁という職制は、徳川家康《とくがわいえやす》が江戸城造営のために上方から連れてきた大工集団を、常設の機関として組織化したのが、その嚆矢《こうし》である。当初、大棟梁の職にあったのは、甲良《こうら》・平内《へいのうち》・鶴の三家だったが、のちに鶴家が転役となり、享保五年（一七二〇）に辻内《つじのうち》家が、天明二年（一七八二）に石丸家が加わって四家となり、その体制は幕末までつづいた。

四家のうち、代々江戸城の図面を保管してきたのは、甲良家である。元図《もとず》（オリジナル）は甲良家の屋敷の地下室に保管され、火事のさいは図面を籠《かご》に入れて、非常用の船で水上に避難したという。石丸家が保管しているのは、その写しである。

「富蔵」

藤十郎が声を落としていった。

「石丸の屋敷から絵図面を盗み出すってわけにはいかねえか」

「やってみやしょう」

富蔵は、こともなげに応えた。

「例によって明日の晩、奉公人部屋でご開帳があるらしいんで。手なぐさみのついでに屋敷の中を探ってみやすよ」

「そうか」

藤十郎はちょっと思案して、

「よし。おれも行こう」

といった。

「旦那も？」

「万一に備えてな。賭場《とば》の客になりすませば怪しまれることはねえだろう」

「わかりやした。じゃ、明日の晩五ツ（午後八時）、屋敷裏の切戸口《きりどぐち》で落ち合いやしょう」

そういうと、富蔵はひょいと腰を上げて、そそくさと出ていった。こういう話になると頼もしい男である。いまでこそ深川の口入屋の小頭としてまっとうに働いているが、もとを正せば無宿《やどなし》の入墨《いれずみ》者なのだ。本人は多くを語らないが、かなりの修羅場《しゅらば》をくぐってきたに違いない。

4

翌日の夜五ツ、ちょうど石町の鐘が鳴り出したとき、藤十郎は日本橋元大工町の石丸久兵衛の屋敷の裏手に姿を現した。黒の単衣《ひとえ》に大刀の一本差しという浪人ふうのいでたちである。

板塀の切戸口の前で、富蔵が待っていた。

「旦那」

と手まねきする。

「どんな様子だ？」

「始まってやす。行きやしょうか」

「うむ」

富蔵が切戸口を引き開けて中へ入っていく。藤十郎もあとにつづいた。

切戸口から母屋のほうに細い径《みち》がのびている。径の両側は低く刈り込んだ山吹《やまぶき》の垣根になっていた。その垣根に花が咲き乱れ、さながら黄色の幔幕《まんまく》を張りめぐらせたようなおもむきがあった。

五、六間先に枝折戸《しおりど》があった。

それを押して裏庭に出る。

奉公人部屋の障子が白く光っている。右手に妻戸《つまど》があり、戸口に人影が立っていた。石丸家の下男らしき中年男である。富蔵の姿を見て、

「やァ富蔵さん、いらっしゃいまし」

男が低く声をかけてきた。富蔵は背後の藤十郎をふり返り、

「あっしの知り合いで、藤岡さまとおっしゃるご浪人さんだ。ちょいと遊ばせてもらうぜ」

「どうぞ、どうぞ」

男が愛想よく妻戸を引き開けた。

中に入ると、上がり框《かまち》にもう一人の男が座っていた。男の膝《ひざ》の前には小引き出しのついた帳箱《ちょうばこ》がおいてあり、その上に駒札《こまふだ》が山と積まれている。どうやらここで金を駒札に換えるらしい。

「富蔵さん、お久しぶりで」

男がふり向いてにっと笑った。

「旦那、とりあえず一両ずつってことにしやしょうか」

富蔵がいった。むろん金を出すのは藤十郎である。ふところから二両の金子を取り出して帳箱の上におくと、男が駒札の束を差し出した。

駒札は、矩形《くけい》の厚紙に黒うるしを塗ったもので、博奕打《ばくち》ちはこの札を「鐚駒《びたこま》」と呼んでいる。

渡された駒札は百枚あった。一両は銭千文に相当するので、駒札一枚は二十文の勘定になる。百枚の駒札を半分ずつ分け合って、二人は廊下に上がった。

廊下の奥を左に曲がったところが奉公人部屋である。十畳ほどの板間のまん中に、さらしの白木綿でおおわれた盆茣蓙《ぼんござ》がしつらえてあり、そのまわりを小商人《こあきんど》やお店者《たなもの》、職人、人足、浪人風体など、さまざまな男たちが目を血走らせて取り囲んでいた。

盆の中央に壺振《つぼふ》り、その真向かいに盆をとりしきる中盆《なかぼん》が片膝立ちで座っている。壺振り側が半座（奇数）、中盆側が丁座（偶数）である。

富蔵と藤十郎は、何食わぬ顔で丁座と半座に分かれて座った。

「さァ、張った、張った」

中盆が客をあおり立てる。男たちが先を争って駒札を張る。

藤十郎は丁に駒札二枚を張った。富蔵は半に五枚張っている。

「丁半、そろいました」

中盆の声とともに、壺振りが壺を振る。

「勝負」

壺が開く。

「二六の丁」

半座の駒札がざざっと丁座に流れる。

藤十郎は次も丁に張った。それも倍の四枚である。勘がずばり当たって、また丁の目が出た。二度も丁がつづけば半に張りたくなるのが人情だが、藤十郎は三度目も丁

に張った。信じられないことに、また丁目が出た。藤十郎は気のなさそうな顔で、積み上げられた駒札を引き寄せながら、

（さて、そろそろ……）

と半座の富蔵をちらりと見やった。

富蔵は熱くなっている。半の目を追いかけつづけていたのだろう。早くも手持ちの駒札は半分に減っていた。藤十郎はそっと腰をあげて富蔵のかたわらに歩み寄り、

「ツキがねえようだな」

「こんなはずじゃねえんですが……」

富蔵がくやしそうに歯噛《はが》みする。

「一服つけたらどうだ？」

藤十郎が目くばせをすると、

「あ……、あ、そうでしたね」

ようやく富蔵は我に返り、

「験《げん》なおしに御神酒《おみき》でも入れやしょうか」

立ち上がって、隣室の襖《ふすま》を引き開けた。

六畳ほどの畳部屋である。そこに酒席が用意されていた。部屋のすみで若い者が角《つの》樽《だる》の酒を徳利《とっくり》に注いでいる。富蔵がその男に声をかけた。

「三次《さんじ》、酒をたのむ」

三次と呼ばれた若い者は、賭場の客の接待役らしい。すぐに徳利を運んできた。それを受け取って酌をしながら、富蔵がさりげなく藤十郎に語りかけた。

「旦那、賭場ははじめてですかい？」

「ああ、はじめてだ」

「それにしちゃ勘が冴えてやすね」

「たまたま運がよかっただけよ。博突より酒のほうがおれの性に合ってる。よかったらこの駒札を使ってくれ」

と駒札の束を手渡し、片目をつぶって合図を送った。

――承知。

富蔵の目がそう応えた。立ち上がるなり、

「その前に小用を足してきやす」

いいおいて、何食わぬ顔で部屋を出ていった。

厠《かわや》は外廊下の突き当たりにある。

廊下に出ると、富蔵は用心深く四辺の気配をうかがい、足音を消して中廊下に歩を運んだ。屋敷の中の様子はあらかた見当がついていた。中廊下の左は板壁、右側には小部屋が三つ並んでいる。手前の二部屋は女中たちの寝間、その奥は蒲団部屋である。

前方にほのかな明かりがにじんでいる。掛《か》け燭《じょく》の明かりである。その明かりを目指してさらに奥へ歩を進める。中廊下を右に曲がったところに、間口二間ほどの遣戸口《やりどぐち》があった。納戸らしい。そっと戸を引き開けて中をのぞき込んだ。長持ちや漆塗《うるしぬ》りの挟箱《はさみばこ》、柳行李《やなぎごうり》などが山と積まれている。

富蔵はふところから白い小さなものを取り出した。仏前に供える長さ一寸五分（約四・五センチ）ほどの「仰願寺《ごうがんじ》」という小蠟燭《ころうそく》である。その小蠟燭に掛け燭の火を移して、すばやく納戸の中に体をすべり込ませた。

遣戸を閉めて、蠟燭の明かりをたよりに長持ちや挟箱、柳行李の中を物色する。気が急《せ》いた。出てくるのは衣類や陶器・漆器、骨董品ばかりで、絵図面は一枚も見つからない。と、そのとき、ふいに廊下に足音がひびいた。

（誰かくる！）

富蔵は身をひるがえして、遣戸に体を張りつけ、じっと息を殺して廊下の気配をうかがった。右手はふところの匕首《あいくち》の柄にかかっている。

ひたひたと足音が接近してくる。

匕首をにぎる手がびっしょり汗ばんでいる。

足音は納戸の前を通りすぎ、やがて厠のほうへ遠ざかっていった。家人が厠に向かったのであろう。しばらくして、足音がもどってきた。ふたたび納戸の前を通り、奥へ去っていった。

ほっ、と安堵《あんど》の吐息をついて背を返したとき、納戸の奥の暗がりに桐の箱がおいてあるのに気づいた。長持ちの半分ぐらいの大きさの箱である。すかさず蓋《ふた》を開けてみた。

（あった！）

折り畳んだ絵図面がぎっしり詰まっている。それを一枚一枚手ばやく広げて見た。

江戸城の建築図面は、本丸御殿、二ノ丸御殿、三ノ丸御殿、西ノ丸御殿の四カ所に分割されており、さらに各場所ごとに、

地絵図

地形絵図

土台絵図

足堅め大引《おおびき》絵図

二階梁《はり》配絵図

小屋梁配絵図

屋根水取《みずとり》絵図

天井絵図

といった平面図がある。そのほかにも各殿舎の木構造を示す建地割《たてじわり》絵図（立面図）

や外観を示す姿図《すがたず》、柱と部材の組みつけを示す矩計図《かなばかりず》など、ざっと数えただけでも百数十枚の絵図があった。

富蔵は焦った。肝心の『御本丸惣絵図』が見つからない。刻々と時が流れていく。蠟燭の火はほとんど燃えつきようとしていた。ますます焦りがつのる。


（遅い……）

猪口をかたむけながら、藤十郎は内心ひどく苛立っていた。富蔵のことより三次の反応が気になった。小用にしては遅い、と三次も不審に思ったらしく、ちらちらと、しきりに廊下のほうを見ている。藤十郎は三次の気をそらすために、

「すまんが、もう一本もらえんか」

酒を注文した。

「へい」

と角樽の酒を徳利に注ぎながら、三次が独語するようにつぶやいた。

「富蔵さん、どうしたんですかね」

「大用でも足しているんだろう」

「様子を見てきやしょうか」

「それにはおよばん。おれが見てくる」

あわてて藤十郎が立ち上がると、

「では、ご案内しやす」

と三次もついてきた。

「来るな」

とはいえなかった。厠の場所を探すふりをしながら、少しでも時を稼ぐために藤十郎は廊下をゆっくり歩いた。それを知ってか知らずか、

「厠は突き当たりです」

背後で三次がいった。

「ほかに厠はないのか」

「ありません」

「そうか」

藤十郎は困惑している。

――この男、なんとかならぬものか。

と思案していると、突然、三次が藤十郎のわきをすり抜けて厠の前に駆けより、

「こちらです」

と、ふり向いた。意表をつかれて藤十郎は棒立ちになった。親切心なのか、それとも意図的に揺さぶりをかけているのか、三次の意中がわからない。

「わかった。お前は部屋に……」

もどってくれ、といい終わらぬうちに、三次はがらりと戸を引き開けた。

万事休す、である。

さすがに藤十郎の顔から血の気が引いた。が、次の瞬間、

（あっ）

と息を飲んだ。

なんと富蔵が手水鉢《ちょうずばち》で手を洗っているではないか。急いでもどってきたらしく、肩で大きく息をととのえている。間一髪だったに違いない。富蔵は何事もなかったような顔で、

「どうした？」

戸口に立っている三次に声をかけた。三次も拍子抜けしたような顔で、

「あ、いえ、具合でも悪くなったんじゃないかと思いやして」

「じつは、そうなんだ」

「え」

「小用を足してたら急に腹が差し込んできやがってな。一踏ん張りしてたところよ」

「悪運を落としてきたってわけか」

藤十郎が軽口をたたくと、富蔵はにっと笑って、

「これできっと風向きも変わりやすぜ」

「おれは博奕に飽いた。駒札はおまえにあずける。存分にやってこい」

「へい」

と、小躍りしながら、富蔵は賭場にもどった。奇妙なことに、それからの富蔵は神がかり的にツキまくった。終わってみれば十両の大儲けである。

常磐町の藤十郎の長屋にもどると、富蔵は十枚の小判を、まるで子供が歌留多《カルタ》遊びをするように、一枚一枚畳の上にならべ、

「へへへ、久しぶりの大勝ちだ。山分けしやしょう」

と、五枚を藤十郎に差し出した。

「それより富蔵、図面はどうした？」

「ぬかりはありやせん」

ふところから小さく折り畳んだ図面を取り出し、丁寧に畳の上に広げた。

『江戸城御本丸惣絵図』である。

欄外に小さく、

『弘化度御普請《ふしん》絵図面』

と記されている。弘化元年（一八四四）に本丸が炎上したあと、修築普請のために作成された図面に違いない。とすれば、これが最新の図面ということになる。

「でかしたぞ、富蔵」

藤十郎がぎらりと目を光らせ、

「たしかに御金蔵は二つあるぜ」

と図面を指さした。

一つは本丸の南側、寺沢御門の近くにあった。いわゆる「蓮池《はすいけ》御金蔵」である。図面で見るかぎり、御金蔵の周囲は塀や石垣、多聞櫓でかこまれ、寺沢御門、下《しも》埋《うずみ》御門、蓮池御門の三つの関門と張り番所、番所、御金《おかね》役所などで厳重に警備されている。

それにくらべると、本丸北側の天守台の下にあるもう一つの御金蔵（奥御金蔵という）は、蔵の規模も小さく、警備も手薄だった。

「隠し御金蔵ってのは、これのことか……」

図面を見ながら、藤十郎がぼそりといった。

「間違いありやせん。あっしが見たのもこの御金蔵です」

5

幕府の中央金庫ともいうべき御金蔵は、以前は天守閣の内部にあった。ところが、明暦《めいれき》三年（一六五七）の大火で天守閣が焼亡し、御金蔵の金銀が溶けて回収に手こずったため、のちに城内二カ所に御金蔵を設けて管理した。一つは蓮池御金蔵、もう一つは天守台下の奥御金蔵である。

蓮池御金蔵は日常の出納《すいとう》用、奥御金蔵は非常時の大金庫として使われていた。竜馬のいう徳川家の「隠し御金蔵」とは、おそらくこの奥御金蔵のことであろう。

天保《てんぽう》年間（一八三〇〜四三）の記録によれば、両御金蔵に納められていた金銀は、

蓮池御金蔵。

大判、三百二十九枚。

金、百九十五万六千八百十三両。

銀、一万四百七十九貫余。

銭、四万一千四百九十五貫八百二十六文。

奥御金蔵。

金、四十三万八千両。

銀、三千貫。

金分銅、三百三十七貫百五十匁。

銀分銅、二百四十九貫八百八十匁。

分銅は非常時の準備金で、財政が苦しくなったときに貨幣に鋳造《ちゅうぞう》して使うもので

ある。

二つの御金蔵を管理しているのは、勘定奉行支配の金奉行《かねぶぎょう》である。焼火之間《たきびのま》席、二百俵高、定員四名の月番交替で、配下に同心元締四名、同心二十三名、御金蔵番同心二十名がいる。

蓮池御金蔵の金銀の出納は、支払い日と納め日が定められており、幕末には一日・十日・十八日・二十四日が支払い日、六日・十四日・二十六日が納め日とされていた。

御金蔵の開閉には、金奉行二名、元締・同心各一名、ほかに御金蔵掛かりの勘定方が必ず立ち会い、きわめて厳重な監督のもとに金銀の出納が行われた。

また月の二十五日には、金奉行が御金蔵に保管されている金銀の総額を調べて勘定所に報告し、勘定奉行がさらに勝手方（財務担当）老中に進達《しんたつ》した。

「城内に忍び入るとすれば……」

藤十郎が図面を指していう。

「この二つの門のどっちかだ」

北拮橋《きたはねばし》御門と西拮橋御門である。

「両方とも番所はありやせんね」

「拮橋を上げているので警備が薄い。そこがつけ目よ」

「この絵図面で見ると、こっちのほうが御金蔵に近いような気がしやすが」

富蔵が指したのは北拮橋御門だった。

「だが、この門は左折れの枡形《ますがた》門だ。二ノ門の高麗門を越えたとしても、左手に一ノ門の渡り櫓門が待ち受けている。これを乗り越えるのは容易じゃねえ」

「へえ」

「それに、このあたりの石垣は高いし、濠の幅もほかより広い」

といって、蒲団の下から例の手描きの絵図面を取り出した。その絵図面には、北拮橋門の石垣の高さ十丈（約三十メートル）、濠の幅三十間（約五十五メートル）と記されている。もっともこの数字は目測で測ったものなので正確とはいえない。大まかな目安である。

「むしろ西拮橋門のほうが入りやすいかもしれねえぜ」

「濠はどうやって渡るんで？」

「それは……」

絵図面を丁寧に畳んで立ち上がり、

「これから考える」

背伸びして天井板をずらし、手描きの絵図面とともに天井裏に隠すと、

「富蔵」

どかりと腰をおろした。

「正直いって、おれには迷いがあった」

「迷い？」

「御金蔵破りなんて大それたことが、果たしてできるのかどうか、自分でも半信半疑だった。だが、いまは違う。本丸の絵図面を見て自信がついた。九分九厘《くぶくりん》やれるという自信がな」

「やれますとも」

富蔵が強くうなずいた。

「旦那は知恵を出す。あっしは体を張る。二人が力を合わせりゃ、造作もねえことですよ」

「ひょっとしたら、これは吉兆かもしれねえぜ、富蔵」

「へ？」

「おまえの博奕《ばくち》さ」

と、畳の上に並べられた十枚の小判に目をやった。

「ああ、旦那のおかげですよ。あっし一人だったらこうはいきやせん。旦那のツキをもらったようなもんです」

「絵図面も手に入ったことだし、富蔵、その金で前祝いってのはどうだ？」

「ようござんすね。吉原にでもくり出しやしょうか」

「吉原……。いまからか？」

「まだ宵の口でさ。行きやしょう。行きやしょう」

半刻（一時間）後、吉原の妓楼《ぎろう》『喜久万字屋《きくまんじや》』の二階座敷で、藤十郎は酒を飲んでいた。

一人である。

綾乃はほかの客についている。

「申しわけございません。しばらくお待ちくださいまし」

と楼主の杢二郎《もくじろう》はいったが、藤十郎はそれを断って酒だけを頼んだ。ほかの男に抱かれたあとの綾乃を抱く気にはなれなかったからである。かといって、べつの妓《おんな》を抱く気にもなれない。酒を飲んだら早々に帰るつもりだった。

浅草寺の鐘が九ツ（午前零時）を告げている。三本目の徳利の酒を杯に注ぎながら、

（これでよかったのかもしれぬ）

そうも思った。

綾乃に逢えば、身請金の工面に失敗したことを説明しなければならない。綾乃にとってはつらい話になるだろう。だが、それ以上に藤十郎もつらい。事情はどうあれ、結果的に綾乃の期待を裏切ったことになる。くどくどといいわけがましい話をするよ

りは、

(このまま逢わずに帰ったほうがいい)

と思ったのだが……。

やはり綾乃のことが気になった。この妓楼のどこかで、綾乃はいま、ほかの男に抱かれている。それを考えると居たたまれなかった。男の腕の中で、あられもなく身もだえする綾乃の白い裸身が脳裏に去来する。熱いものが胸にこみ上げてきた。心が烈《はげ》しく波うっている。

おのれの身のうちを駆けめぐる熱い感情の正体を、藤十郎ははっきり自覚していた。妬心《としん》である。それをふり払うように立ち上がったとき、
ちょーん、ちょーん。

突然、表で拍子木が鳴った。四ツを知らせる拍子木である。

(……?)

藤十郎はけげんそうに耳をかたむけた。

たったいま浅草寺の九ツ(午前零時)の鐘を聞いたばかりである。だが、拍子木の音はたしかに四ツ(午後十時)だった。時間が逆もどりしているではないか。

(どういうことだ?)

藤十郎がいぶかるのも無理はなかった。

この拍子木には、じつは、ちょっとしたからくりがあったのである。

吉原の営業は四ツまでと定められていたが、これでは時間が短くて商売にならない。

そこで吉原の楼主たちは、浅草寺の九ツの鐘を聞いてから四ツの拍子木を打つように、勝手にとりきめたのである。これを引け四ツといい、各妓楼はこの音で大戸《おおど》を下ろした。

〈吉原は拍子木までがうそをつき〉

と川柳にあるように、吉原遊廓は何もかもが虚飾の世界なのである。

ややあって、今度はたしかに正九ツを告げる拍子木の音が鳴りひびいた。それを合図に、廓《くるわ》のあちこちから大戸を下ろす音が聞こえてきた。

（引き上げるか）

と襖を引き開けた瞬間、藤十郎は釘を打たれたように立ちすくんだ。

そこに綾乃が立っていた。

「！」

「お待たせしました」

綾乃の姿を見て、藤十郎はわけもなく動揺した。燃えるような緋色《ひいろ》の長襦袢《ながじゅばん》、鬢《びん》の乱れ毛、ほんのりと桜色に染まった頬。情交のあとを濃厚に匂わせている。

「厠ですか」

「いや、そろそろ帰ろうと思ってな」

「せっかくお見えになったのに……」

いいながら、綾乃はするりと部屋の中へ入り、膳部の前にしどけなく腰をおろした。

「どうぞ」

と盃を差し出す。

「酒はもういい」

「じゃ、臥所《ふしど》のほうへ」

立ち上がって隣室の襖を引き開けた。藤十郎は憑《つ》かれたように綾乃のあとについて部屋に入った。綾乃はもう長襦袢を脱いでいる。下には何もつけていない。全裸のまま夜具に横たわった。藤十郎も手早く着物を脱ぎ捨てて、綾乃の横に体を臥せた。

「おれにいいたいことはないのか?」

「いいたいことって……?」

黒い大きな眸《め》で綾乃が見返した。

「例の身請け話だ」

「約束の半月は、とうに過ぎてるんですよ。聞かなくても結果はわかってます」

「じつは、そのことで……」

「もうやめましょう。その話は」

「恨んでるだろう、おれを」

「恨む？……なぜ」

「おまえとの約束を反故《ほご》にしちまったんだぜ」

「あたしは何とも思っちゃいませんよ」

「嘘をつけ」

いきなり綾乃の乳房をわしづかみにした。

「痛い……」

綾乃が小さく叫んだ。

「おれは大法螺《おおぼら》吹きの甲斐性《かいしょう》なしだ。おまえだって腹の中でそう思ってるんじゃねえのか」

「………」

乳房をつかまれたまま、綾乃は耐えている。

「はっきりいったらどうなんだ。おれの顔なんか二度と見たくねえとな」

「旦那……」

綾乃の目がうるんでいる。

「抱いてください」

絶え入るような声でそういうと、藤十郎の首に狂おしげに腕をからめてきた。

「綾乃」

ひしと抱きしめ、むさぼるように口を吸った。唇をかさねながら、綾乃は右手を下腹に伸ばし、藤十郎の一物を指でつまんだ。隆々とそり返っている。綾乃の指がそれを秘孔にいざなう。

「あっ」

深々とそれが綾乃の中に埋没した。

第六章　拮橋門《はねばしもん》

1

東の空がほんのりと明けそめてきた。

夜明けの吉原は、どこか化粧を落とした遊女のように白々しく、怠惰《たいだ》な雰囲気をただよわせている。どの妓楼もまだ眠りから醒《さ》めていない。人影が絶えた通りに、白い朝靄《あさもや》がぼんやりとたゆたっている。まるで時が止まったかのような静けさであり、気だるさだった。

かすかに朝靄が揺れて、その奥からにじみ出るように、ひっそりと人影が現れた。

藤十郎である。

綾乃が目を醒ます前に、こっそり『喜久万字屋』を脱け出してきたのである。

江戸町一丁目と京町一丁目の間に揚屋町《あげやまち》という町筋がある。この町には張見世《はりみせ》や茶屋ばかりではなく、魚屋、酒屋、そば屋、質屋、蠟燭《ろうそく》屋などの商家が軒をつらねていた。

通りの中ほどに湯屋《ゆや》があった。

暖簾《のれん》に『竹ノ湯』とある。各妓楼にも据風呂《すえぶろ》（内風呂）はあるが、流連《いつづけ》の客は内風呂を嫌って揚屋町の湯屋を利用したという。

藤十郎はその湯屋の暖簾をくぐった。

番台に代金を払って脱衣場に上がる。朝が早いせいか、ほかに客の姿はなかった。

洗い場の奥に石榴口《ざくろぐち》がある。これは湯気を逃さないために湯船の上に唐破風《からはふ》の屋根をつけたもので、客はこの破風屋根の鴨居《かもい》をくぐって湯船に入るのである。

石榴口とは妙な名称だが、湯船に入る客の姿が蛇《へび》に呑みこまれるようなので「蛇《じゃ》喰口《くろうぐち》」といい、それが転訛《てんか》して「ザクログチ」となった、という説がある。

石榴口の破風屋根が低いため、湯船の中は薄暗い。というより目がなれていないので、ほとんど暗闇に近かった。藤十郎は手さぐりで湯船に入り、ゆっくり足を伸ばした。そのとき、爪先《つまさき》に何かやわらかいものが当たった。

「おい、気をつけんか」

突然、低い男の声がした。

先客がいたのである。爪先に当たったのは男の尻だった。

「あ、失礼」

男がぎろりとふり向いた。

「おう、藤岡さんではないか」

「え」

と闇に目をこらした。色白の顎《あご》の張った武士がこっちを見ている。武市半平太だった。

「武市さん！」

「また妙なところで会《お》うたな」

この瞬間、藤十郎の脳裏にまったく唐突に、ある疑念がよぎった。

（綾乃の客というのは、この男ではなかったか）

なぜそう思ったのか、自分でもわからない。一つだけ確かなことは、相手が半平太でなくても同じ疑念を抱いていたかもしれぬ、ということだった。心のどこかに綾乃を抱いた男への悋気《りんき》がまだこびりついているのであろう。

「いいところで会った。おんしに忠告しておきたいことがある」

半平太が体を寄せてきた。

「忠告？」

「アザ（竜馬）からとんでもないことをけしかけられたそうじゃな」

「何の話だ？」

「江戸城の御金蔵破り」

半平太が声をひそめていった。

「ああ、あれか……。あの話はおれのほうから持ちかけたんだ」

「アザは自分がけしかけたといっておったぞ」

「最初にいい出したのは坂本さんだが、やると決めたのはおれだ」

「おんしは騙《だま》されとるんじゃ」

「そうかな」

藤十郎は苦笑した。

「アザは人の心をつかむ天賦《てんぷ》の才を持っている。それゆえ人を動かすのがじつにうまい。悪い男ではないが、うっかり乗せられるとひどい目にあう。考えなおしたほうがいいぞ」

半平太が竜馬を「アザのほら吹き」と呼んでいたのは有名な話である。むろん、これは親しみをこめての綽名《あだな》だが、所論《しょろん》と行動が一貫しない竜馬の奔放さに、少なからず警戒心を抱いていたのは事実である。また竜馬の同志で土佐藩士の平井収二郎《ひらいしゅうじろう》も、妹にあてた手紙で、

「たとひ竜馬よりいかなる相談いたし候とも、決して承知すべからず。もとより竜馬

は人物なれども、書物を読まぬゆえ、時として間違ひし事も御座候へば、よくよく御心得あるべく候」

と注意している。平井もやはり竜馬を心から信頼することができなかったのであろう。

「熱いな」

ざばっ、と藤十郎が立ち上がった。朝の一番風呂は熱い。もう額《ひたい》に汗が吹き出している。

「忠告はありがたいが、おれの腹は決まってる」

いいおいて、湯船を出た。そのあとを追うように、半平太も六尺にあまる長身を折るようにして石榴口を出た。藤十郎は陸湯《おかゆ》（上がり湯）をかぶって、脱衣場に上がった。

半平太があとにつきながら、

「おんしもアザによう似ちょるわい」

といって笑った。

「肝胆雄大、奇機みずから湧出《ゆうしゅつ》、飛潜《ひせん》誰か識《し》るあらん……、といえば聞こえはいいが、平たくいえば向こう見ずの無鉄砲。二人とも天下の慮外者《りょがいもの》じゃ」

「半分は当たってる。だが半分は違うな」

「ほう」

と、半平太が目を細めて、

「どこが違う」

「おれは算士だ。勝算がなければ動かん」

「つまり、勝算があるということか」

「九分九厘、ある。あるから坂本さんもこの話に乗ったんだ」

「なるほど」

半平太が深くうなずいた。真剣な顔つきになっている。

「それはおもしろい。その話もっとくわしく聞かせてもらえんか」

「こんなところで話すわけにはいかん。折りをみておれの長屋に来てくれ。京橋常盤町の権助店《ごんすけだな》だ。酒でも酌み交わしながらゆっくり話そう」

藤十郎は、もう衣服を身につけている。手ばやく帯を巻き、大刀を腰に差して、

「お先にごめん」

と、足早に出ていった。入れ違いに二階から一人の武士が下りてきた。湯屋の二階は湯浴み客の休憩場になっている。そこで居眠りをしていたらしく、武士は生あくびをしながら脱衣場に下り立った。肩の肉の厚い、ずんぐりした武士である。庇《ひさし》のように張り出した額、横に大きく広がった団子鼻、眉が太く、目は達磨《だるま》のように大きい。

まるで獅子頭《ししがしら》のように凶悍《きょうかん》な面《つら》がまえをしている。

「眠れたか、以蔵《いぞう》」

「はい」

武士が無表情に応えた。

土佐藩足軽《あしがる》・岡田《おかだ》以蔵。のちに「人斬り以蔵」の異名をとった男である。

「撃剣、矯捷《きょうしょう》なること隼《はやぶさ》のごとし」

と評された以蔵の剣の腕を見込んで、半平太が私的に面倒をみていたのである。一見したところ三十すぎの老け顔に見えるが、このときの以蔵はまだ若い。弱冠十八歳である。

「どなたか、ご一緒でしたか？」

以蔵が訊《き》いた。

「うむ。藤岡藤十郎と申す浪人者じゃ。すまんが以蔵、そやつの住まいをたしかめてきてもらえんか」

「住まい、と申しますと？」

「京橋常磐町の権助店、といっていた」

「承知つかまつりました」

一礼して、以蔵は湯屋を出ていった。

四月も半ばをすぎていた。

江戸城の御本丸惣絵図を手に入れてから、藤十郎は毎日のようにそれを見ながら、忍び込みの手口を考えつづけていた。だが、いまだにこれといった妙案は思いつかない。

（いずれにせよ、道具がいるな）

高石垣や塀、城門を登り降りするための道具である。まず用意しなければならないのは縄だ。それも藤十郎の体重（十六貫＝約六十キロ）に耐えられるだけの十分な強さがあり、なおかつ持ち運ぶときに嵩張《かさば》らぬよう、できるかぎり細いものが望ましい。

北桔橋の石垣の高さはおよそ十丈（約三十メートル）である。それを基《もと》に考えると、倍の四十尋《ひろ》（約七十二メートル）の縄が必要になる。二重にして使うためである。

四日前に、日本橋万町《よろずちょう》の荒物屋で細い麻縄《あさなわ》を買ってきて、天井の梁《はり》に吊るしてぶら下がってみたが、やはり体の重みには耐えられそうもなかった。

（この縄に丈夫な糸を撚《よ》り合わせたらどうか）

そう思って凧糸《たこいと》を撚り合わせてみたら、縄の強度は数倍に増した。梁に吊るしてぶら下がってもびくともしない。さらに強度を上げるために三味線の糸を大量に買い込み、三日間かけて麻縄と糸を撚り合わせた。縄の太さは小指ほどである。これなら束《たば》ねて輪にしてもさほど嵩張らない。最後に防水のためにたっぷり燈油をしみ込ませた。

次は金具である。

縄の先端につける鉤《かぎ》や、石垣をよじ登るときに石の隙間に打ち込む大釘《おおくぎ》（ハーケンのようなもの）、滑りどめの足爪《あしづめ》（アイゼンのようなもの）、それに麻縄を通す鉄輪《てつわ》などが要る。

藤十郎は、それぞれの金具の形や寸法を図面に描いて、北本所番場町《ばんばちょう》の野鍛冶《のかじ》職人の家をたずねた。野鍛冶は鍬《くわ》や鋤《すき》、鎌などの農具を専門に作る鍛冶屋である。応対に出た五十がらみの親方に、

「鮪《まぐろ》釣りに使う道具だ」

といった。親方はこころよく引き受けてくれた。鉤二個、大釘六本、足爪四個、鉄輪四個、代金は〆めて二分三朱。五日ほどで仕上がるという。

藤十郎は、その足で深川に向かった。富蔵に会おうと思ったのである。

富蔵がつとめる口入屋『武蔵屋《むさしや》』は、永代橋《えいたいばし》にほど近い相川町にあった。間口七間（約十三メートル）ほどの大きな店構えで、おもに武家筋へ奉公人を斡旋《あっせん》していた。奉公人の大半は、大名の参勤交代の道中奴《どうちゅうやっこ》や足軽である。参勤交代は年に一度のことなので、常雇いを置くより口入屋を通じて日雇いを入れ、供に必要な人数をそろえたほうが安くつくのである。

富蔵はいなかった。

人足を連れて品川御台場《だいば》の普請場《ふしんば》に行き、帰りは明日の午《ひる》ごろになるという。

「富蔵がもどってきたら、明日の暮六ツ（午後六時）ごろ、日本橋駿河町の『たぬき』という煮売屋へ来るようにつたえてくれ」

と伝言を残して、藤十郎は帰途《きと》についた。

永代橋を渡って北新堀町の河岸通りにさしかかったとき、藤十郎は妙なことに気づいた。小者数人を引き連れた町方与力《まちかたよりき》・同心の姿がやけに目につくのである。本所から深川に来るまでのわずかな間に、同じような一団を二度見かけた。そしていまも、町方同心の一団とすれ違った。これで三度目である。市中見回りにしては様子が物々しい。

（何か事件でも起きたか）

けげんに思いながら箱崎橋を渡った。

左に流れる川は日本橋川である。うららかな陽差しを浴びて、軽鴨《かるがも》の群れがのんびり餌《え》をついばんでいる。川辺では子供たちが和紙で作った小さな舟を浮かべて遊んでいた。

（舟、か……）

小型で折り畳みのできる軽い舟があれば、江戸城の濠もたやすく渡ることができる

だろう。川辺で遊ぶ子供たちの姿を横目に見ながら、藤十郎は漠然とそんなことを考えていた。そのとき、

「藤岡さん」

　ふいに背後で呼び止める声がした。

2

　ふり向くと、荒編笠をまぶかにかぶった武士が立っていた。

「お久しぶりです」

と、武士が編笠のふちを指で押し上げながら、歩み寄ってきた。桂小五郎である。

「やァ、桂さん」

「どうなさったんですか、そのいでたちは？」

　小五郎がいぶかるのも無理はなかった。髪や月代《さかやき》は伸び放題で髷《まげ》がゆるみ、毛先が額に垂れ、しかも木賊色《とくさいろ》の着流しに一本差しという、絵に描いたような浪人体《てい》なのだ。

「じつは……」

　照れるように頭をかいて、

「田安家をお構《かま》いになってな」

歩きながら、藤十郎は事情を説明した。

長い話になった。大庭伊兵衛の火薬密造に一枚加わったこと、板橋の水車小屋が爆発したこと、そのために公儀目付・渡辺掃部からあらぬ疑いをかけられたこと、その渡辺の横槍で田安家を免職になったことなどを、巨細《こさい》もらさず打ち明けた。

「それはお気の毒に」

小五郎が同情するようにいった。声に真率《しんそつ》のひびきがある。

「茶でも飲まんか」

藤十郎が顎《あご》をしゃくった。

日本橋川に架かる湊橋《みなとばし》の北詰に、『駿河屋《するがや》』の看板をかかげた大きな茶問屋があった。店先に緋毛氈《ひもうせん》をしきつめた床几《しょうぎ》がおいてあり、小女が茶菓の接待をしている。

二人は床几に腰をおろして茶を注文した。『駿河屋』では、湯茶を注文した客に「松風《まつかぜ》」という自家製の米菓子を無料で供している。それをぼりぼりかじりながら、

「一昨日、吉田寅次郎どのが小伝馬町の牢に入れられましたよ」

小五郎が卒然といった。海外密航に失敗して下田《しもだ》役所に捕らえられた吉田松陰のことである。

江戸北町奉行所の同心・山本啓助《やまもとけいすけ》と大八木四郎三郎《おおやぎしろうさぶろう》が下田におもむいて、吉田松陰の身柄を受け取ったのが四月十日、北町奉行所に到着したのは四月十五日の夜五ツ

（午後八時）だった。当時は下田から江戸まで四日間かかったのである。護送の唐丸《とうまる》駕籠《かご》が高輪泉岳寺《たかなわせんがくじ》の前にさしかかったとき、松陰は赤穂浪士にたむけて、次のような歌を詠んだという。

かくすれば
かくなるものと知りながら
やむにやまれぬ大和魂

赤穂浪士の心境を、松陰自身の心に映した歌であろう。

「で、寅次郎どのに沙汰は下ったのか」

茶をすすりながら、藤十郎が訊いた。

「いえ、いまも厳しい取り調べがつづいているようです。その件に連座して、十日ほど前には佐久間象山《さくましょうざん》先生も捕縛されました」

信州・松代《まつしろ》藩士・佐久間象山は、当代一流の洋学者であり、松陰の師でもあった。松陰が下田沖の黒船に接近するために使った小舟の中に、大小刀などの遺留品とともに、佐久間象山が松陰に贈った詩があったことから、事件との関連を疑われたのである。

「あの事件をきっかけに、幕府はひそかに攘夷《じょうい》派狩りをはじめたようです」

「なるほど……」

　町奉行所の与力・同心たちの姿がやけに目につくのはそのせいだった。話している間も、小五郎は荒編笠の下から用心深く往来の様子をうかがっている。

「幕府の開国策はやはり誤りでしたよ」

「また何か騒ぎがあったのか」

「今度はロシヤが長崎にやってきました。樺太《からふと》の境界線の画定と和親条約をむすぶためです」

「ほう」

「おそらく幕府はロシヤの要求にも屈するでしょう。そうなれば次はイギリス、フランスが開国を迫ってくる。このままでは日本は欧米列強の属国になります」

「武市さんも同じことをいっていた」

「土佐藩だけではありませんよ。いまや攘夷論は六十余州に燃え広がっています。その炎がやがて火柱となって噴き上がり……」

「戦《いくさ》になるか」

「なります」

　小五郎はいい切った。そして、ふっと笑った。

「それにしても、江戸者はおもしろいですね」

「おもしろい？……何が？」

「抜け目がないというか、したたかというか、洋夷《ようい》との戦を見込んで商売にする者がいるんです」

「商売、というと？」

「車輪船という妙なものを考案して、当藩の屋敷に図面を持ち込んできた者がいます。もちろん、実戦に使えるような代物ではありませんでしたが。……かと思えば、黒船に接近するために、革袋の潜水具を作って売り込みにきた浅草の馬具師もいます」

「まるで笑い話だな」

藤十郎は一笑に付したが、これは事実である。斎藤月岑《げっしん》の『武江年表』にも、

「大小名あるいは陪臣《ばいしん》、そのほか匹夫《ひっぷ》にいたるまで、洋船渡来よりこのかた、攘夷または一旦の御和親等、激切寛体《げきせつかんたい》の策を演じ、建白せる輩《やから》勝計すべからず。そのうち憶断管見《おくだんかんけん》をもってつづり、抱腹にたえざるもの鮮《すくな》からずとぞ。あるいは深川冬木町において、車輪船といえる物を工夫して造らしめるが、出来あえずして画餅《がへい》となり。浅草の馬具師は水中を潜りて敵に向かわんがために、革の嚢《ふくろ》を造りしが息の通う手段を考えず。そのほか狼狽《ろうばい》して井蛙杜撰《せいあずさん》の説をつらね、世の笑柄《わらいばなし》となりしも多かりし。坊門にいわゆる山師と称するもの、貨殖《かしょく》をうちにし、攘夷を表として、兵器の色々工夫をなして願い出たるものあり」

という記述がある。

「それだけ世の中がキナ臭くなってきたということだろうな」

「幕府は躍起になって攘夷派を抑え込もうとしています。火薬密造の一件で藤岡さんも攘夷派と目されたのでしょう。身辺にはくれぐれもお気をつけください」

そういうと、小五郎は荒編笠をぐいっと引き下げて立ち上がり、

「これから同志との会合があるので、わたしはここで失礼します」

茶代をおいて、足早に立ち去った。

(身辺に気をつけろか)

小五郎の言葉が、藤十郎の心を重くした。

たしかに、公儀目付・渡辺掃部が知りたがっていたのは、密造火薬の売り渡し先である。それを拒《こば》んだゆえに攘夷派と見なされたのであろう。藤十郎にしてみれば、とんだ濡れ衣《ぎぬ》である。

(まずいことになった)

胸の中で苦々しげにつぶやきながら、藤十郎は腰を上げた。

翌日の夕刻、藤十郎は日本橋駿河町の『たぬき』に向かった。

夕闇がようやく宵闇《よいやみ》に変わろうとしている。

夜気がなまあたたかい。

大通りから一本東寄りの路地を通り、日本橋万町の角を左に曲がった。そこで藤十郎はふと足をとめて、背後をふり返った。さっきから背後に人の気配を感じていたからである。

誰もいない。

いや、人影はちらほらとあるのだが、尾行者らしき不審な影は見当たらなかった。

(気のせいか)

と思い直して、ふたたび歩き出した。

日本橋を渡って室町《むろまち》通りに出た。通りの両側に軒をならべる商家は、すでに大戸を下ろしてひっそりと静まり返っているが、往来には結構人がいた。大半は仕事じまいのお店者たちである。

室町二丁目の角を左に折れ、さらに細い路地を右に曲がった。小さな盛り場の灯が見える。

煮売屋『たぬき』の前で、藤十郎はもう一度足をとめて、背後をふり返った。やはり尾行者らしき人物は見当たらなかった。用心深くあたりを見回し、障子戸を引き開けて中に入った。

富蔵は先に来ていた。奥の卓で手酌でやっている。ほかに職人体《てい》の男が二人いた。客はその三人だけである。亭主の弥助が愛想のいい笑顔を向けて、

「いらっしゃいまし」

と奥へうながした。

「やァ旦那」

富蔵が手をあげた。藤十郎は弥助に冷や酒と芋《いも》の煮物、焼き魚を注文して腰を下ろした。

「きのうは品川に行ってたそうだな」

「へえ。品川陣屋から人足を十人ばかり頼まれやしてね」

「台場《だいば》の普請《ふしん》は、はかどってるのか」

「第一、第二、第三のお台場はほぼ仕上がりやした。目下第四、第五、第六の普請を突貫工事ですすめてやす。ところで……」

と急に声をひそめて、

「旦那のほうはどんな塩梅《あんばい》で？」

「ぼちぼち準備をととのえている。じつは、おまえに頼みてえことがあるんだが」

「何でしょう？」

「西拮橋《にしはねばし》門の下見をしてきてもらえんか」

「てえと……」

富蔵の目がぎらりと光った。

「決めたんですかい？　忍び口を」

「うむ。土橋の突端から拮橋に縄をかけようと思ってる」

「縄を？」

「問題は、土橋から鉤縄《かぎなわ》を投げて拮橋まで届くかどうか……。それをおまえに見さだめてきてもらいてえんだ」

「それはかまいやせんが、矢来《やらい》門の警備はどうなってるんで？」

富蔵の頭の中にも『江戸城御本丸惣絵図』はたたき込まれていた。西拮橋門に行くには矢来門を乗り越えなければならないのだ。

「柵門《さくもん》は六ツ（午後六時）の太鼓《たいこ》で閉まる。そのあとは一刻（二時間）おきに番士が見回ることになっている」

田安家につとめていたとき、藤十郎は矢来門の前を何度となく行き来していたので、門の警備状況は知悉《ちしつ》していた。見回りは四半刻（三十分）ほどで終わり、次の見回りの時刻まで矢来門の近辺は完全に無人になる。

「ねらいはそのときだ」

「なるほど」

「おまえなら、あの門を乗り越えるのは、わけもねえだろう」

「わかりやした。やってみやしょう」

「念のためにこれを持っていけ」

ふところから田安家の門札《もんさつ》を取り出して、すばやく富蔵に手渡した。

江戸城の内曲輪《うちぐるわ》に入るには、まず外濠《そとぼり》の城門を通過しなければならない。むろん城門の大扉が閉まる暮六ツ（午後六時）までは、一般市民の通行も自由なのだが、万一、番士に見とがめられた場合、田安家の門札を所持していれば面倒な検問を受けずにすむ。そのための備えである。

半刻（一時間）ほど酒を酌み交わしたあと、

「おまえはしばらくここで飲んでてくれ」

といって、藤十郎は腰を上げた。

「もう帰るんですかい」

「どうも今夜は酒がすすまねえ」

「具合でも悪いんで？」

「いや、誰かに見張られてるような気がしてならねえんだ」

「え」

瞠目《どうもく》する富蔵に、藤十郎はかいつまんで事情を話し、

「ひょっとしたら公儀の探索方かもしれねえ。用心のために裏から出ていく」

酒代をおいて、裏口から出ていった。

3

裏路地をひとめぐりして、ふたたび『たぬき』の表に出たところで、藤十郎はふいに数歩跳びすさった。『たぬき』の斜め向かいの路地角に不審な人影を見たのである。

呼吸をととのえ、羽目板《はめいた》に体を張りつけるようにして、そっと顔を突き出した。

たしかに、いる。

背の低い、偏平《へんぺい》な顔つきの男が、路地角の暗がりに身をひそめて、じっと『たぬき』の様子をうかがっている。桟留縞《さんとめじま》の単衣《ひとえ》に浅葱《あさぎ》の股引《ももひ》き、腰に無骨な鉄の十手《じって》をさしている。一目で、

（岡っ引）

と、わかる風体である。

しばらく様子を見ていると、男はあきらめたように踵《きびす》を返して、路地の奥に立ち去った。今度は藤十郎が尾行する番である。小走りに斜め向かいの路地に駆け込んだ。

男は、せまい路地を右に左に折れ曲がり、いったん室町二丁目の大通りに出たあと、東側の十軒店《じっけんだな》へ歩をすすめ、ふたたび細い路地に足を踏み入れた。大伝馬町のほうに向かっている。

――誰の差し金で、何を探ろうとしているのか。

それを見きわめるために、藤十郎は執拗《しつよう》に男のあとを追いつづけた。

路地の奥にゆらいでいたまばらな人家の明かりも、歩をすすめるにしたがってしだいに数がへり、やがて四辺は闇に閉ざされた。藤十郎は必死に目をこらして男の姿を追った。

風が立ちはじめた。

月をおおっていた雲が急速に流れ、青白い月明かりが、男の姿をくっきりととらえた、そのときである。突然、男が月明かりから逃れるように、脱兎《だっと》の勢いで走り出した。

（勘づかれたか！）

すかさず藤十郎も走った。

男の逃げ足はおそろしく速い。みるみる両者の距離は開いていった。すでに男の姿は闇のかなたに消えている。遠ざかる足音だけを頼りに、藤十郎は懸命に追走した。

「うわッ」

断末魔の悲鳴を聞いたのは、男を追って半丁（約五十メートル）も走らぬうちだった。藤十郎は反射的に刀の柄頭《つかがしら》に手をかけ、悲鳴の聞こえた地点に向かってまっしぐらに走っていた。

まるで藤十郎が駆けつけてくるのを待ち受けていたかのように、前方の闇にうっそりと人影が立っていた。その影を見た瞬間、藤十郎は血が凍りつくほどの戦慄《せんりつ》を覚えた。

肩の厚い、ずんぐりした武士である。右手に血刀《ちがたな》をひっ下げ、野獣が舌なめずりするような表情で足元を見下ろしている。その視線の先には、顔面を朱《あけ》に染めた男が虫の息でころがっていた。

さっきの岡っ引である。顔がまっ二つに斬られていた。いや、叩き割られていた。割れた頭蓋骨《ずがいこつ》から白い脳漿《のうしょう》が飛び出している。無惨にも両目の眼球はなかった。ただ両眉の下にぽっかり二つの孔《あな》が開いているだけで、そこからおびただしい血が噴き出している。

「こ、これは……！」

驚愕《きょうがく》のあまり、藤十郎の声が上ずった。

「手前が斬りました」

悪びれるふうもなく、武士は平然と応え、刀の血ぶりをして鞘《さや》におさめた。

「なぜ……？」

「こやつは町方の犬です。目ざわりなので斬り捨てました」

低い、塩辛声《しおからごえ》である。

「おぬしは何者なのだ？」

「岡田以蔵。武市さまの家来です」

「武市さんの……！」

「藤岡さまをお連れするように申しつかりました。手前がご案内します」

くるりと背を返して、以蔵はすたすたと歩き出した。背は低いが肩幅は常人の倍はある。その猛々しいうしろ姿に不審な目をやりながら、藤十郎は黙ってあとについた。


「こちらです」

以蔵が足をとめたのは、日本橋堀留《ほりどめ》町の小料理屋の前だった。

軒行燈《のきあんどん》に『嵯峨《さが》』とある。屋号にふさわしく、戸口に呉竹《くれたけ》を植えた坪庭《つぼにわ》を配し、小《こ》径《みち》に玉砂利を敷きつめて京風の風情をただよわせた、見るからに小粋な店である。

「では」

と一揖《いちゆう》して、以蔵は足早に去った。

藤十郎は一瞬ためらいながら、からりと格子戸を引き開けた。

「いらっしゃいまし」

艶《つや》やかな声とともに、奥から三十年配の婀娜《あだ》っぽい女が出てきた。この店の女将《おかみ》らしい。店内には数人の客がいた。いずれも身なりのきちんとした商人ふうの男たちである。

「武市さんは……？」

「お見えになっております。どうぞ」

と、奥の小座敷にうながす。

「よう」

衝立《ついたて》の陰から、武市半平太が気さくな感じで手を上げた。

小座敷には酒肴《しゅこう》の膳部が一つ、手つかずのままおかれている。どうやらこれは藤十郎のために用意された膳部らしい。半平太は例によって汁粉《しるこ》をすすっている。

「どういうことなんだ？　これは」

小座敷に上がり込むなり、藤十郎が急《せ》き込むように訊いた。

「その前に一酌《いっしゃく》」

と半平太が酌をする。藤十郎はそれを一気に飲みほした。二杯目をつぎながら半平太が、

「まず、わしから訊きたいことがある。おんし、何かドジでも踏んだのか」

「ドジ？」

「岡っ引がおんしの身辺を嗅ぎ回っておった。例の一件、町方に気《け》どられたのではないのか」

「いや、それはない」

きっぱりと否定して、藤十郎はこれまでのいきさつを……、つまり、火薬密造に手を染めたために、公儀目付からいわれなき疑いをかけられたことなどを説明した。

「なるほど、そんな事情《わけ》があったか」

「それより、あんたはなぜあの岡っ引のことを?」

「いや、なに……」

と、いいよどみながら、

「虫の知らせというか、おんしのことがちょっと気になったのでな。権助長屋に以蔵を張りつかせておいたんじゃ」

その以蔵が、藤十郎を尾行している岡っ引に気づいて、さっきの場所に先回りして斬り捨てたのであろう。岡っ引の惨殺《ざんさつ》死体を思い出して、藤十郎はふと顔をゆがめた。

「あの男、あんたの家来にしては粗暴すぎる」

「以蔵がどうかしたんか?」

「岡っ引を叩き斬った」

「ほう」

べつに驚くふうでもなく、半平太は椀にのこった汁粉をすすり上げながら、

「ところで、藤岡さん」

声を低くしていった。

「昨夜、アザ（竜馬）と話し合って決めたんだが、わしも仲間に加わることにしたぞ」

「仲間？」

「御金蔵破りの仲間じゃ。というても、おんしの仕事を後押しするだけだがな」

「坂本さんは了解したのか」

「ああ、アザは六月に帰国する。あとのことはよろしく頼むといっちょった」

「ま、あんたと坂本さんで決めたことなら、いまさらおれがとやかくいう筋合いはない。ただ分け前はあくまでも半分だ。あんたの取り分は坂本さんからもらってくれ」

「わかっちょる。それもアザとは話がついちょる」

といって、半平太は片膝立ちになり、衝立から首を伸ばして、

「おーい、女将。汁粉をもう一杯くれんか」

汁粉のお代わりを頼むと、ふたたびどかりと腰を据えて、

「もし首尾よく事が運んだら、わしはおんしの分け前で党を結成するつもりじゃ」

「党、というと？」

「天皇《みかど》のために戦う党じゃ。党の名前も、もう決まっちょる。『勤王党《きんのうとう》』とした」

藤十郎は黙って飲んでいる。どうもこの手の話題は苦手なのである。

「そのためにも、ぜひ、おんしの仕事を成功させたい。わしにできることがあったら

何なりというちょくれ。やれることは何でもやる」

「志はありがたいが、まだ話は煮詰まっていない。その時機が来たら手伝ってもらうこともあるだろう」

「その時機とは？」

「ひと月先になるか、三月先になるか……」

飲みかけた盃をしずかに膳において、藤十郎は遠くを見るような目で、

「おれにもまだ見えていない」

そのとき、女将がお代わりの汁粉を運んできたので、二人の話は中断した。

「果報は寝て待てというからのう」

できたての汁粉をふうふう吹きながら、半平太がいった。

「おんしを信じて、気長に待つとしよう」

4

二日後の夕刻、七ツ半（午後五時）ごろ。

小さな風呂敷包みを背負った商人ふうの男が、田安御門の土橋を渡っていった。

男は高麗門《こうらいもん》を通って枡形《ますがた》の広場を左に折れ、渡り櫓門《やぐらもん》の大扉に向かって歩いてい

った。櫓門の大扉は半刻（一時間）後に閉められるので、この時刻になると人々の通行があわただしくなる。

大扉の左右に二人の番士が立っていたが、男を誰何《すいか》する気《け》ぶりはまったくなかった。男の挙動にとり立てて不審な様子がなかったからである。

男は高麗門をくぐると、江戸城に向かって真っすぐ歩をすすめた。右につらなる築地塀は田安家の屋敷、左は清水家の屋敷である。道を真っすぐ行くと低い土手にぶつかり、その奥は旗本衆の弓の稽古場になっている。さらにその奥には朝鮮馬場があった。

この馬場の由来について、『江戸城御本丸惣絵図』には、

「中古《なかむかし》、此ノ馬場ニテ朝鮮人乗馬アリ。夫《それ》ヨリシテ朝鮮馬場ト云フ」

と記されている。

男は、土手の前で足を止めて、すばやくあたりを見回し、付近に人がいないのを見さだめると、一気に土手を駆け登った。土手の上は低木の植え込みになっている。それをかきわけて、男は反対側の斜面を駆けおり、弓の稽古場を横切って、朝鮮馬場に走り込んだ。

馬場の周囲は鬱蒼《うっそう》たる雑木林である。男は藪《やぶ》の陰に身をひそめ、肩に背負っていた小さな風呂敷包みを下ろして、ふうっと大きく吐息をついた。

富蔵である。

手ばやく風呂敷包みを開いた。中に黒木綿の筒袖《つつそで》に黒の細身の股引《ももひ》きが入っている。富蔵はそれに着替えた。全身黒ずくめの盗っ人装束である。身につけていた着物を風呂敷に包みなおして、ひときわ大きな老杉《ろうさん》の根方《ねかた》の草むらにそれを押し込み、ごろりと横になった。

陽差しがゆっくり西へかたむいていく。萌黄色《もえぎいろ》の若葉を繁らせた梢《こずえ》と梢の間から、数条の茜色《あかねいろ》の光の帯が射し込み、富蔵の顔を赤々と照らし出している。

いつしか、富蔵は浅い眠りに落ちていた。やがて薄明が夕闇へと変わり、ほのかに碧《あお》を残した空に、きらきらと星がまたたきはじめた。そのとき、

——どどーん、どどーん。

突然、太鼓の音が鳴りひびいた。暮六ツ（午後六時）を告げる江戸城の時の太鼓である。

その音で、富蔵は目を醒《さ》ました。

余談になるが、江戸城内には櫓時計《やぐらどけい》を備えた土圭《とけい》ノ間というのがあって、定刻になると土圭坊主が汐見太鼓櫓の太鼓坊主にその旨を伝え、それを受けて太鼓坊主が櫓の大太鼓を打って城中に時を知らせた。夜半は香時計《こうどけい》（線香に時刻をきざんだもの）に鈴をつけた糸をむすび、香の火で糸が焼け落ちたときに鈴が鳴るようにして、寝過

ごすことのないようにしたという。

矢来門は、暮六ツの太鼓の音で閉まる。

柵門を閉ざしたあと、昼間の番士は夜の番士と交代する。夜間の番士たちは門の周辺を四半刻（三十分）ほど見回り、番所に引きもどって次の見回りまで休憩をとる。

江戸城の大太鼓が鳴ってから、四半刻がまたたくまにすぎた。

あたりはすっかり闇につつまれている。

富蔵は、朝鮮馬場の雑木林を走りぬけて、小砂利をしきつめた広い道に出た。この道は半蔵御門から竹橋御門にぬける道で、「代官通り」の称がある。昼間は一般市民の通行がゆるされ、山王祭《さんのうまつ》りや神田祭りの山車《だし》行列もこの道を通ったという。むろん暮六ツ以降は外濠の各城門が閉められるので、この時刻に往来する人影はまったくない。

闇の奥にポツンと見える灯は、将軍家の御鷹《おたか》屋敷の高張《たかはり》提灯の明かりである。

御鷹屋敷の東はずれの角に吹上《ふきあげ》役所があった。障子窓にほんのりと明かりがにじんでいる。富蔵は地を這うように身をかがめてその窓の下を通りぬけ、矢来門の下馬札《げばふだ》の前に忍び寄った。

柵門は閉ざされている。

番士の姿もない。門の右脇の番所の窓が白く光っている。

富蔵は、柵門の前を横切って、内濠のふちに立った。そこは番所からちょうど死角になっており、高張提灯の明かりが届かない闇溜まりになっている。

矢来門の高さはおよそ六間（約十一メートル）。富蔵は地を蹴って柵の横木に飛びついた。するするとよじ登っていく。まるで猿《ましら》のような敏捷さであり、しなやかな身のこなしである。門を乗り越え、向こう側にトンと降り立つ。門の内側は、もう江戸城内である。

星明かりを頼りに、内濠に沿って西へ走った。

内濠は一丁半（約百六十メートル）ほど先で、ほぼ直角に左に湾曲している。そこからさらに半丁ほど行くと、左手に西拮橋御門が見えた。

右側に掘割が流れている。この掘割を「山吹流れ」といい、掘割をへだてた向こう側には吹上庭園がある。面積十三万坪。じつに東京ドーム九個分の大庭園である。

富蔵は、西拮橋御門の土橋の突端に立って、はね上げられた橋を仰ぎ見た。橋の長さは北拮橋とさほど変わらない。おおよその目測で、

幅、一間半（約三メートル）

長さ、六間（約十一メートル）

と見た。

土橋の突端から鉤縄を投げれば、届かぬ距離ではない。しかし、よほど勢いよく投

げなければ、鉤先は分厚い橋板にはじき返されてしまうだろう。

ねらうとすれば、橋の先端の鎖をつなぐ金具である。その金具に鉤先がかかればしめたものだが、問題は橋の先端まで鉤縄が届くかどうか。土橋の突端から拮橋のてっぺんまでは、目測で七、八間（約十三、四メートル）ある。鉤縄を渾身《こんしん》の力で回転させて投げたとしても、とうてい橋の先端までは届くまい。

（無理だな）

腹の中でつぶやきながら、富蔵は濠を見下ろした。

土橋から濠の水面までの高さは六尺（約一・八メートル）ほどである。

（濠を泳いで渡ったらどうか）

とも考えたが、対岸にそそり立つ高石垣を見て、富蔵は悲観的に首をふった。

ちなみに、江戸城の石垣の積み方には「野づら」「打込接《うちこみはぎ》」「切込接《きりこみはぎ》」の三種類があった。

「野づら」は自然石をそのまま用いて積む方法で、比較的古い時代の築造法である。この積み方は石と石の間に隙間が多く、侵入者が登りやすいのが欠点だが、石垣の奥行きが深く、崩壊を防ぐという点ではもっとも堅固な積み方といっていい。

「打込接」は、石の角をたたいて組み合わせた積み方で、野づら積みに比べて登りにくくはなっているが、美観の点ではいま一つだった。

「切込接」は、のみで石をけずり合わせ、いわゆる切り込みにして築いたもので、石垣の曲線の美しさとともに、石と石の間にほとんど隙間がないため、防御の点からも最上の積み方とされていた。

西拮橋御門の石垣は、まさにその「切込接」で築かれた石垣なのである。石と石との間は、髪の毛一本入る隙がないほどぴたりとつぎ合わされている。これをよじ登るのは至難のわざだろう。

それにしても……。

藤十郎が、なぜこの西拮橋御門を忍び口と決めたのか、富蔵には理解できなかった。

釈然とせぬまま、富蔵は身をひるがえした。

(引き上げるか)

内濠のふちを走り、矢来門まであと四、五間にせまったときだった。突然、がらり、
と番所の戸が開き、番士が一人ふらりと出てきた。富蔵はとっさに濠端の草むらに体を伏せて、息を殺した。小砂利を踏みしめる足音がこっちに向かってくる。

全身を石のように硬直させて気配をうかがった。足音が間近にせまる。草むらの手前ではたと止まった。目のすみに番士の足が見える。息づかいが聞こえてきそうな至近距離である。

（見つかったか）
心ノ臓が高鳴り、首のまわりにじわっと汗がにじみ出した。頭の上でモソモソと音がする。身じろぎもせず耳を澄ませていると、ふいに、
しのぶ恋路は　さてはかなさよ
今度逢うのが命がけ
よごす涙のおしろいも
その顔かくす無理な酒
番士が鼻唄を歌い出したではないか。
眠気ざましに夜風にでも当たりに来たのだろう、と思ってほっと安堵《あんど》したとたん、背中に何やら生あたたかいものが降ってきた。思わず叫びそうになった。あろうことか、番士が濠に向かって尿《いばり》を放ちはじめたのである。酒臭い小便だった。体じゅうにじょぼじょぼと小便が降りかかる。
「ばかやろう！」
と、怒鳴りつけてやりたかったが、必死にこらえた。
「そいつはとんだ災難だったな」
藤十郎が苦笑した。

時刻は明六ツ半（午前七時）ごろ、藤十郎は夜着のままである。

その前で富蔵が冴えない顔で茶をすすっている。

西拮橋御門の下見をしたあと、朝鮮馬場の藪陰で一夜を過ごした富蔵は、外濠の城門が開く明六ツ（午前六時）を待って一橋《ひとつばし》御門から外曲輪《そとぐるわ》にぬけ出し、常磐町の藤十郎の長屋にやってきたのである。

「その話はさておき……」

富蔵は真顔になっている。

「あの橋に鉤縄をかけるってのは無理ですぜ。土橋の突端から橋のてっぺんまでは七、八間ありやす。とてもあそこまでは届きやせんよ」

「ほかに鉤縄がかかるような場所はなかったか？」

「拮橋はぴったり門の中に納まってやす。門の両脇は太い門柱と切込接《きりこみはぎ》の石垣でがっちり固められてるし、門のまわりには草木一本生えておりやせん」

「つまり、鉤を引っかけるような場所はまったくねえってことだな」

「へい」

「そうか」

藤十郎は苦い顔で腕を組んだ。さすがに落胆の色は隠せない。

「けど旦那、なんでまたあの西拮橋門を忍び口と決めたんで？」

「前にもいったとおり、無人の城門は北拮橋門と西拮橋門の二つしかねえ」

といって立ち上がり、天井裏から『御本丸惣絵図』を取り出して畳の上に広げた。

「御金蔵を破ったあと、城の外に金を運び出すのは、どっちの門がいいと思う？」

「そりゃ、こっちでしょう」

富蔵は北拮橋御門を指さした。

「西拮橋門から運び出すとなると、矢来門を越えなきゃなりやせんからね。そのぶん北拮橋門なら手間がはぶけやす」

「うむ」

と、うなずいて、

「それが答えだ」

藤十郎は絵図面を折りたたみながら、

「もういっぺん策を練りなおしてみる。腹がへっただろう。湯づけでも食うか」

「へい。いただきやす」

富蔵はきのうの夕刻から何も腹に入れていない。飲まず食わずで一夜を過ごしてきたのである。藤十郎がどんぶりに昨夜の残りの冷や飯を盛り、竈《かまど》の薬缶《やかん》の湯をそそいで差し出すと、富蔵はむさぼるように湯づけをかき込んだ。

「富蔵、臭うぜ」

藤十郎が唐突にいった。

「へ？」

「小便の臭いだ。帰りに湯屋でひとっ風呂浴びていったほうがいい」

「まだ臭いやすか」

富蔵は、さも不快そうに袖口を鼻にあてて、くんくんと臭いを嗅いだ。

（それにしても……）

と藤十郎は思う。

公儀の禄《ろく》をはむ矢来門の番士が、勤務中に酒を食らったあげく、不敬にも城の濠に向かって立ち小便をするとは、綱紀《こうき》紊乱《ぶんらん》もはなはだしい。裏を返せば、それだけ幕府の権威が衰退したということでもあろう。そこまで堕落した役人どもに江戸城の御金蔵が守れるわけがない。

（御金蔵は破れる。おれが必ず破ってみせる）

あらためて、藤十郎はその意を強くした。

5

雨が降っている。

梅雨《つゆ》のはしりのような鬱々《うつうつ》たる雨である。

午《ひる》をすぎて、雨はやや小降りになった。それを待ちかねていたように、藤十郎は番傘をさして長屋を出た。北本所番場町の野鍛冶屋に金具を受け取りに行くためである。約束どおり四種類の金具は出来上がっていた。それを桐油紙《とうゆがみ》につつんでもらい、代金を払って野鍛冶屋を出たときには、雨はもうほとんどやんでいた。

吾妻橋《あずま》を渡って、浅草広小路にさしかかったところで、藤十郎はふと足をとめて前方に目をやった。小間物屋《こまものや》の店先に、どこかで見たような小柄な侍が立っている。銘仙《めいせん》の羽織、唐桟《とうざん》の尻っぱしょり、千草《ちくさ》の股引きに一本差しといういでたちを見て、

（そうか）

すぐに思い出した。

平川御門の前で会った「五菜《ごさい》」の宮田六兵衛である。つかつかと背後に歩み寄って、

「宮田さん」

と声をかけると、六兵衛はおどろいたようにふり返り、藤十郎の顔を見てにっこり笑った。

「貴殿は……」

「いつぞやはどうも」

「手前のほうこそ、その節は過分なお志をいただきまして」

「買い物ですか？」

「ええ、松濤《まつなみ》さまに櫛《くし》を買ってこいとおおせつかりましてね。今日は浅草見物ですか？」

六兵衛は、まだ藤十郎を田舎出の勤番侍《きんばんざむらい》だと思い込んでいる。

「よかったら、そのへんで茶でも飲みませんか」

「じゃ手前がご案内しましょう。この先に団子のうまい店があるんです」

人混みをぬうようにして、六兵衛は飄々《ひょうひょう》と歩いていく。

その店は田原町三丁目の路地角にあった。中年の夫婦がやっている焼き団子の店である。奥で女房が蒸した団子を串に差し、それを亭主が店先で焼いている。

二人は床几《しょうぎ》に腰をおろして焼き団子二本と茶を注文した。

「そういえば……」

団子を頰張りながら、六兵衛が思い出したように、

「貴殿のお名前をうかがっておりませんでしたが」

「それは失礼しました。拙者は宇都宮藩先手組《さきてぐみ》・藤田藤八郎と申します」

とっさに嘘をついた。

「ほう、お先手組ですか」

「城門の警衛をおもな任としています。後学のためにうかがっておきたいのですが」

「はあ」

「江戸城の北拮橋御門と西拮橋御門がご開門されるのは、どのようなときに……？」

ある意味でこれは危険な問いだった。北と西の両拮橋門は、江戸城本丸の守りのかなめであり、外部にもらしてはならない極秘事項だからである。

慶安《けいあん》の変の首謀者・丸橋忠弥《まるばしちゅうや》は、濠の深さを測るために濠に小石を投げ入れたところを、ときの老中・松平伊豆守信綱《まつだいらいずのかみのぶつな》（知恵伊豆）に目撃され、謀叛《むほん》の企てを看破《かんぱ》された。――というのは、河竹黙阿弥《かわたけもくあみ》の『慶安太平記』の一場面だが、幕府が江戸城の防備に細心の注意をはらっていたことは、この芝居の場面からも推知《すいち》できよう。

大奥の使いっ走りとはいえ、公儀筋の侍がそれを知らぬはずはない。当然、

「なぜ、そのようなことを？」

と不審を抱いてしかるべきであり、また、そう問い返されることを想定して、藤十郎もそれなりの方便を用意していたのである。ところが、当の六兵衛はまったく怪しむ気ぶりをみせず、

「貴殿のお役に立てるなら……」

と、むしろうれしそうに語りはじめたので、藤十郎のほうがいささか拍子ぬけした。

「先日、貴殿は、不浄門はどこにあるか、とお訊ねになりましたな？」

「はい」

「じつは、北拮橋御門がその不浄門なのです」

「ほう」

意外そうに藤十郎は目を細めた。

「ですので、あの橋はご城内のお葬式のときにしか下ろされません」

このことは大奥の内情を記した文献にも、

「御台所《みだいどころ》（将軍の正妻）さまのご葬送、行き行きて北ハネ橋の不浄門にかかれば、此処はご出棺のほか、平素出入りなき路とて、千草など生い茂れるを物淋しくも行き過ぎて、順路芝（増上寺）もしくは上野（寛永寺）に達す」

と、記載されている。

「ここ数年、北拮橋は一度も下ろされていないので、橋を吊っている鎖は錆びついています」

それは藤十郎も知っている。

「で、西拮橋御門のほうは？」

「あれは年に二度下ろされます。一度目は八月十五日。大奥のお女中方が吹上庭園で観月の宴をもよおすためです。二度目は三月六日の観桜の宴のときです」

「それ以外にあの拮橋が下ろされることは絶対にありませんか」

「絶対」という言葉に力をこめて訊き返した。

「少なくとも手前の知るかぎり、それ以外に西の拮橋が下ろされたことは一度もありません」

「そうですか」

大奥の事情に通暁《つうぎょう》した古参の「五菜」がそういうのだから、信じていいだろう。

「おや、また降ってきましたな」

湯飲みを床几において、六兵衛が空を見上げた。ぽつりぽつりと雨滴が落ちてくる。

「松濤さまがお待ちかねなので、手前はお先に失礼させていただきます」

ふところから茶代を取り出そうとするのへ、

「いや、茶代は拙者《せっしゃ》が」

「そうですか。申しわけございませんな。では、ごめん」

傘をさして、六兵衛は足早に立ち去った。

みるみる雨脚がつよくなった。

往来の人々が蜘蛛《くも》の子を散らすように走り去っていく。

長屋の腰高障子を引き開けた瞬間、藤十郎は反射的に数歩跳びさがった。

三和土《たたき》に濡れた雪駄《せった》と番傘がある。

「誰かいるのか」

油断なく足を踏み入れて、奥の暗がりに声をかけた。

「わしじゃ」

低い声が返ってきた。声のぬしはすぐにわかった。

「武市さんか」

「留守だったので、待たせてもらった」

部屋の奥の壁にもたれて、半平太が饅頭《まんじゅう》を食っている。藤十郎は肩の雨滴をはらって部屋に上がり込み、小脇にかかえていた桐油紙の包みを畳の上にどさりとおいた。

「食うかい？」

半平太がぬっと饅頭を突き出した。

「いらん。何か用か？」

「先日の岡っ引の素性がわかったぞ」

「調べたのか」

「以蔵に調べさせた。住まいは三味線堀《しゃみせんぼり》の裏店《うらだな》。名は文七《ぶんしち》。『まむしの文七』の異名をとる腕利きの目明かしだそうじゃ」

「誰の差し金で動いていた？」

「南町奉行所の与力・水谷兵蔵の手先だと、以蔵はそういっちょった」

「水谷……、兵蔵？」

思い出した。田安家の下屋敷の近くで、公儀目付・渡辺掃部とともに藤十郎を待ち受けていた慇懃《いんぎん》な男である。あれ以来、水谷も藤十郎の身辺をひそかに探っていたのだろう。

「困ったことに、近ごろ、わしの身辺にも公儀の犬がちょろちょろするようになってのう」

「あんた、まさか」

いうなり、畳を蹴って窓ぎわに跳び、障子窓をわずかに引き開けて、表の様子をうかがった。

「誰かに尾《つ》けられなかっただろうな」

「心配にはおよばん。木戸を見てみろ」

藤十郎はさらに障子窓を引き開け、顔をかしげて長屋木戸のほうを見た。

降りしきる雨の中に、番傘をさした武士がうっそりと突っ立っている。岡田以蔵だった。

「わしにも番犬がついちょるからな」

「そのことを伝えるために、わざわざ来たのか」

窓を閉めて、半平太の前に座った。

「おんしのために隠れ家を用意しておいた」

「隠れ家？」

「この長屋では手ぜまだし、近所の目もある。一軒家のほうが仕事がしやすいだろう」

「それはありがたいが……」

「費用《かかり》のことは案ずるな。家賃はわしが払う」

「場所は？」

「日本橋の上槙町《かみまきちょう》じゃ。これから見に行くか？」

「うむ」

二人は傘をさして表に出た。

あいかわらず雨は降りつづいている。

長屋木戸のそばに、傘をさした以蔵が石地蔵のように身じろぎもせず立っている。その以蔵には目もくれず、半平太は大股に長屋路地を出ていった。あとにつきながら、藤十郎はちらっとうしろをふり返った。七、八間後方を、傘で顔を隠した以蔵が影のようにひたひたと尾けてくる。

日本橋通り南四丁目の角を左に折れて、外濠につづく道を半丁（約五十メートル）ほど行った、右側の町屋が上槙町である。半平太は二本目の道を右に曲がった。このあたりは職人の小家が多い。

前方の辻角に小さな稲荷社《いなりしゃ》が見えた。俗に於満稲荷《おまんいなり》という。

「ここじゃ」

稲荷社の手前で、半平太が足を止めた。

板塀をめぐらせた小ぢんまりとした一軒家である。網代門《あじろ》から玄関まで踏み石がしいてあり、玄関の左には手入れの行き届いた植木や石灯籠《いしどうろう》を配した小さな庭もあった。

半平太が引き戸を開けて、藤十郎を中にうながした。

廊下に上がって、すぐ右に四畳半の部屋があった。その部屋の唐紙を引き開けて、

「ここは以蔵の部屋じゃ」

と半平太がいった。

「以蔵の？」

「表向き、この家は以蔵が借りたことになっちょる。つまり番犬付きの隠れ家ちゅうことじゃ。ここなら誰にも怪しまれんからな。好きなときに好きなように使《つこ》うてくれ」

廊下の奥に八畳の居間と六畳の寝間、そして三畳ほどの納戸があった。

「おんしの部屋はこの二部屋じゃ。この納戸には鍵もかかる」

「たしかにこの家なら仕事がしやすい。早速明日にでも荷物を運び込もう」

翌日、藤十郎は常磐町の長屋から『御本丸惣絵図』や特製の四十尋《ひろ》（約七十二メートル）の麻縄、本所の野鍛冶に作らせた金具などを持ち出して、上槇町の〝隠れ家〟に運び込んだ。

第七章　革舟

1

竜馬の帰国の日取りが決まったという。

武市半平太からそう聞かされて、築地の土佐藩中屋敷に竜馬をたずねると、竜馬はいつになく浮かぬ顔で、藤十郎を例の合引川の船宿『柴竹』にさそった。

「江戸は月日がたつのが早い。あとひと月でおんしともおさらばじゃ」

心なしか声も沈んでいる。

「で、再出府《さいしゅっぷ》はいつになるんだ?」

「わからん。藩庁《はんちょう》が決めることじゃき、わしの一存ではどうにもならん」

「藩のゆるしが出なかったらどうする?」

「そんときは脱藩するまでよ」

竜馬はこともなげにいった。

「脱藩?……浪人になるつもりか」

「もとよりわしは侍なんぞに未練はない。藩の重役方にひれ伏して遊学のゆるしを乞うぐらいなら、いっそ浪人して自由に生きたほうがわしの性分に合っちょる」

ついこの間、国家（土佐藩と坂本家）に忠孝をつくすために、「遊女も抱かぬ」とわめいていた男がこの変わりようである。藤十郎は思わず苦笑した。

「あんたのいうことは、コロコロ変わるからついていけん」

「それは違うぜよ、藤岡さん」

竜馬がむきになって、

「わしのいうことが変わっちょるんじゃない。時々刻々、時勢が変わっちょるんじゃ」

「ものはいいようだな」

この男、たしかに弁は立つ。武市半平太がいうように、人の心をつかむ天賦《てんぷ》の才も持っている。土佐藩にはあだたぬ（おさまらぬ）人物であることもたしかだ。しかし何を考えているのかさっぱりわからない。会うたびにますますわからなくなってくる。もっともこの男を理解しようとするほうが無理なのかもしれないが……。

「ところで、藤岡さん」

急に竜馬の声の調子が変わった。

「正直なところ、わしはこれまでおんしの話を半信半疑で聞いちょったが、どういうわけか、帰国の日取りが決まったとたん、妙に例の件が気になってきてな」

「御金蔵破りの件か」

「ああ」

「何が気になる?」

「つまり、その、平たくいえば……」

竜馬は照れるように笑って、

「わしも人並みに金が欲しゅうなってきたんじゃ」

人並みというところが、いかにも金に不自由なく育ってきた竜馬らしい見栄の張り方である。

「そうか。あんたも人並みに欲が出てきたか」

藤十郎がやり返すと、竜馬はまた照れくさそうに笑って、

「浪人したときの備えにな。金はないよりあったほうがええじゃろ」

「心配するな。この仕事がうまくいけば、あんたのふところにも十年や二十年は楽に暮らせるだけの金がころがり込んでくる」

「で、めどはついたんか?」

「ついた。八月十五日にやるつもりだ」

ずばり。藤十郎はいい切った。

八月十五日は、江戸城の吹上庭園で大奥の女中たちの月見の宴《うたげ》が催される日である。西拮橋《にしはねばし》門の橋が下ろされるのは、その日と翌年三月六日の観桜の宴の二度しかない。

宮田六兵衛からその話を聞いたあと、拮橋を使って城内に侵入する手だてはないものかと、藤十郎はずっとそのことを考えつづけていたが、昨夜ようやく「解」を見つけたのである。

「どんな策じゃ？」

「たとえば」

と、藤十郎はふところから懐紙を取り出し、

「これを拮橋だとすると……」

懐紙を長方形に折り畳んで拮橋に見立て、その紙の一方の端を指で押さえて、もう一方をななめ上にゆっくりつまみ上げながら、

「月見の宴が終わり、奥女中たちが城内にもどったあと、この拮橋は上げられる。ねらいはまさにそのときだ。橋が六、七尺ほど吊り上がったとき……」

といって、つまみ上げた紙の下に猪口をおいた。その猪口が藤十郎の位置を示している。

「ここに立てば、門の内側からおれの姿は見えなくなる」

つまり、番士の側から見ると橋板に視界が遮断《しゃだん》されて、その位置は完全に死角になるのである。そこに立って鉤縄《かぎなわ》を投げれば、橋の先端に鉤をかけるのは造作もないだろう。

説明する藤十郎の言葉の端々には自信がみなぎっていた。

「なるほど、考えたな。しかし、それをおんし一人でやるとなると……」

「一人ではない。おれには相棒がいる」

「相棒?」

「同郷の富蔵という男だ」

「信用できるのか?　その男」

「おれより信用できる」

藤十郎が冗談をいうと、

「それは心づよい」

と、竜馬は満足そうな笑みを浮かべ、

「おんしの話を聞いて安心した。わしは国元で吉報を待つことにしよう」

「坂本さんがいない間、武市さんがおれたちを助っ人してくれるといっていたが、その話、あんたも了解ずみなんだろう?」

「ああ、アギ（半平太）もまとまった金が欲しいというちょったので、わしが仲間に入れてやった。困ったことがあったら、何でもあいつに相談してくれ」

竜馬はすっかりいつもの元気をとりもどしていた。

八月十五日まで、あと二カ月余。

それまでに解決しておかなければならない重大な問題が、じつはまだ二つ残っていた。

一つは、御金蔵の鍵をどう破るか。

もう一つは、御金蔵から盗み出した金箱をどうやって城外に運び出すか。

――である。

錠前屋から何種類かの南京錠を買ってきて鍵の開け方を研究すれば、前者はなんとかなるだろう。最大の難題はむしろ後者である。

その難題を解く手がかりとして、藤十郎は古道具屋から使い古しの金箱を買ってきた。俗にいう「千両箱」、金貨を収納する箱である。当時の金貨は大判・小判・二分金・一分金などがあり、それぞれの貨幣によって千両箱の形状や大きさが異なった。

藤十郎が買ってきたのは小判用の千両箱である。厚さ七分（約二センチ）の松で作られており、鉄製の枠金《わくがね》や帯金《おびがね》で補強されている。箱の重さは一貫五百匁（約五・六キロ）あった。

小判一枚の重さはおよそ三匁（十一・二五グラム）ある。その千倍は三貫（十一・

二五キロ）、箱の重さを加えると、千両箱一個の重量は四貫五百匁（約十六・八キロ）、それを担いで内濠を泳ぎ渡るのは、ほとんど不可能といっていい。

（舟を使うしかあるまい）

だが、その舟をどうやって江戸城の内濠に運び入れるか。それもまた難題だ。

思案にあぐねていると、突然、藤十郎の耳に天啓《てんけい》のごとき声が降ってきた。

「黒船に接近するために、革袋の潜水具を作って売り込みにきた浅草の馬具師もいます」

声は、そういった。

桂小五郎の声である。

（それだ）

ぽん、と手を打つと同時に、藤十郎はもう立ち上がっていた。

それから半刻（一時間）後……。

藤十郎は浅草花川戸の飛脚問屋『大隅屋《おおすみや》』の前に立っていた。革袋の潜水具を作ったという馬具師の所在を訊くためである。応対に出た手代《てだい》らしき男は、話を聞くなり、

「ああ、忠次郎《ちゅうじろう》さんのことですね」

と、軽侮《けいぶ》の笑みを浮かべた。藤十郎にはその笑みの意味がわからなかったが、どうやらこの界隈では知られた人物らしい。住まいは浅草寺の東側沿いの北馬道町《きたうまみちちょう》にあ

るという。

本来、馬具は武具の一種として、甲冑《かっちゅう》や槍、薙刀《なぎなた》などをあつかう武具屋で売られているのだが、忠次郎の店は正真正銘、馬具だけを商っていた。それも騎乗用の馬具ではなく、もっぱら農耕馬や荷駄用の馬具である。

間口二間半（約四・五メートル）ほどの古い小さな店だった。油障子を引き開けて中に入ると、土間の奥に六畳ほどの板間があり、作りかけの荷鞍《にぐら》や腹帯《はるび》、馬の鼻につける鼻革《はながわ》などが乱雑に散らばっていた。なめし革や膠《にかわ》の臭いがツンと鼻をつく。

「ごめん」

声をかけると、奥の暗がりからひげ面《づら》の初老の男が、這い出るようにのっそりと姿を現した。歳は五十がらみ、目がくぼみ、鼻梁《びりょう》が高く、そぎ落としたように頬《ほお》が瘦《や》せて、見るからに偏屈そうな面貌をしている。馬具師の忠次郎である。

「何か御用ですかい？」

嗄《か》れた声で忠次郎が訊いた。昼寝でもしていたのか、ひどく不機嫌そうな顔をしている。

「おまえさんが革袋の潜水具を作ったという馬具師か」

とたんに忠次郎の顔が険しくなった。

「そのことなら何も話すことはござんせん。お引き取りくだせえ」

にべもなくいって立ち去ろうとするのへ、

「まだ用件はいってないぞ」

「聞かなくてもわかってやす」

「どういうことだ？」

「世間からさんざん笑い者にされやしたからね。どうせご浪人さんも笑い話の種にするおつもりなんでしょう」

「おれは仕事を頼みに来たんだ」

「仕事？」

「内密の仕事をな」

それを聞いて、忠次郎の口元がふっとゆるんだ。

「茶でもいれやしょうか」

「いや、かまわんでくれ」

と手をふって上がり框《かまち》に腰をおろし、

「藩名は明かせんが……」

声を落としていった。

「黒船に接近するための、特別の舟をこしらえてもらいたいと思ってな」

「特別の舟、と申しやすと？」

「革袋の舟だ」

「ほう」

忠次郎の目が光った。

「舟の大きさは？」

「そうだな。せいぜい畳一枚ぶん。それ以上では困る。しかも人が二人乗っても沈まぬ舟だ」

大人二人の体重は、およそ三十貫（約百十三キロ）、千両箱六個分の重量に相当する。

「むずかしい注文でござんすねえ」

つぶやきながら、忠次郎は腕組みをして考え込んだ。一徹な職人の顔になっている。

「おまえさんが作った潜水具というのは、どういう仕組みになってるんだ？」

「革袋の中に人を入れやしてね。あとから空気を送り込んで水に沈めるってやつです。いってみりゃでっかい風船のようなもんで」

「それでは水に潜らんだろう」

「ですから袋の底に重りをつけるんです。その重りをはずせば、ぽっかり浮き上がる仕組みになってたんですがね。ただ一つだけ目算ちがいが……」

「何か不具合なことでもあったのか」

「へえ。いったん袋の中に入ったら息つぎができねえのが泣きどころなんで」

泣きどころか、致命的な大欠陥である。

藤十郎は思わず吹き出しそうになった。飛脚問屋『大隅屋』の手代が浮かべた軽侮の笑みは、それだったのである。

（だが……）

と藤十郎は思い直した。

袋の中で息つぎができないということは、逆に考えれば、袋が完全に密閉されているということである。その気密性と浮力を利用すれば、三十貫の重量に耐えうる舟が作れるはずだ。

「その革袋を二つ組み合わせてみたらどうだ？」

藤十郎が真顔で訊いた。忠次郎は一瞬意味がわからずにぽかんと藤十郎を見た。

「べつに舟の形でなくてもいいんだ。革袋と革袋を組み合わせて、筏《いかだ》のようなものは作れんか」

「作れねえことはありやせんが」

忠次郎はちょっと考えて、

「けど、ご浪人さん。金がかかりますぜ、その仕事は」

「いくらかかる？」

「そうですねえ。革代と手間賃でざっと七両」

それが高いか安いか、わからなかったが、少なくとも藤十郎の足元を見て吹っかけているとは思えなかった。

「いいだろう」

藤十郎はふところから小判を三枚取り出して、上がり框の上においた。

「これは手付けだ。残りの四両はできあがったときに払う」

「期限は？」

「八月までに仕上げてもらえばいい」

「わかりやした。やってみやしょう。差し支えなければ、ご浪人さんのお名前だけでも……」

「藤田藤八郎。頼んだぞ」

いいおいて、藤十郎は出ていった。

2

江戸は本格的な梅雨《つゆ》を迎えていた。

降ったりやんだりの、鬱陶《うっとう》しい天気が十日以上もつづいている。

その日の夕方、雨が小降りになるのを待って、藤十郎は神田松田町の富蔵の家をたずねた。

富蔵は奥の六畳間で黙々と手作業をしていた。膝元には細かい鉄の部品が散らばっている。

「やってるな」

障子を引き開けて、藤十郎が声をかけると、富蔵はゆっくり顔を上げ、

「根気のいる仕事でしてねえ」

と大きく吐息をついた。手に持っているのは分解した錠前である。

かたわらの木箱の中には、ぎっしり錠前がつまっている。仕事の合間にあちこちの金物屋や錠前屋から買い集めてきたものである。小は「一寸鍵」から大は「五寸鍵」まで七、八種類あり、その形も海老《えび》形・魚《うお》形・船底《ふなぞこ》形・巾着《きんちゃく》形とさまざまだった。

一寸鍵はおもに状箱《じょうばこ》や銭箱などの箱物に用いられ、大型の五寸鍵は門や土蔵の扉に使われる。

富蔵は、それを一つずつ分解して、懸金《かけがね》の機巧《からくり》を調べていたのである。

「うまく外せるようになったか」

「へえ。何とか……」

富蔵は木箱の中から海老形の「五寸鍵」を取り出すと、先端が直角に屈曲した針金を錠前の横の挿口《さしぐち》にさし込み、それを器用にあやつりながら、あっという間に懸金を

はずしてみせた。

「なるほど、器用なもんだな」

「けど、全部が全部、こんなに簡単にはずせるわけじゃねえんです」

「というと？」

「同じ錠前でも、一つずつ微妙な違いがありやしてね」

この時代の鍵（錠前）は、溶接やプレス、ねじ留めなどの技術がなかったので、鍵の小さな部品はすべて「沸《わ》かし付け」という鍛冶《たんや》技法で組み立てられていた。

沸かし付けとは、溶ける寸前まで真っ赤に焼いた部品を、槌《つち》で打って接着させる技法だが、かなりの熟練の職人でも、寸分たがわず同じものを作るのは至難のわざだった。

したがって錠前の一つひとつに微妙な誤差が生じる。その誤差を針金の先で、というより指先の感覚で探りながら鍵をはずすのは、かなりの経験と技術がいる。

「いまのところ、六割方は外せるようになったんですが……」

「百発百中ってわけにはいかねえか」

「へえ」

富蔵は自信なさげに首をふって、

「見てのとおり、『五寸鍵』だけでもこれだけの種類がありやすからね」

「それを全部はずせるようになるには、どのぐらいかかる?」

「全部は無理でしょう」

富蔵はあっさりいう。

「どんなに頑張っても、十個のうち八個はずせるようになりゃ、御《おん》の字で」

「そうか」

藤十郎は深々と嘆息をついた。さすがに落胆の色は隠せない。

「残りの二個にぶち当たったら最悪だな」

「ひょっとしたら、特別にあつらえた錠前を使ってるかもしれやせんし」

その指摘は正しかった。考えてみれば、幕府の御金蔵に市販の錠前が使われるわけはない。富蔵に無駄な手間をかけてしまったかと、藤十郎は内心後悔していた。

「おれの読みが甘かったようだな」

「旦那、この際、一か八か勝負をかけてみやしょうか」

「勝負?」

「じつは……」

と、散らかった部品を手ばやく木箱にしまいながら、富蔵が向き直って、

「うちの店から勘定奉行の榊原主計頭《さかきばらかずえのかみ》さまのお屋敷に奉公に出した中間《ちゅうげん》がいるんですがね。ゆうべ、そいつを呼び出して酒を飲みながら探りを入れてみたんです」

その中間は、ふだんは無口でおとなしい男だが、酒が入ると人変わりしたように口が軽くなるという。富蔵はそこにつけ込んで情報を引き出してきたのである。

中間の話でわかったことは、奥御金蔵の鍵を保管しているのが、金奉行《かねぶぎょう》払方《はらいかた》（支出係）の中根源左衛門《なかねげんざえもん》だということだった。中根は二百俵高、役料百俵の旗本である。

富蔵のいう勝負とは、

「その屋敷から鍵を盗み出すって手がありやすぜ」

であった。まさに一か八かの大博奕である。

言下に、藤十郎は、

「それはまずい」

と、首を横にふった。

「もし鍵が盗まれたことが発覚したら大騒ぎになるぜ」

中根としては切腹ものの大失態であろう。むしろ、それを恐れて新しい鍵に付け替え、鍵が紛失した事実を隠蔽《いんぺい》してしまうかもしれない。そうなったら元の木阿弥《もくあみ》である。

「それより富蔵、その鍵を何かに写し取ってくるというわけにはいかねえか」

「なるほど」

富蔵が黄色い歯を見せてにっと笑った。

「その手がありやしたね」

金奉行払方・中根源左衛門の屋敷は、小石川の春日《かすが》町にあった。

西に広大な水戸屋敷、東には上州・高崎藩・松平右京亮《うきょうのすけ》（八万石）の中屋敷があり、周辺は大小の武家屋敷が甍《いらか》をつらねる閑静な武家地である。

中根の拝領屋敷は、片番所付きの長屋門の構えで、敷地は六百坪ほど。周囲に高い築地塀《ついじべい》がめぐらされている。寂《せき》として物音ひとつしない。聞こえるのは雨音だけである。

塀の外に張り出した楓《かえで》の葉が、降りしきる雨にうたれて青々とぬれている。

――ごおーん。ごおーん。

市谷八幡《いちがやはちまん》の四ツ（午後十時）の鐘を間遠《まどお》に聴いたとき、中根屋敷の裏門のちかくに、雨すだれの奥からにじみ出るように人影がわき立った。黒の盗っ人装束に身をつつんだ富蔵である。

たっ、と地を蹴って、怪鳥《けちょう》のように宙に飛んだ富蔵の片手が、築地塀の上にかかったと見るや、その姿はもう塀の内側に吸い込まれていた。

家人や家士《かし》たちは眠りについたのだろう。

邸内は漆黒《しっこく》の闇に塗りこめられている。小砂利をしきつめた径《みち》を歩いても、降りしきる雨が足音を消してくれる。忍び込みにはうってつけの夜だった。

富蔵は低い内塀を乗り越えて奥庭に入った。

庭のすみに土蔵があった。棟の大きさから見て書物蔵のようだ。

富蔵は、土蔵の戸前に忍びより、ふところから針金を取り出して、その先端を戸の錠前の挿口にさし込んだ。ほどなくカチッと小さな音がして懸金がはずれた。

錠前をはずし、塗籠《ぬりこめ》の引戸を開けてすばやく体をすべり込ませ、内側から戸を閉める。

中は真っ暗闇である。

富蔵は、ふところから桐油紙の小さな包みを取り出して広げた。仰願寺《ごうがんじ》（小さな蠟《ろう》燭《そく》）と胴火《どうび》（懐炉《かいろ》のようなもの）、そして薄い矩形《くけい》の木箱が入っている。

小蠟燭に胴火の火を移す。土蔵の中にぽっと薄明かりが散った。左右の壁は棚になっていて、書物や文箱、掛け軸、桐箱、陶磁器、骨董類などがうずたかく積まれている。

富蔵の目が棚の奥に留まった。黒漆《くろうるし》に精緻《せいち》な螺鈿《らでん》細工をほどこした、ひときわ立派な小箱がおいてある。箱の蓋《ふた》には銀製の一寸鍵がかけられている。直観的に、

（これだ）

と思い、針金をさし込んで鍵をあけ、そっと蓋を押し上げてみた。袱紗《ふくさ》につつまれ

た細いものが、さも大事そうに入っている。それを開いた瞬間、富蔵の目がぎらりと光った。

中身は長さ六寸（約十八センチ）ほどの鉄製の棒である。一端に柄がついていて、
棒の先端は卍型の鍵になっている。町場で売っている錠前の鍵でないことは一目瞭然
だった。しかも柄には葵《あおい》の紋を織り込んだ懸緒《かけお》がついている。

（間違いねえ）

富蔵の顔にふっと笑みが浮かんだ。

丁重に鍵を取り出し、持ってきた矩形の箱の蓋を開けた。中に粘土がつまっている。

その上に鍵をおいて指先で押し、ゆっくり鍵をつまみ上げる。粘土の上にくっきりと
型が残った。それに蓋をして桐油紙に包むと、鍵をもとの箱にもどし、小蠟燭の火を
吹き消して、富蔵は土蔵を出た。

三日後……。

箱の中の粘土は完全に乾いて、石のように固まっていた。

鍵の型も固まったまま鮮明に残っている。

その型に合わせて、富蔵は彫刻用ののみで樫《かし》の木を削り、合鍵作りに取りかかった。

あえて木を使ったのは、解錠するときに音が立たないからである。

それから五日後に合鍵は完成した。粘土の型に合わせてみると、一分の狂いもなく

鍵の先端がぴったり型にはまった。だが、本番で鍵先が折れてしまったら元も子もない。念のために手持ちの南京錠の鍵を、同じ樫の木で作って試してみた。見事に鍵は開いた。

3

一カ月ちかく降りつづいた霖雨《りんう》が、その日の朝、嘘のようにぴたりとやんだ。雲間から薄陽がさしている。

午《ひる》をすぎたころには、江戸の空をおおっていた分厚い雲もすっかり晴れて、空は目にしみるような碧《あお》一色になっていた。

藤十郎は常磐町の長屋を出て、久しぶりに日本橋上槙町の〝隠れ家〟に向かった。網代門をくぐって玄関に足を向けると、気配に気づいたのか、家の中から岡田以蔵が矢のように飛び出してきて、するどく四辺に目をくばった。尾行を警戒したのである。

「心配するな。誰も尾《つ》けてきちゃいねえ」

苦笑して、藤十郎は玄関に入った。以蔵は黙ってついてくる。

奥の八畳間に入るなり、

「手を貸してもらえんか」

と以蔵に手伝わせて、畳を二枚引きはがした。

「何をなさるんで？」

以蔵がけげんそうに訊いた。

「床下に穴を掘りたいんだが……」

「穴、ですか？」

「千両箱を埋める穴だ」

「わかりました。手前が掘りましょう」

と、裏庭の物置から鍬《くわ》を持ってきて、

「穴の大きさは？」

と訊く。

「縦横四尺（約百二十センチ）、深さ三尺（約九十センチ）ほど掘ってくれ」

藤十郎が応えると、以蔵はもろ肌ぬぎになって床下に降り、鍬で穴を掘りはじめた。

顔面に滝のように流れる汗を手の甲でぬぐいながら、以蔵は黙々と掘りつづけた。

穴が掘り上がったとき、玄関に足音がして誰かが入ってきた。藤十郎がはっと振り向くと、

「武市さまです」

と、以蔵がいった。この男は足音で来訪者の正体がわかるらしい。

「よう、藤岡さん、来ておったか」

巨軀《きょく》をかがめるようにして入ってきた半平太が、目ざとく床下の穴を見やって、

「何じゃ、その穴は？」

「千両箱の隠し場所だ」

「手回しがいいな」

半平太が薄く笑った。

「茶でも入れましょう」

以蔵がいうと、半平太は手をふって、

「それより以蔵、わしは小腹がすいた。角の菓子屋で饅頭《まんじゅう》を買ってきてもらえんか」

「かしこまりました」

着衣をととのえて、以蔵は足早に出ていった。藤十郎と半平太は、引きはがした二枚の畳を元にもどし、縁側の障子を開け放って畳に腰をおろした。

さわやかな風が吹き込んでいる。

庭の片すみの紫陽花《あじさい》の花が、午後の陽差しを受けてつややかに耀《かがや》いている。

「すっかり夏じゃのう」

押し広げた胸元に、ぱたぱたと扇子で風を送りながら、半平太がぽつりといった。

「坂本さんは無事に国元に帰着したのか」

藤十郎が訊く。

「ああ、きのう便りが届いた。田舎は退屈で仕方がない、一日も早く江戸にもどりたいといっちょった。いまごろ酒でも食らって不貞寝《ふてね》しちょるじゃろ」

「あんたはいつまで江戸にいるんだ？」

「好きなだけいるさ」

「期限はないのか」

「あってなきがごときじゃ。同じ郷士でも、アザとわしとでは身分が違う」

土佐山内藩では、上士《じょうし》と下士《かし》が画然と区別され、きびしい身分差別が藩則として確立していた。たとえば、下士は夏の炎天下でも日傘をさすことを許されず、雨の日には高下駄をはくことも禁じられていた。

竜馬は下士に属する町郷士だが、武市半平太は士分に準ずる「白札《しろふだ》」という身分である。町郷士の竜馬とは藩のあつかいが違うのだ、と半平太は言外にそういっているのである。

「国に帰る気はないのか」

「いまはない。あと二、三年は江戸にいるつもりじゃ」

と応えて、半平太は立ち上がり、

「茶を入れくる」

と、台所へ去った。

ちょうど茶の支度ができたところへ、以蔵が饅頭の紙包みを持って入ってきた。半平太は待ちかねたように、紙包みの中から饅頭をわしづかみにして、うまそうに頬張った。

「ところで」

茶をすすりながら、藤十郎が訊いた。

「その後、幕府の攘夷《じょうい》派狩りはどうなった？」

「表立った動きはないが、まだ油断はできん。今度はイギリスが黒船四隻をひきいて
長崎に来航したそうじゃ」

「イギリスが？」

つい先日、ロシヤの黒船が長崎に来航したと、桂小五郎から聞いたばかりである。

「ロシヤの次はイギリスか。まさに千客万来だな」

藤十郎が肩をすぼめて笑った。半平太は苦々しげに眉根をよせて、

「聞くところによると、イギリスとロシヤは戦《いくさ》状態にあるらしい」

このころの日本をめぐる国際情勢は複雑なものがあった。トルコの分割をめぐって、
ロシヤとイギリス・フランスの間で紛争が起こっていたのである。いわゆるクリミア

戦争である。

去る三月、樺太《からふと》の境界画定と和親条約を求めて長崎に来航したロシヤの使節プチャーチンが、クリミア半島での英仏との開戦を知ったのは長崎から上海に向かう途中だった。老朽艦《ろうきゅうかん》をひきいるプチャーチンは、イギリス艦隊の襲撃を恐れて、急遽《きゅうきょ》、ペトロパブロフスクへの帰航の途についたが、そのころ香港に寄港していたイギリス東インド艦隊のスターリング提督は、いち早くその情報を得て、ロシヤ艦隊追撃のために長崎にやってきたのである。

スターリング提督が長崎奉行に要求したのは、

「ロシヤと交戦中なので、プチャーチンの艦隊探索のために日本の諸港を開いてほしい」

ということだった。

「幕府がそれを受け入れたら、日本は異国人同士の戦《いくさ》の場となる。火を見るより明らかじゃ」

二つ目の饅頭を口に運びながら、半平太が憤然といった。尊皇思想の塊《かたまり》のような半平太にとって、神州秋津洲《あきつしま》の神聖な国土を、異人どもに蹂躙《じゅうりん》されるのは耐えがたい屈辱であろう。のちに『勤王党』を結成したときの盟約書にも、

「堂々たる神州、戎狄《じゅうてき》の辱《はずか》しめをうけ、古《いにしえ》より伝はれる大和魂も今は絶えなんと、

帝は深く嘆き玉ふ。しかれども久しく治まれる因循《いんじゅん》萎惰《いだ》といふ俗に習ひて、独りも此の心を振るひ挙げて皇国の禍《わざわい》を攘《はら》ふ人なし。錦旗ひとたび揚がらば、団結して水火をも踏まむ」

と半平太は記している。

「本音をいえば、わしはすぐにでも帰国して『勤王党』を旗揚げしたいんじゃが……」

半平太の声は、苦い。

「帰れぬ事情《わけ》でもあるのか？」

「うむ、まあ……」

と、あいまいにうなずきながら、かたわらで茶を飲んでいる以蔵に、

「以蔵、代わりの茶を入れてきてくれ」

「はっ」

以蔵が去るのを見届けて、半平太は声をひそめていった。

「じつは……、おんしの金を当てにしちょるんじゃ」

「なるほど」

そういうことかと、藤十郎がにやりと笑うと、半平太はあわてて、

「誤解せんでくれよ。わしはその金で国を変えようと思っちょる。決して私利私欲で

はない」

「わかってるさ。おれだって金が欲しくて御金蔵破りを企てたわけではない。あんたや坂本さんの心意気に打たれたというのも、その気になった理由の一つだ」

半平太が三つ目の饅頭をつまみながら、

「それにしても皮肉な話じゃのう」

「何が？」

「この企てがうまくいったら、わしらは幕府の金で幕府を倒すことになる。皮肉といえば、これほど皮肉な話はないじゃろ」

饅頭を頬張りながら、半平太は喉の奥でくくっと笑った。

そこへ、以蔵が茶を運んできた。

「さて、そろそろ」

藤十郎が腰を上げると、

「藤岡さん」

半平太が呼びとめて、

「何か手伝うことはないか」

と訊いた。

「そうだな。ふところ具合が少々さびしくなってきた。金を工面してもらえんか」

「いくら要る？」

「十両ばかりだ」

「十両か……」

「いまでなくてもいい。月末《つきずえ》に四両ほど支払いがある。それまでに都合をつけてもらえればありがたいんだが」

馬具師の忠次郎に払う金である。

「わかった。月末までに用意しておこう」

といったが、翌日、以蔵が十両の金を常磐町の長屋に届けに来た。

いかにも半平太らしい律儀さである。

4

七月晦日《みそか》。

いよいよ革袋の舟が完成する日である。

陽が落ちるのを待って、藤十郎は長屋を出た。裁着袴《たっつけばかま》に一本差しといういでたち。

用心のために菅笠《すげがさ》で面《おもて》を隠している。

浅草北馬道町に着いたのは、六ツ半（午後七時）ごろだった。

忠次郎の店の油障子に薄明かりがにじんでいる。戸を引き開けて中に入ると、奥から忠次郎が出てきて、先日とは別人のように愛想笑いを浮かべながら、

「これはこれは、藤田さま、お待ちしておりやした。どうぞ、お上がりになって」

と板間にうながした。

「例のものはできているか」

「へえ」

と部屋の奥から四角に折り畳んだ革袋を持ってきて、板敷の上に広げた。ちょうど畳一枚ぶんの大きさである。二枚の牛革がしっかり縫い合わせてあり、一角に鉄製の細い管《くだ》が取り付けてあった。どうやらその管から空気を吹き込む仕組みになっているらしい。

「なるほど、二人は楽に乗れそうだな」

「念のために浮かしてみやすか」

「浮かす……、どこで？」

「ここから大川は目と鼻の先なんで」

「大川か……。よし、やってみよう」

「じゃ、早速」

と、忠次郎は革舟を折り畳んで真田紐《さなだひも》をかけ、背負子《しょいこ》のように背中に背負った。藤

十郎が菅笠をかぶって店を出ると、忠次郎は提灯《ちょうちん》を持って、

「ご案内いたしやす」

と、先に立って歩き出した。

忠次郎の店から半丁（約五十メートル）ほど行った先に右に曲がる道があった。その道をまっすぐ東に向かって千住街道（奥州街道）を突っ切り、さらに歩をすすめると、大川端の山之宿《やまのしゅくちょう》町に突き当たる。町名が示すとおり、むかしはこのあたりに金《きん》竜《りゅうざん》山の参詣者が泊まる旅人宿が多くあったという。

「もうじきです」

先を行く忠次郎がいった。藤十郎は黙ってついてゆく。

山之宿町の路地を抜けると、忽然《こつぜん》として前方に広大な闇が広がった。大川の川原に出たのである。対岸にちらほらと見える灯影は、本所中之郷の町灯りである。

提灯の明かりを頼りに土手を下り、密生した葦《よし》の茂みをかきわけて行くと、ほどなく渡し場に出た。この渡し場を「山之宿の渡し」、または「枕橋の渡し」という。

忠次郎は担いでいた革舟を桟橋《さんばし》の上に下ろし、腰にぶら下げていた風呂敷包みの中から、革製の丸い器具を取り出した。これは革舟の中に空気を送り込むための小型のふいごである。

ふいごの先を革舟の管にさし込んで、

「これを踏めば空気が入りやす」

と忠次郎がいった。

いわれるままに藤十郎はふいごを踏んでみた。しゅっ、しゅっと音を立てて小気味よく空気が入っていく。だが、このふいごで畳一枚ぶんの革舟をふくらませるのは容易なことではなかった。

四半刻（三十分）ほど踏みつづけて、ようやく革舟がふくらんだ。それを二人がかりで川面に浮かべ、まず忠次郎が桟橋の丸太杭に足をかけて、そろりと革舟に乗り込んだ。

一瞬、ぐらりとゆれた。

「大丈夫か」

「へい」

両手を広げて体の均衡を保ちながら、忠次郎は腰を落とした。革舟はしっかり浮いている。つづいて藤十郎が乗り込んだ。丸太杭から手を離しても革舟は沈まない。

小柄な忠次郎でも十三貫（約四十九キロ）はあるだろう。二人合わせれば二十六貫（約九十八キロ）以上の重さになる。それに耐えられるだけの浮力を持っているということを、革舟は証明した。

「二人乗っても、十分余裕《ゆとり》があるな」

「子供一人ぐらいなら、まだ乗せられやすよ」

忠次郎は得意げに小鼻をうごめかせた。たしかに自慢するだけのことはある。これだけの浮力があれば五個の千両箱も楽に積める。

「思った以上の出来映えだ。礼をいうぞ」

「どう致しやして」

「流されぬうちに切り上げよう」

先に藤十郎が丸太杭をよじ登り、ついで忠次郎が桟橋に上がって、二人で革舟を引き揚げた。

「残金の四両だ」

藤十郎が金を渡すと、忠次郎はぺこりと頭を下げて金子《きんす》をふところにねじ込み、革舟の空気をぬいて背中に背負った。

「よかったら、あっしの家で一杯やっていきやせんか」

「ああ、馳走になろう」

桟橋をあとにして、葦の茂みに歩を踏み入れたとき、藤十郎は前方の葦原がざわざわとさわぐのを見た。いや、さわぐ音を聴いた。周囲は鼻をつままれてもわからぬ真の闇である。

「待て」

先を行く忠次郎を呼び止めて前に回り込み、

「提灯を」

低くいった。

「何か？」

けげんに見る忠次郎の手から提灯をとるなり、藤十郎は高々と提灯をかざして四辺の葦原を見回した。その藤十郎の顔に突然、
ぱっ。

と、目のくらむような光の帯が照射された。藤十郎は反射的に提灯を放り出し、掌《てのひら》で光をさえぎりながら前方の闇を見すえた。草むらに落ちた提灯がめらめらと燃え上がり、その一瞬の明かりの中に、五つの黒影がわき立った。

「下がれ」

忠次郎をかばいながら、藤十郎は数歩あとずさった。

「馬脚を現したな、藤十郎」

影の一つがいった。聞き覚えのある陰気な声である。

「その声は……！」

「わしだ」

龕灯《がんどう》提灯を持った武士が、葦の茂みをかきわけて、二、三歩前に歩み出た。公儀目

付・渡辺掃部《かもん》だった。左右に立っている四つの影は配下の徒目付《かち》である。

「馬具師の忠次郎に妙なものを作らせたそうだな」

渡辺がなぶるような笑みを浮かべた。

藤十郎は黙っている。

「調べはついている。その舟を何に使うつもりだ?」

「何に使おうとおれの勝手だ。貴様に詮索される筋合いはない」

「そうか……。ならば致し方あるまい」

かちゃ、と音がした。四人の徒目付がいっせいに鯉口《こいぐち》を切ったのである。藤十郎の右手も刀の柄にかかっていた。忠次郎がおびえるように藤十郎の背後に隠れた。

「斬れ」

渡辺が下知《げち》した。

ざざっ、と葦の茂みの中から四つの影が飛び出してきた。いずれも抜刀している。藤十郎は横に走った。走りながら抜きつけの一刀を影の一つに浴びせた。血飛沫《ちしぶき》とともに寸断された葦が漆黒の闇にひらひらと舞い散った。どさっと倒れる音を背中に聞きながら、藤十郎はすぐさま体を反転させた。

そこにもう一つの影が迫っていた。

叩きつけるように白刃が降ってきた。上段からの斬撃《ざんげき》である。それを峰で受けた。

影が迫った。

烈《はげ》しく火花が散る。刀刃を合わせたまま渾身《こんしん》の力で押し返す。そのとき背後にべつの影が迫った。

（来る）

と思ったが、刀刃を合わせているので動きがとれない。頭上に刃唸《はうな》りを聞いた瞬間、藤十郎は血が凍りつくような恐怖を覚えた。異変が起こったのはそのときである。刃唸りが頭上一寸のところでぴたりと止まり、背後で、

「うっ」

と、うめき声がした。

藤十郎はとっさに刀を引いて、うしろをふり返った。葦の茂みに侍が仰向けにころがっていた。無惨にも頭蓋《ずがい》が真っ二つに打ちくだかれている。しかも、その死体のかたわらに、まるでわいて出たかのように、血刀を引っ下げた男がうっそりと立っていた。

「なにやつ！」

叫びながら、渡辺が龕灯の明かりを照射した。闇に浮かび上がったその男の顔を見て、

「あっ」

と叫んだのは、藤十郎のほうだった。

岡田以蔵である。

「斬れ！　そやつも斬れ！」

逆上した渡辺が癇症《かんしょう》な声を張りあげた。

配下の二人はすでに殺されている。残る二人が渡辺の下知を受けて猛然と斬り込んできた。

その瞬間の以蔵の動きは、とても人間業とは思えぬ迅《はや》さであり、勢いだった。疾風のように藤十郎の前を駆け抜けたかと思うと、一人を瞬息《しゅんそく》の逆胴《ぎゃくどう》に斬り捨て、返す刀でもう一人を袈裟《けさ》がけに斬り伏せていた。その間、わずか寸秒、文字どおり目にもとまらぬ早業である。

「お、おのれ！」

歯がみしながら、渡辺は龕灯を投げ捨てて、刀を抜きはなった。

転瞬……。

一帯は闇につつまれた。

その闇の中で何が起きたのか、藤十郎は皆目見当もつかなかった。ただ、葦の茂みが踏み倒される音と刀の鞘走《さやばし》る音、何かが倒れる音、そして鍔鳴《つばな》りの音を聞いただけである。

数瞬の静寂のあと、

る。


「藤岡さん、怪我はないか」

声とともに、雲突くような大男がぬっと藤十郎の前に姿を現した。武市半平太である。

「武市さん……」

「どうやら無事のようじゃな」

半平太が微笑《わら》った。が、あいかわらず目は笑っていない。

「渡辺は？」

「わしが斬った」

おどろくほど平然と、半平太が応えた。

藤十郎は知らなかったが、半平太は江戸三大道場の一つ、浅蜊河岸《あさりがし》の桃井《もものい》道場で塾頭をつとめるほどの剣客なのである。

闇になれた藤十郎の目に、草むらに倒れ伏している渡辺の姿がとび込んできた。背中がざっくり割られて白い背骨がのぞいている。まるで鉈《なた》で叩き割ったような傷痕である。その傷痕が半平太の太刀すじの凄まじさを如実に物語っていた。

「しかし、あんたたちはなぜここへ？」

「こんなこともあろうかと思ってな。以蔵におんしのあとを尾《つ》けさせたんじゃ」

「なるほど、そういうことか」

「人目につかんうちに引き揚げよう」

「待て」

と、背後をふり返って、

「忠次郎はどうした？」

暗闇に突っ立っている以蔵に訊いた。

「死んでます」

「なに！」

以蔵の足元に忠次郎が倒れていた。頸《くび》の血管《ちくだ》が切り裂かれ、おびただしい血が噴き出している。

「ま、まさか」

藤十郎は信じられぬ顔で以蔵を見た。

「手前が斬りました」

悪びれるふうもなく、以蔵がぼそりといった。顔にも声にもまったく感情がない。ある種の狂気さえ感じさせる冷徹な表情であり、態度だった。

「なぜだ！」

「のちに禍根《かこん》を残さぬためよ」

応えたのは、半平太だった。

「禍根だと?」

「おんしは大事をひかえている。禍《わざわい》の芽は早めに摘み取っておいたほうがよかろうと思ってな。わしが以蔵に命じたんじゃ」

「…………」

藤十郎は言葉を失った。

半平太は最初から忠次郎の口を封じるつもりで、以蔵に尾行を命じたのである。

「志気高潔、的然《まさしく》寒梅一枝、春に魁《さきが》けして、清香を放つが如し」

と評された武市半平太の、これがもう一つの顔であった。

5

またたくまにふた月がすぎた。

蒼《あお》く澄みわたった空には、はやくも秋の気配がただよっている。

安政元年(一八五四)八月十三日。決行二日前の午下《ひるさ》がりである。九段の田安御門のちかくの甘酒屋の床几《しょうぎ》に腰をおろして、藤十郎と富蔵は甘酒をすすっていた。

藤十郎は月代《さかやき》をきれいに剃り、袴《はかま》をつけている。富蔵も小ざっぱりとした身なりをしていて、傍目《はため》には役向きで他行《たぎょう》中の御家人主従と映る図である。

「さて、ぼちぼち行ってみるか」

甘酒を飲み終えて、藤十郎がゆったりと腰を上げた。

「へい」

と富蔵も立ち上がる。

田安御門をくぐって、二人が足を向けたのは内曲輪《うちぐるわ》の朝鮮馬場だった。決行を二日後にひかえて最後の下見に来たのである。

「馬場の右手に高い杉の木がありやす」

歩きながら、富蔵がさり気なくいう。藤十郎はちらっと杉の老樹を仰ぎ見てうなずいた。

「あの杉の木の下の藪《やぶ》に身をひそめて、矢来《やらい》門が閉まるのを待つんで」

「田安門から朝鮮馬場までおよそ一丁半（約百六十メートル）だな」

歩数で測ったのである。

「月見の宴《うたげ》がはじまるのは何刻《なんどき》ごろになりやすかね？」

「おそらく六ツ（午後六時）すぎだ。宴は一刻（二時間）か、長くても一刻半（三時間）で終わるだろう」

「すると、西拮橋《にしはねばし》が上がるのは？」

「四ツ（午後十時）ごろになるだろうな」

吹上役所《ふきあげ》の前を通って、矢来門の前に出た。柵門《さくもん》の前に二人の番士《ばんし》が立っている。それを横目に見ながら、二人は何食わぬ顔で内濠沿いの道を、竹橋御門のほうに向かって歩いた。

「富蔵」

北拮橋《きたはねばし》御門の前で、藤十郎がふと足をとめた。

「千両箱はあの門から運び出す。よく見ておけよ」

「へい」

「門の出桁《だしげた》の腕木《うでぎ》に麻縄をかけて、まず革舟を濠におろす。それから千両箱を吊りおろして革舟に積み込むって寸法だ」

「なるほど……、で、濠から引き揚げるのは？」

藤十郎は黙って歩き出した。

前方に竹橋御門が見えた。門の右から平川御門に向かって帯曲輪《おびぐるわ》がのびている。

帯曲輪は城郭の防備というより、外濠と内濠の水位を調整するための堤防の役割を果たしているので、石垣は一段と低くなっている。目測でおよそ三尺余（約一メートル）。

「あの帯曲輪で引き揚げる。場所は竹橋門と平川門の真ん中あたりだ」

「へい」

「帯曲輪の土手の向こうは外濠だ。そこでふたたび革舟を下ろして千両箱を積み込む」

「外濠に出ちまえばしめたもんですぜ」

富蔵がにんまり笑う。

竹橋御門を通って木橋を渡った。渡ってすぐ右手に辻番所がある。二人は左に曲がって、外濠沿いの道を北に向かった。つまり内曲輪を通りぬけて、ふたたび田安御門のほうへ足を向けたのである。

前方に清水御門が見えた。

そこで藤十郎は立ちどまり、ゆっくり四囲を見まわした。濠端《ほりばた》に柳の木が数本立っている。石垣の高さは六、七尺（約二メートル）。

「ここはどうだ？」

と藤十郎が訊く。

「野づら積みの石垣だから、大釘《おおくぎ》を使えばわけなく登れやすよ」

「千両箱は、あの柳の木に縄をかけて引き揚げる。それで仕事は完了だ」

「へへへ、何だかわくわくしてきやしたね」

笑いながら、富蔵はぶるぶるっと武者ぶるいをした。

「まだ陽は高いが、前祝いに『たぬき』で一杯やるか」

と踵《きびす》を返したとき、

「藤田さん」

ふいに背後から声がかかった。ハッとなってふり向くと、小さな荷物をかかえた初老の侍が飄然《ひょうぜん》と歩み寄ってきた。「五菜《ごさい》」の宮田六兵衛である。

「やァ宮田さん」

「いつぞやは、どうも」

しわ面に笑みをきざんで、六兵衛がぺこりと頭を下げた。

「いよいよ、あさってですな」

「は？」

「大奥の観月の宴です。宮田さんも宴の支度で何かと忙しいでしょう」

「それが、あいにくなことに……」

六兵衛の顔から笑みが消えた。

「急遽《きゅうきょ》、取りやめになりましてね」

(取りやめ！)

思わず叫びそうになったが、藤十郎はその声をぐっと飲み込んで、

「どういうことですか、それは？」

と訊き返した。

「昨夜、上様がにわかのご発熱でご病臥《びょうが》なされ、年内の催事は一切ご停止《ちょうじ》になった

のです」

十三代将軍・徳川家定《いえさだ》は、幼少のころから蒲柳《ほりゅう》のたちで、天保十一年（一八四〇）四月に天然痘《てんねんとう》を患《わずら》い、その後遺症か、癇癖《かんぺき》がつよく、しばしば痙攣《けいれん》を起こして倒れたという。昨夜の発熱もその後遺症のせいだろう、と六兵衛はいった。

（まさか、そんな……！）

目の前が真っ暗になった。江戸城本丸の西拮橋が下ろされるのは年に二度しかない。その最後の機会が一瞬にしてついえたのである。不運というにはあまりにも非情な偶然だった。

放心したように立ちすくむ藤十郎に、

「手前は所用がありますので」

一礼して、六兵衛は飄然と立ち去った。

「旦那」

富蔵の声で我に返った。

「行きやしょう」

前方から幕府の下役らしい武士が三、四人連れ立って歩いてくる。それを気にして藤十郎をうながしたのだ。藤十郎はよろめくように歩を踏み出した。

「いまさら愚痴をいってもはじまらねえが……」

うつろな顔で猪口《ちょこ》の酒をなめながら、藤十郎がぼそりといった。

煮売屋『たぬき』の小座敷である。まだ七ツ（午後四時）をすぎたばかりなので、二人のほかに客はいない。板場では亭主の弥助が黙々と料理の仕込みをしている。

「こんなことになるとは夢にも思ってもみなかったぜ」

「まったく」

富蔵の顔も冴えない。

「運に見放されたとしかいいようがありやせん」

「だが……」

かっ、と猪口の酒をあおって、藤十郎がうめくようにいった。

「おれはあきらめねえぜ。まだ来年の春がある」

「春？……てえと」

「三月六日。花見の宴だ」

富蔵はそのことを聞いていなかった。

「へえ」

と顔をほころばせて、

「だったら旦那、何も気落ちすることはありやせんよ。一年も二年も先の話ならともかく、半年なんてすぐたっちまいます。あせらずにのんびり待ちやしょうや」

そういわれて、藤十郎もいくぶん気持ちが落ちついてきた。

「今年は、おれにとって最悪の年だったからな。天がやめろといってるのかもしれねえ」


二日後の八月十五日。

夕方からにわかに江戸の上空に黒雲が現れ、激しい雷鳴と横殴りの雨が吹きつける大荒れの十五夜となった。この荒れ模様では、どのみち大奥の観月の宴は取りやめになったであろう。その意味で宴が事前に中止になったことは、藤十郎にとってむしろ幸運だったといえる。

激しい雷雨は三日間吹き荒れた。

第八章　忍び込み

1

年が明けて、安政二年（一八五五）乙卯《きのとう》。

記録によると、この年の正月から二月にかけては「日々晴天、余寒一段と強く、風吹きやまぬ日なく」、人々は火災の発生を恐れて、夜間は早々と燈火を消して床につき、火をあつかう飲食店や湯屋《ゆや》は暮六ツ（午後六時）以降の営業を差しひかえたという。

ようやく春めいた陽気になったのは、二月半ばすぎである。十八日から恒例の浅草寺観世音《かんぜおん》のご開帳もはじまり、境内《けいだい》には大坂下りの活偶人《いきにんぎょう》という見世物が出て、江戸市民の評判を呼んでいた。

二月も暮れようとしたある日、

「一見の価値がありやすぜ」

と、富蔵にさそわれて、藤十郎も活偶人の見世物を見に行くことにした。

浅草寺観音堂《かんのんどう》の裏手は、俚俗に「奥山」と呼ばれる江戸屈指の盛り場である。見世物小屋や料理屋、楊弓場《ようきゅうば》などが立ち並ぶ奥山の一角に、活偶人の見世物小屋はあった。

なるほど、小屋の前は長蛇の列である。

小半刻（約一時間）ほど待たされて、二人は小屋の中に入った。

陳列台に並べられた活偶人は、紙糊《はりぬき》で作られた実物大の手長島《てながしま》・足長島《あしながしま》（手足の長い想像上の人間）や異国人の男女、長崎丸山の遊女などで、評判どおり、いずれも生身の人間のように精妙にできていた。作者は肥後国・熊本の松本喜三郎《まつもときさぶろう》という者である。

見世物小屋を出たあと、二人は向島《むこうじま》の墨田堤《すみだつつみ》に足を向けた。大川の東岸・墨田堤といえば、
　長堤十里　花の雲
と、いわれるほどの桜の名所である。

八代将軍・吉宗の命によって植えられた墨田堤の桜並木は、寛政二年（一七九〇）の治水普請《ちすいぶしん》のさいに植え替えられ、その後、地元の人々の努力によって見事な花の隧道《トンネル》に仕上げられた。

「墨田堤は江戸第一の花の名所にして、今も枝を折ることを禁ずる、諸人のしる所な

り。堤曲行して木母寺《もくぼじ》へ向ふ所、左右より桜の花の枝おひかさなりて、雲のうちに入ると思ふばかりなり」

と『江戸名所花暦』が賞し、

「都下の良賤日毎ここに群遊し、樹下に宴をもうけ、歌舞して帰りを忘るる」

と『東都歳事記』が記すように、この日も多くの人々が桜の木の下で花見を楽しんでいた。

「まだ八分咲きってとこですね」

桜の木を仰ぎ見ながら、富蔵がいった。

「三月六日の花見には、ちょうど見ごろになるだろうな」

「去年の月見のように、雨にならなきゃいいんですがね」

「気がかりなのは、それだ」

といって、藤十郎はふと足をとめ、目をほそめて前方を見やった。堤の左に〝竹屋の渡し〟の船着場《ふなつきば》、右に土手を下りる石段があり、石段の下に赤い鳥居が見えた。三囲《みめぐり》神社の鳥居である。

「あの神社に願掛けして行くか」

「けど、旦那。あれは雨乞いの神さまですぜ」

「雨乞い？」

弘法大師が創建したという三囲神社は、俳人・松尾芭蕉《まつおばしょう》の門弟・榎本其角《えのもときかく》が、

夕立や
　田を見めぐりの
　　神ならば

と、雨乞いの句を詠み、たちどころに雨を降らせたことで有名になった神社である。

「そりゃいけねえ」

藤十郎は思わず苦笑して、

「触らぬ神に祟《たた》りなしだ。富蔵、行こうぜ」

「へい」

二人は背を返して、早々に立ち去った。

月が変わって弥生《やよい》三月。

旧暦の三月朔日《ついたち》は、西暦（グレゴリオ暦）の四月十四日に当たる。春、爛漫《らんまん》である。

江戸各所の桜の木は、すでに満開の花を咲かせていた。

決行まであと五日である。唯一、気がかりなのは花見当日の天気だが、この数日のおだやかな陽気を見るかぎり、急に崩れそうな気配はない。

長屋の障子窓をあけて、藤十郎は夜空を見上げた。今夜も満天の星である。雲ひと

つなく晴れ渡っている。ほっと安堵《あんど》したように窓を閉めると、茶碗に残った酒を飲みほして、敷きっ放しの煎餅蒲団《せんべいぶとん》にもぐり込んだ。すぐ眠りに落ちていった。

どれほど眠っただろうか。

けたたましい半鐘《はんしょう》の音で目が醒めた。がばっとはね起きて、障子窓を開け放った。北の空が赤々と光っている。長屋のあちこちから人が飛び出してきて、口々に、

「火事だ！」

「火事だ！」

と叫んでいる。火の手は日本橋小網町《こあみちょう》のあたりから上がっていた。

藤十郎は手ばやく着替えて、表に飛び出した。長屋の住人たちが右往左往している。それをかきわけるようにして、南伝馬町の大通りに出た。大纏《おおまとい》をかざした火消し人足たちが走っていく。そのあとを野次馬の群れが追走する。犬も走っている。

折り悪く風が出てきた。南からの強風である。

富蔵の家が心配になった。

大通りを一目散に走り、日本橋を渡った。風がますます強くなる。夜空を焦《こ》がさんばかりに火の粉が舞っている。室町通りの東一帯はすでに火の海と化していた。

本町二丁目に来たところで、急に風向きが変わった。西から東に向かって強風が吹きぬけていく。その風にあおられて、巨大な炎の波が馬喰町《ばくろちょう》、薬研堀《やげんぼり》、米沢町、両

国へと打ち寄せていく。

悲鳴のような半鐘の音が、四方八方で鳴りひびいている。

神田鍛冶町一丁目の角を右に曲がった。この路地にも人があふれていた。屋根に上って火事見物している者もいれば、風向きが変わって安心したのか、早々と我が家にとって返す者もいる。

白壁町《しらかべちょう》の路地角を左に折れて、松田町に出たところで、藤十郎は足をゆるめた。

夜着姿の富蔵が家の前に突っ立って、ぼんやり東の空をながめている。

「富蔵」

と声をかけると、富蔵がふり向いて、

「あ、旦那」

「心配になって様子を見に来たんだ」

「そりゃ、どうも。……風向きが変わって、火は両国のほうに向かってやす」

「それにしても、ひどい火事だな」

江戸暮らしも足かけ三年になるが、藤十郎はこれほどの大火を見たことがなかった。

「江戸は三年に一度大火が起こるといいやすからねえ。……験《げん》なおしに酒でも飲みやしょうか」

「うむ」

二人は家に入って、酒盛りをはじめた。

「まさか、この火事で大奥の花見が取りやめになるってことは……」

茶碗に酒を注ぎながら、富蔵が不安な顔でそういうと、言下に藤十郎が、

「それはねえだろう」

と否定した。

「城まで火が回ったわけじゃねえからな」

「じゃ、手はずどおり六日に？」

「必ずやる。そのつもりでいてくれ」

「へい」

「桜も見ごろになったし、このぶんなら天気も持つだろう」

「あとは公方《くぼう》（将軍）さまの発作が起きねえのを祈るだけですよ」

富蔵が軽口をたたいた。

表はまだ騒然としている。半鐘の音も絶え間なく鳴りひびいている。さすがに気になって、藤十郎は障子窓をあけて表を見た。東の空に紅蓮《ぐれん》の炎が立ちのぼっている。火の勢いは一向におとろえる気配がない。あいかわらず風も吹き荒れている。

（この火事が凶兆《きょうちょう》でなければいいが……）

藤十郎の胸中に一抹《いちまつ》の不安がよぎった。

子《ね》の下刻（午前一時）に小網町一丁目から出火して、日本橋の東一帯を焼きつくした火事は、柳原を越えて浅草森田町、旅籠町《はたごちょう》、茅町《かやちょう》、平右衛門町《へいえもんちょう》の代地をなめつくし、二日朝五ツ半（午前九時）に、ようやく鎮火した。この火事で焼失した町屋は六十八町、武家地十三町にのぼったという。

決行前日の三月五日。

藤十郎と富蔵は、上槙町の〝隠れ家〟で支度に取りかかった。

鉤《かぎ》つきの麻縄四十尋《ひろ》。
大釘《おおくぎ》六本。
鉄輪《てつわ》四個。
足爪《あしづめ》四個。
折り畳んだ革舟。
小型のふいご。
水を詰めた竹筒四本。
竹皮につつんだ大ぶりの握りめし六個。
草鞋《わらじ》二足。

——を、大きな風呂敷につつみ、月代《さかやき》とひげを剃って着替え、藤十郎は鈍色《にびいろ》の小袖に同色の袴《はかま》、富蔵は桟留《さんとめ》の筒袖に水色の股引《ももひ》きといういでたちである。

ちょうど身支度をすませたとき、石町の七ツ（午後四時）の鐘が鳴った。

富蔵が作った樫《かし》の木の合鍵と田安家の門札をふところにしのばせて、藤十郎が立ち上がった。

「行くぜ」

「へい」

富蔵も風呂敷包みを背負って立ち上がる。

この日も快晴である。青く晴れ渡った空に大きな雲が一つだけポッンと浮いている。

二人は一石橋《いっこくばし》を渡って、外濠沿いの道を北へ向かった。鎌倉河岸を通りぬけると、右前方に護持院《ごじいん》原《がはら》の樹林が見えた。濠をへだてて左方に見える屋敷は御三卿・一橋《ひとつばし》家の屋敷である。

七ツ半（午後五時）ごろ、田安御門に着いた。閉門の時刻が迫っているせいか、門の出入りがあわただしい。二人は何食わぬ顔で高麗門《こうらいもん》をくぐり、一ノ門の渡り櫓《やぐら》門に歩をすすめた。開け放たれた大扉の左右に一人ずつ番士が立っている。いずれも見覚えのない顔だった。

門の前にさしかかったとき、左側に立っている長身の番士がちらりと藤十郎に視線を向けた。まずいことに目と目が合った。さり気なく視線をそらし、藤十郎は足早に櫓門に向かった。

「もし」

ふいに呼び止められた。ふり向くと、背後に長身の番士が立っていた。目が細く、顎《あご》がしゃくれて、見るからに融通のきかなそうな顔をしている。

「何処《いずかた》へまいられる？」

藤十郎は動じるふうもなく、

「田安さまのお屋敷へ」

と応えて、ふところから田安家の門札を取り出し、

「これは供の者でござる」

と、かたわらの富蔵に目を向けた。

番士はゆっくり富蔵の背後に回りこみ、探るような目で背中の風呂敷包みを見た。

「この荷は？」

「あ、それは……」

すかさず藤十郎が、番士の前に立ちふさがった。

「御台所《みだいどころ》さまのご依頼の品々なので、このような場所で広げるわけには……」

御台所とは、田安慶頼《よしより》公の正室のことである。御三卿の奥向きの御用に門衛ごときが口をはさむ権限はない。番士はちょっと思案して、

「失礼つかまつった。どうぞ」

一礼して、そそくさと立ち去った。

「あぶねえ。あぶねえ」

櫓門を通過したところで、富蔵が首をすくめた。額にうっすらと汗がにじんでいる。

「ここまで来れば、もう安心だ」

藤十郎は正面の土手の前で足をとめて、すばやくあたりに視線をめぐらせた。

往来する人影はない。

二人は一気に土手を駆け登り、弓術稽古場を横切って、朝鮮馬場に走り込んだ。

2

夕闇が濃い。

東の空にぼんやりと上弦《じょうげん》の月が浮いている。

江戸城の暮六ツ（午後六時）の大太鼓が鳴ってから、四半刻（三十分）ほどたっていた。

がさっ、

と、かすかに音がして、朝鮮馬場の藪の中から二つの黒影が立ち上がった。

藤十郎と富蔵である。

用心深くあたりを見回して藪を出た。

藤十郎は手甲《てっこう》をかけ、袴の股立《ももだ》ちを高くとって紺の脚絆《きゃはん》をつけ、草鞋《わらじ》をはいている。富蔵のほうは桟留を尻っぱしょりにして、風呂敷包みを背負い、やはり草鞋ばきである。

二人は朝鮮馬場の樹林を走りぬけて、吹上役所の前に出た。あたりに人がいないのを確かめ、役所の塀に沿って矢来門のわきに出る。

木戸口に番士の姿はない。定刻の見回りを終えて番所にもどったのであろう。番所の窓に人影がゆらいでいる。酒でも飲んでいるらしく、下卑《げび》た笑い声が聞こえてきた。

二人は柵門に沿って、濠端に向かった。矢来門はそこで切れている。富蔵が先に門をよじ登り、門の内側に飛び下りた。間合いを見計らって藤十郎も柵門を乗り越えた。

足音を立てぬように、濠のふちの草むらの上を走る。

乾櫓《いぬいやぐら》の下を大きく左に曲がって、西拮橋《にしはねばし》御門の土橋の前に出た。

「旦那」

富蔵が低く声をかけて、顎《あご》をしゃくった。土橋のたもとに満開の花をつけた桜の老樹が一本立っている。その根方に熊笹の茂みがあった。二人は茂みに足を踏み入れて腰を下ろした。ここで一夜を明かすつもりである。

藤十郎が夜空を見上げて、

「あしたは晴れるぜ」

と、いった。降るような星明りである。

「花見の宴は何刻ごろにはじまるんで？」

「午《ひる》すぎだろうな」

「終わるのは七ツ（午後四時）ごろですかね」

「まァ、そんなところだろう」

「めしでも食いやすか」

「ああ」

富蔵が風呂敷包みを開いて、竹皮につつんだ握りめしを取り出した。それを一つずつ頬張り、竹筒の水を飲んで、二人は熊笹の茂みに体を横たえた。

風もなく、おだやかな夜である。

ときおり、内濠の奥から水鳥の羽ばたく音が聞こえてくる。

富蔵はもう寝息を立てていた。藤十郎はぽっかり目を開けて夜空を見つめている。

なかなか寝つかれなかった。

（おれは何をしようとしてるんだ？）

ぼんやりそんなことを考えていた。

正直なところ、御金蔵破りという無謀な企《くわだ》てに、おのれを駆り立てているものの正体が、藤十郎にはつかめなかった。目付の渡辺が死んだいま、公儀への腹いせという感情はもうない。

——金が欲しいのか。

いや、それも違う。

——何かがおれを突き動かしている。

その何かとは「時代」かもしれぬ。

藤十郎は卒然とそう思った。坂本竜馬が、武市半平太が、桂小五郎が、そして吉田寅次郎が熱い血をたぎらせて時代を疾駆《しっく》しているように、自分もまた時代に突き動かされて、途方もない企てに突っ走っているのではないか。

そう思ったとき、藤十郎の胸中に茫漠《ぼうばく》と立ち込めていたものが豁然《かつぜん》として晴れた。

(おれは金を盗もうとしているのではない。徳川の城を盗もうとしているのだ)

どどーん。どどーん……。

暁闇《ぎょうあん》の空に大太鼓の音が鳴りひびいた。明六ツ（午前六時）を告げる音である。

藤十郎がむっくり起き上がると、横で寝ていた富蔵も腫《は》れぼったい目をこすりながら、気だるそうに上体を起こした。鼻の頭が赤みをおびている。

「ゆうべは冷え込みやしたねえ。鼻っ面がひりひりしやすよ」

「そのわりにはよく寝てたじゃねえか」

苦笑して、藤十郎は立ち上がった。

空にはまだ星がまたたいている。

ぶるっと体をふるわせて藤十郎が熊笹の茂みから出ると、富蔵も体をゆすりながらついてきた。

「おまえもか」

「へい」

体が冷えたせいだろう。二人は土橋の突端に並んで放尿した。その音におどろいて鴨が一羽、ばたばたと羽音を立てて飛び立っていった。

「さて、これから午《ひる》までまたひと眠りだ」

つぶやきながら、藤十郎は熊笹の茂みにもどり、草の褥《しとね》にごろりと横になった。富蔵は竹筒の水を喉《のど》を鳴らしながら、うまそうに飲んでいる。

「おまえは寝ないのか」

「たっぷり寝やしたんで」

「じゃ、そこで見張っててくれ」

昨夜、藤十郎はほとんど寝ていない。目を閉じたとたんに睡魔が襲ってきた。

東の空が白々と明るんできた。

陽がのぼるにつれて、気温が徐々に上がってくる。空が蒼い。雲一つない晴天である。うららかな春の陽差しにさそわれて、いつしか富蔵もまどろんでいた。

時を告げる大太鼓の音を、藤十郎は夢の中でうつろに聞いていた。

富蔵はぐっすり寝込んでいる。

三度目の太鼓が鳴りはじめたとき、藤十郎はふっと目を醒ました。陽差しが真上に来ている。耳をすませて太鼓の音の数をかぞえた。

九つ——午である。

太鼓の音が鳴りやむと同時に、急に西拮橋《にしはねばし》御門の内側が騒がしくなった。がやがやと人の声が聞こえてくる。藤十郎はゆっくり体を起こして、

「富蔵……」

と肩をゆすった。

「へ、へい」

富蔵がはね起きた。半分寝ぼけている。

「人が出てきたぜ」

「え」

「開門の時刻だ」

二人はそっと熊笹をかき分けて、西拮橋門の様子をうかがった。

きしみ音を立てて高麗門の大扉が開き、拮橋がゆっくり下ろされていく。

ずんっ。

地響きとともに、拮橋の先端が土橋に接地した。高麗門の左右に五人の番士が立っている。

ほどなく門の奥から大奥護衛の広敷《ひろしき》役人らしき継上下《つぎがみしも》の侍が二人姿を現し、橋の安全を確認するように、力強く橋板を踏みながら二度ばかり往復したあと、小者が箒《ほうき》で橋の上を掃き清めはじめた。橋の掃除が終わると、門内の動きがふたたびあわただしくなった。

「お女中衆が出てきやしたぜ」

富蔵が小声でいった。

門の奥から、十数人の奥女中が列をなして静々と出てきた。

先頭に立つのは、大奥の事務万端をつかさどる表使《おもてづかい》、その補佐をする御使番《おつかいばん》、ついで食器や道具類、幔幕《まんまく》などを持った御仲居《おなかい》、そのあとから、御末《おすえ》（下級女中）たちが酒・料理を運んで行く。この一行は、宴に先立って吹上庭園の滝見茶屋におもむき、茶屋の周辺に綸子《りんず》御紋染抜《ごもんそめぬ》きの幔幕を張りめぐらせたり、あるいは芝生に薄縁《うすべり》をしきつめ、酒・料理の支度をととのえて本隊を待つ準備係の女中たちである。

花見の宴の主役は、もちろん将軍の正室・御台所である。だが、このとき十三代将軍・家定には正室がいなかった（過去に二度結婚し、二度とも妻に先立たれている）。したがって、この日の宴の主役は、大奥の最高権力者である上臈御年寄《じょうろうおとしより》の飛鳥井《あすかい》がつとめることになっていた。

準備係の女中たちが吹上庭園に向かってから、およそ一刻（二時間）後。

御褂《おかいどり》おからげ姿の上臈御年寄・飛鳥井が、御中臈《おちゅうろう》に手を取られて姿を現した。そのあとを、きらびやかに着飾った奥女中二百数十人が扈従《こじゅう》して拮橋を渡ってくる。

行列は、藤十郎と富蔵が身をひそめている熊笹の茂みのすぐ前を通って、吹上庭園のほうへ去っていった。遠ざかる足音を聞きながら、藤十郎はそっと首を伸ばして、あたりの気配をうかがった。女たちの甘い残り香がたゆたっている。

「あれだけ女がそろうと壮観だな」

「しかも、粒ぞろいのいい女ばかりですからねえ。あっしも公方さまにあやかりてえ」

といって、富蔵がにやりと笑った。

やがて……。

吹上庭園のほうから、奥女中たちの華やかな笑い声と嬌声《きょうせい》が聞こえてきた。

花見の宴がはじまったようだ。

平素、大奥の女中たちは『大奥御法度《おおおくごはっと》』によって厳しい規律を課せられていたが、文献によると、この日ばかりは「無礼御免」がゆるされたので、奥女中たちは大いに羽目をはずしたという。その羽目のはずし方が半端ではなかった。

「酒をたらふく飲み、ずぶろくに酔い、肩を下げ、脚を投げ出し芝生に団居《まどい》して唄う」

ものもあれば、

「狐拳《きつねけん》に負けて衣もはがされ、長襦袢《ながじゅばん》一枚となり果つるもあり。お茶屋の縁に酔いつぶれて、高いびきに平生の癖《くせ》を人に覚えらるるもあり」

かと思えば、

「肌ぬぎで鼻唄歌い押し歩き、滑稽踊《こっけいおど》りを得意にやって、退《の》くるもあり」

まさに飲めや歌えの乱痴気《らんちき》さわぎである。

とくにこの日はおだやかな晴天にめぐまれたせいか、例年にない盛り上がりをみせ、飲めや歌えの狂宴は夕暮れまでつづいた。

3

奥女中の一行が城内に引きもどったのは、暮六ツ（午後六時）ごろだった。

薄い夕闇がただよっている。

桔橋の上を掃いていた二人の小者が、小走りに門内にとって返すと、それを合図のように、五人の番士たちが高麗門の冠木《かぶき》（梁《はり》）の滑車にかけられた太い鎖を引きはじめた。

ぎし、ぎし……、ときしみ音を立ててゆっくり桔橋が上がっていく。橋の先端が七尺（約二メートル）ほどの高さに上がったとき、藤十郎は鉤縄《かぎなわ》の束を片手に持ち、

「よし」

と低く声を発して、熊笹の茂みから飛び出した。

猫のように背をかがめて土橋の突端に向かって走る。橋板が視界をふさいでいるので、門の内側から土橋は完全に死角になっている。藤十郎は土橋の突端に立って鉤縄を投げた。かちっ、と音がして鉤先が桔橋の先端にかかった。縄を引いてもびくともしない。

上昇する桔橋に引き上げられて、麻縄がするすると延びていく。やがて、がたん、
と衝撃音がして、桔橋が高麗門の中におさまった。同時に門の大扉が閉まる音が聞こえた。

藤十郎は残りの麻縄の束をかかえて、熊笹の茂みに引き返した。

「うまくいったぜ」

「いまのうちに腹ごしらえをしときやしょう」

富蔵が残りの握りめしを差し出した。それを一気に腹の中に流しこみ、竹筒の水で喉をうるおすと、藤十郎は草鞋の底に足爪をくくりつけて、

「おれが先に行くぜ」

と立ち上がった。

門内に人の気配はない。

富蔵がかたわらの桜の木の幹に麻縄を巻きつける。

藤十郎はふたたび土橋の突端に立って、拮橋と桜の木に張り渡した麻縄を二、三度引いてみた。十分張りがある。両手で麻縄にぶら下がり、くるっと体を反転させて縄の上に乗る。右足を麻縄にからめ、左足をだらりと下げて均衡をとりながら、這うように縄をよじ登っていく。

ほどなく拮橋の先端に到着した。下から見るとさほどではないが、橋の上から見ると目のくらむような高さである。内濠の水面までゆうに八丈（約二十四メートル）はあるだろう。

橋板にかかっている鉤をはずし、麻縄を鎖金具にむすびつけて、縄をぐいと引いた。それを合図に、富蔵は桜の木に巻きつけた麻縄をほどいて風呂敷包みを背負い、土橋の突端に立った。たるんだ縄を引き寄せ、上体を大きくそらせて縄を引く。

縄がぴーんと張ったところで膝を屈伸させ、その反動で宙に身を躍らせた。次の瞬

間、富蔵の体が振り子のように濠の水面すれすれに飛んでいった。

石垣に激突するような勢いだったが、寸前で両足を伸ばし、トンと石垣を蹴って勢いを止めると、富蔵は蜘蛛《くも》のようにするすると縄をよじ登っていた。

藤十郎が手を差しのべて富蔵を拮橋の上に引き上げる。ひと息ついたあと、すばやく麻縄をたぐり寄せて輪に束ね、二人は拮橋の先端から高麗門の冠木（梁）の上に飛び移った。

と、そのとき……。

突然、ばたばたと羽音がして何かが頭上をかすめた。一瞬、二人は胆《きも》を冷やしたが、闇に飛び去ってゆく鳥影を見て、ほっと胸をなで下ろした。どうやら冠木の上に鳩の巣があったらしい。

高麗門の屋根の雁木《がんぎ》に麻縄を通して地面に垂らし、それを伝って藤十郎が先に下りた。ついで富蔵が下り、雁木にかけた縄を引きおろして輪に束ねる。

西拮橋御門の内側は、正四角形の広場になっていて、正面と右側は行き止まりになっている。つまり左折れの枡形《ますがた》である。

一般に枡形門の一ノ門は渡り櫓門の構えだが、ここの一ノ門は薬医門《やくいもん》だった。薬医門とは、正面に二本の親柱《おやばしら》、背面に二本の控柱《ひかえばしら》を立てて、上に切妻造《きりづま》り・平入《ひらいり》の屋根をかけた門をいう。東京大学の赤門がそれである。『江戸城御本丸惣絵図』には、

「柚木門《ゆうきもん》」の門名が記してあった。

柚木門の左手の石垣の下で、富蔵は風呂敷包みを開いて、五本の大釘と四個の鉄輪を取り出した。石垣の高さはおよそ二丈（約六メートル）、「野づら積み」なので、石と石の間に隙間がある。

富蔵は石垣の隙間に大釘を差し込み、それを足がかりにして石垣を登り、さらにもう一本差し込んで、その大釘の先端に鉄輪をかけ、輪の中に麻縄を通して下に垂らした。

藤十郎は風呂敷を包みなおして背中に背負い、垂れ下がった縄を伝って石垣をよじ登った。登りながら大釘を一本ずつ引き抜いていく。

石垣の上は幅三尺（約九十センチ）ほどの犬走りになっていて、左奥の多聞櫓《たもんやぐら》（柚木多聞）につづいている。多聞櫓とは、城壁と兵器倉をかねそなえた長屋のことをい い、平時は無人である。

柚木多聞の下の犬走りは、さらに幅がせまくなっていた。

二人は多聞櫓の白壁に体を張りつけて慎重に歩を進めた。まるで綱渡りだった。左側は高さ六丈余（約十八メートル）の高石垣である。それがほぼ直角に内濠に落ち込んでいる。一歩踏み間違えたら命はない。

しばらく行くと、柚木多聞は直角に右に屈曲し、さらに十六、七間（約三十メートル）先で左に折れていた。この屈曲点から先の多聞櫓を「栗木多聞《くりきたもん》」という。

藤十郎の頭の中には、『江戸城御本丸惣絵図』が叩き込まれている。その絵図によれば、乾櫓の手前で栗木多聞は切れているはずなのだが……。

「富蔵」

先を行く富蔵に声をかけた。

「へい」

「この先で多聞櫓が切れてるはずだぞ。まだ見えねえか」

「ちょっと待っておくんなさい」

星明かりに目をこらして見たが、二、三間先はまったくの闇である。富蔵はさらに歩を進めて、

「ありやした」

低くいった。

乾櫓の石垣と栗木多聞の壁との間に、人ひとりがやっと入れるほどの隙間があった。

富蔵はその隙間に体をすべり込ませ、石垣の下を見おろした。かなり広い空間になっている。六年前に大奥の長局《ながつぼね》で小火《ぼや》さわぎが起きたとき、消火作業に駆り出された場所だった。

正面に黒々と見える大屋根は、大奥の殿舎である。左奥に見える灯りは、御天守番同心の詰所、その裏に御天守台の影が見える。南北二十間（約三十六メートル）、東西十八間（約三十三メートル）、高さ四丈（約十二メートル）の巨大な天守台（皇居内に現存）である。さらに視線を右に転じると、中ノ御門の番所の明かりが見えた。

目ざす奥御金蔵は、富蔵が立っている石垣の真下にあった。

「どうだ？」

藤十郎がにじり寄ってきた。

「間違いありやせん。ここです」

「よし、縄を下ろしてくれ」

「へい」

富蔵は、拳《こぶし》大の石をひろい上げて手拭いで包み込み、それを槌《つち》代わりにして地面に大釘を打ち込んだ。その大釘の先端に鉄輪を取りつけ、麻縄を通して石垣の下に垂らし、富蔵が先に縄をつたって下り、ついで藤十郎が下りた。

「あとは頼んだぜ」

藤十郎が風呂敷包みを富蔵に手渡す。それを背負って、富蔵は北桔橋御門の一ノ門（渡り櫓門）のほうへ走り去った。藤十郎が奥御金蔵から金箱を運び出す間に、富蔵が北桔橋御門で脱出の準備をする。これは事前に示し合わせておいた役割分担である。

藤十郎は奥御金蔵の正面にまわり込んだ。

御天守番の詰所は左奥、中ノ御門の番所は右奥、それぞれ二十間（約三十六メートル）ほど離れているので明かりは届かないが、白壁の前に立てば影が浮き立つ。藤十郎は全神経を背中に傾注させて戸前口にかがみ込み、ふところから樫《かし》の木で作った合鍵を取り出した。

戸の錠前は市販の五寸鍵よりひと回り大きいものだった。錠前の挿口《さしぐち》に合鍵をさし込む。かすかな音がして懸金《かけがね》がはずれた。錠前をはずして、塗籠《ぬりこめ》・銅《あかがね》張《ば》りの分厚い戸を引く。

すばやく中に体をすべり込ませた。

壮観だった。

千両箱の山である。天井まで高く積まれている。

その一つを開けてみて、藤十郎は息を飲んだ。

一般に千両箱の小判は二十五両包みと相場が決まっていたが、この金箱の小判は五十両包みだった。しかも、四十個詰められている。

（二千両箱か……）

両手に抱えて目方を計ってみた。ゆうに十貫（約三十八キロ）はある。これを三箱も運び出すのは容易ではない。とりあえず一箱を担ぎ上げて、蔵を出た。

北桔橋御門の渡り櫓門までは指呼《しこ》の間《かん》である。くぐり扉の前に二千両箱をおいて、御金蔵にとって返した。さらにもう一箱を担いで外に出ようとしたとき、御天守番詰所の戸ががらりと開いて人が出てきた。反射的に体を引いて、戸の隙間から様子をうかがった。

提灯を下げた天守番同心が、北桔橋御門のほうに向かって歩いていく。

(見回りか……)

藤十郎は息をつめて見守った。渡り櫓門のくぐり扉の前においてきた二千両箱が気がかりだ。万一見つかったら万事休すである。富蔵が門の中に運び込んでおいてくればいいのだが……。祈る思いで天守番同心の動きを見守った。心ノ臓が高鳴り、掌《てのひら》に汗がにじむ。

渡り櫓門の前で天守番同心が足をとめ、提灯をかざして門の周辺を見回した。同心の視線が閉ざされた櫓門の大扉をひとなめして、右わきのくぐり扉へと移っていく。だが、そこに二千両箱はなかった。間一髪、富蔵が門の中に運び込んだのである。扉もぴったり閉まっている。

天守番同心は踵《きびす》を返して詰所にもどっていった。

御金蔵の中から、それを見届けた藤十郎はふうっと大きく安堵の吐息をついて、二千両箱を外に運び出し、元どおり戸に錠前をかけて渡り櫓門に向かった。

くぐり扉が音もなく開いて、富蔵が飛び出してきた。

「危ねえとこでした」

手に大釘を持っている。富蔵もくぐり扉の陰で天守番同心の動きを探っていたのである。いざというときには、その大釘で刺し殺すつもりだったのだろう。

「もう一つ運びやすか」

富蔵が訊いた。

「いや、やめておこう。そっちの手はずはついたのか」

「へい」

富蔵が先に立って歩き出した。

藤十郎が御金蔵から金箱を運び出している間に、富蔵は二ノ門の高麗門をよじ登り、屋根の雁木に麻縄をかけておいた。その縄を伝って、まず富蔵が門を登り、藤十郎が縄の先に二千両箱をくくりつける。それを上から引き上げようという算段である。

門を登りきると、富蔵は冠木にまたがって体に縄を巻きつけ、縄の一端を雁木にむすびつけた。体がのめらないようにするための備えである。下で藤十郎が手をあげた。引けという合図である。

富蔵は渾身《こんしん》の力で縄を引き上げた。二千両箱がゆらゆらと揺れながら上がっていく。吊り上げた二千両箱を雁木と雁木の間において、二箱目を吊り上げる。何しろ一箱の目方が十貫余もある二千両箱である。二箱吊り上げるのに四半刻（三十分）ほどかかった。最後に藤十郎が縄を伝ってよじ登った。

「革舟は？」

「あそこに」

富蔵が冠木の右奥を指さした。雁木の上に、ふいごでふくらませた革舟がおいてある。

「よし」

と、うなずき、藤十郎は麻縄を引き上げて門の外側の雁木にかけ直し、たばねた縄を下に投げおろした。眼下は底のない闇である。縄の先が濠に落ちて、ポチャンと小さな水音が立った。

北拮橋御門は内濠に囲まれた外枡形門である。二ノ門の高麗門は濠の上に張り出した形になっており、投げ下ろした縄は雁木から濠の水面に垂直に垂れ下がっている。

それを伝って藤十郎が濠に下りた。

春とはいえ、濠の水は身を切るように冷たい。立ち泳ぎしながら縄を二、三度引いた。縄がするすると上がっていく。ほどなく革舟が下りてきた。縄をほどいて革舟を濠に浮かべる。次に二千両箱が下りてきた。それを革舟の上に積む。

泳ぎながらの作業だから手間がかかる。革舟が傾かないように二千両箱を舟のまん中に押しやる。そうしている間に二箱目が下りてきた。慎重にそれを革舟に積む。

富蔵が下りてきた。着水と同時に縄を引き下ろし、輪にたばねて革舟に積みこむ。

「行くぜ」

藤十郎がうながす。

二人は革舟のへりにつかまって泳いだ。濠の水面をすべるように進んでいく。

やがて前方左手の闇に灯りが見えた。竹橋御門の番所の灯りである。音を立てないように、片手で水をかきながらゆっくり革舟を押し進める。

4

竹橋御門の前に来た。

番所の灯りが濠の水面を皓々《こうこう》と照らし出している。そこへさしかかったとき、五ツ(午後八時)の太鼓が鳴りはじめた。

「まずい」

藤十郎が低くいった。見回りの番士が出てきたら、たちどころに見つかってしまう。

「舟を石垣に寄せろ」

「へい」

革舟を左の石垣の下の闇だまりに寄せて、ゆっくり押し進めた。

番所の戸が開く音がした。

砂利を踏む足音が聞こえてくる。二人の番士が何か話しながら濠に向かってくる。提灯の明かりが二つ、濠の水面に映っている。石垣のふちで足音が止まった。提灯の明かりの中に入る。それほどの至近距離に番士たちは立っていた。固唾《かたず》を飲んで水面に映る提灯の明かりを見守っていると、

「異常なしだ」

「ひと眠りするか」

ぼそぼそと話しながら、二人の番士は立ち去った。番所の戸が閉まる音を聞いて、藤十郎と富蔵はふたたび革舟を押し出した。

竹橋御門をすぎると、左はもう帯曲輪《おびぐるわ》である。石垣も一段と低くなった。大釘一本あれば楽に登れる高さである。竹橋御門と平川御門のちょうど中間地点で、二人は二個の金箱と革舟を帯曲輪に引き上げ、反対側の外濠に下ろした。

外濠といっても、もともとこの濠は内濠とつながっていたのだが、元和《げんな》六年（一六二〇）、藤堂高虎《とうどうたかとら》の縄張りによって帯曲輪が築かれ、濠が内と外に分断されたのである。

その外側の濠を、革舟はふたたび竹橋御門に向かって進んでいた。逆方向の平川御

門へ向かうと、外曲輪に出るために、また一つ濠を渡らなければならないからである。

竹橋御門の木橋の下をくぐって半丁（約五十メートル）ほど行くと、右の濠端に数本の柳の木が見えた。半年前に富蔵と下見をした場所である。水を吸って重くなった革舟を必死に押しながら、柳の木の下の石垣に着けた。

富蔵が石垣をよじ登り、手ばやく柳の木に麻縄をむすびつけて、二千両箱を一箱ずつ引き上げる。その間に、藤十郎は大釘で革舟に穴を開けて濠に沈めた。

「旦那」

と富蔵が縄を投げ下ろす。それにつかまって石垣を登ると、二人は二千両箱を一個ずつ背負い、脱兎《だっと》のごとく闇の彼方に走り去った。

上槙町の〝隠れ家〟に着いたのは、五ツ半（午後九時）ごろだった。

窓に明かりがにじんでいる。

玄関に入るなり、奥から武市半平太が飛び出してきて、

「やったな」

と二人に声をかけた。

藤十郎と富蔵は、無言のまま草鞋《わらじ》を脱ぎ捨てて、ずかずかと廊下に上がり込み、奥の八畳間に向かった。二人とも頭から爪先までずぶ濡れである。体が氷のように冷え

きっている。疲労も極限に達していた。背中の二千両箱を畳の上に下ろし、折り崩れるように座り込んだ二人に、

「湯がわいちょるぞ」

半平太がいった。藤十郎は立ち上がる気力もない。

「おれはあとでいい。富蔵、先に入ってこい」

「へい」

富蔵がよろよろと立ち上がって風呂場に向かった。入れ違いに以蔵が酒肴《しゅこう》の膳を運んできた。

「ご苦労じゃった。ま、一杯」

半平太が酌をする。猪口を受けとって藤十郎は一気に喉に流し込んだ。五臓六腑《ごぞうろっぷ》に酒がしみわたる。半平太が畳の上の二つの金箱にちらりと目をやって、

「五千両は無理だったか……」

と、独語するようにつぶやいた。その金箱を千両箱と見たのであろう。当てが狂ったという顔をしている。

「それは二千両箱だ」

「二千両箱？」

「五千両にはおよばなかったが……、四千両ある」

「そうか」

　急に半平太の顔がほころんだ。

「いや、金の多寡《たか》はどうでもよい。要は幕府の御金蔵から金を盗み出したことに意義があるんじゃ。藤岡さん」

　と膝を乗り出し、

「こりゃ前代未聞の快挙、いや壮挙じゃ。おんしの名は歴史に残るかもしれんぞ」

　そこまでほめそやされると、かえって白けてくる。苦笑しながら二杯目の酒を飲みほしたとき、富蔵が入ってきた。小ざっぱりと着替えている。この着替えも以蔵が用意したものである。

「湯かげんはどうじゃった？」

　半平太が訊いた。

「ちょうどいい湯かげんでした。生き返った心地がしやすよ」

「藤岡さんもひとっ風呂浴びてきたらどうじゃ。わしらはそろそろ引き上げる」

「ああ」

　と立ち上がり、

「その金の半分は、あんたと坂本さんの取り分だ。持って行ってくれ」

「すまんのう。アザ（竜馬）もきっと喜ぶじゃろう。遠慮なくちょうだいする。以蔵」

「はい」

心得たもので、以蔵は荒縄を用意している。それを二千両箱にかけて、軽々と背に負った。

「じゃ、わしらはこれで失礼する。今夜はゆっくり休んでくれ」

満面に笑みを浮かべて、半平太と以蔵は出ていった。

藤十郎が湯を浴びてもどってくると、手酌でやっていた富蔵がいつになく赤い顔をして、

「すっかり酔っちまいましたよ」

と、いまにも倒れそうに上体をゆらしている。

「寝間に蒲団が敷いてあった。今夜はここに泊まっていけ」

「へえ。その前に、旦那……」

二千両箱の前ににじり寄って、

「お宝を拝ませていただけやせんか」

「よかろう」

藤十郎が箱の蓋《ふた》をあけた。五十両包みの小判がぎっしり詰まっている。封を破いて、

五十枚の小判をばらばらと畳の上にまき散らした。富蔵がそれを両手でかき集めながら、

「へへへ、まるで夢のようですぜ」

ぎらぎらと目を光らせた。

現金なもので、山吹色の小判を見たとたん、疲れも眠気も吹っ飛んでいた。

「千両はおまえのものだ。これだけあれば一生遊んで暮らせるぞ」

「旦那とめぐり会ったおかげで、あっしにもやっと運が回ってきやしたよ」

「お互いさまだ。おまえがいなかったらこの仕事はうまくいかなかった。おれのほうが礼をいいたいぐらいだぜ」

藤十郎の顔にもようやく笑みがもれた。猪口に酒を満たし、

「あらためて、祝杯だ」

高々とかざした。

それから半刻（一時間）ほど酒を酌みかわして、二人は床についた。疲れた体に酒が入ったせいか、蒲団にもぐり込むなり、二人とも高いびきをかいて泥のように眠り込んだ。

翌朝。

喉の渇きを覚えて、藤十郎は目を醒ました。

窓の障子が白く光っている。陽差しの高さから見て、四ツ（午前十時）は回っているようだ。ゆっくり立ち上がった。鉛を飲み込んだように体が重い。富蔵の姿がない

のに気づいた。

寝間を出て、八畳間の襖《ふすま》を引き開けた。

富蔵が畳をはがしている。

「何をしてるんだ?」

「忘れたんですかい、旦那」

「あ」

「ほとぼりが冷めるまで床下に金を隠しておくって、ゆうべ、そういったじゃありやせんか」

「ああ、そうだったな」

富蔵がはがした畳を壁に立てかけて、藤十郎に向き直った。

「さっきから考えていたんですがね」

「何を?」

「金もたっぷり入ったことだし、伊勢参りがてら遊山旅《ゆさんたび》でもしてこようかと思うんで」

「旅か」

藤十郎の不安の種は、富蔵の博奕癖《ばくちぐせ》だった。賭場で大金を使えば足がつく恐れがある。江戸でうろうろされるより、旅に出てくれたほうが藤十郎も安心できる。

「それも悪くねえだろう。……で、いつ発つつもりだ?」

「できれば明日にでも」

「わかった」

二千両箱の蓋を開けて、中から五十両包みの小判を四つ（二百両）わしづかみにして、

「路用の金だ。派手に使うと人目につくからな。遊びはほどほどにしておけよ」

「へえ」

「おれは常磐町の長屋を引き払って、この家に住むつもりだ。旅からもどってきたらここを訪ねてきてくれ」

「わかりやした」

藤十郎も金箱から二百両の金をとった。

「残りはおれがしっかり守ってやる。心おきなく行ってこい」

二千両箱を床下に埋め、畳を元にもどすと、

「じゃ、あっしは旅支度があるんで」

と一礼して、富蔵は出て行った。

富蔵が去って一刻（二時間）ほどしてから、武市半平太がふらりと訪ねてきて、縁側に座ってぼんやり庭をながめている藤十郎に、声をかけた。

「昨夜はゆっくり休めたか」

「ああ、久しぶりによく寝た」

半平太がどすんと横に腰をおろして、

「わしも腹を決めたぜよ」

唐突にいった。

「何の話だ」

「あの金を持って、近々帰国することにした」

「そうか」

気のない返事だった。

「江戸にもどってくるのは、たぶん二年後になるじゃろ。それまでに何とかめどをつけようと思っちょる」

「めど？……何のめどだ」

「勤王党のことじゃ」

「ああ」

「まだ先の話だが、おんし、仲間に加わる気はないか」

「あいにくだが、おれはいまの浪人暮らしに満足してる」

「ま、ええじゃろう。おんしは幕府の金を盗んでわしらに回してくれた。それだけで、すでに仲間に加わったようなもんじゃからのう。ところで、昨夜の礼といっては何だが……」

といって立ち上がり、がらりと襖を引き開けた。そこに女が立っていた。あでやかな藤色の小紋を着た女である。

（綾乃！）

思わず叫びかけて、藤十郎はその声を飲み込んだ。女はまぎれもなく綾乃である。だが『喜久万字屋』の遊女・綾乃ではなかった。髪形も化粧も、着物も帯もまったく違う。大店の内儀《ないぎ》のように清楚《せいそ》でつつましやかな女に変貌していた。

「こ、これはいったい……」

声がかすれた。

「『喜久万字屋』の亭主に掛け合って、わしがもらい受けてきたんじゃ」

「……………」

言葉がなかった。いや、出なかった。口が強張《こわば》って声が出ない。

「じゃ、わしはこれで失礼する」

気をきかせたつもりか、半平太はそっけなくいって立ち去った。

藤十郎は金縛りにあったように、縁側に座り込んだまま綾乃の顔を凝視している。

「旦那……」

ふっ、と綾乃の顔に笑みが浮かんだ。その笑みも、あのぞくっとするような凄艶な笑みではなかった。どこか控えめで、つつましげな含羞《がんしゅう》の笑みである。

「どういうことなのだ? これは」

ようやく声が出た。

「武市さまが旦那の名義であたしを身請けしてくれたんです」

「身請金は?」

「武市さまが払ってくれました。この家で藤岡の旦那と仕合わせに暮らせって」

「すると、おまえは……」

ふいに綾乃が崩れるように膝をついて、藤十郎の胸にすがりついた。

「綾乃」

「今日から旦那のものになったんです」

ひしと抱きすくめた。うなじのあたりから甘い香りが匂い立った。その香りだけは以前と変わらなかった。やるせないほど懐かしい香りだった。

「やっと、やっと夢がかなったんです」

綾乃の白い頬が涙で濡れていた。

5

それから二カ月後の安政二年（一八五五）五月十三日、幕府はようやく奥御金蔵が破られたことに気づき、賊の探索に乗り出したが、公儀の威信にかかわる重大事犯として、一般には公表されなかった。徳川家の正史ともいうべき『徳川実紀』にも、「平川御門梅林《ばいりん》内御金蔵江賊忍入《しのびいり》。金二千両盗取《ぬすみとる》」と、たった一行の記載があるだけである。

御金蔵の場所や被害金額に大きな齟齬《そご》があるのは、調査のずさんさというより、責任の所在をあいまいにするために、役人たちが勝手に捏造《ねつぞう》したのであろう。

安政四年（一八五七）丁巳《ひのとみ》四月。

江戸は夏を迎えようとしていた。今年もまた、庭のすみの紫陽花《あじさい》が見事な花をつけていた。

裏の雑木林で、しきりに不如帰《ほととぎす》が鳴いている。

その鳴き声を聞きながら、藤十郎は文机《ふづくえ》に向かっていた。

机のまわりには、この二年間、こつこつと買い集めた和算書が山と積まれている。

いつかこの家で算学塾を開くつもりで、一から和算をやりなおしていたのである。

「おまえさん」

からりと襖が開いて、綾乃が顔を出した。

「買い物に行ってきますけど、何かご用はありませんか」

「いや、何もない」

「今夜、富蔵さんがお見えになるんでしょう。お酒の支度はどうします?」

「外で会うことにしたので何もいらんよ」

「じゃ、ちょっと行ってきます」

いそいそと綾乃は出ていった。玄関を出て行く駒下駄の音に耳をかたむけながら、

(早いものだ)

藤十郎はしみじみそう思った。

あれから二年。毎日が平穏無事だった。綾乃は新妻のように甲斐甲斐しくつかえてくれる。金にも不自由せず、何もかもが満たされていた。

——こんな暮らしがいつまでつづくのだろう。

満たされすぎてかえって不安になった。充足と不安が入り交じった思いが心のどこかにある。

藤十郎は和算書を閉じて、ごろりと横になった。

（富蔵に分け前を渡したら、綾乃を連れてしばらく旅に出ようか）

ふとそんな思いが脳裏をよぎった。

二年前に伊勢参りの旅に出たきり、さっぱり音沙汰のなかった富蔵が、突然、藤十郎を訪ねてきたのはきのうの夕方だった。

富蔵の話によると、伊勢参りをしたあと、畿内のあちこちをめぐり歩き、最後に大坂に立ち寄ったという。当初は大坂に三日ほど滞在するつもりだったが、ふと足を踏み入れた居酒屋で、お常《つね》という酌婦と知り合い、わりない仲になってしまった。

結局、お常の情にほだされて一緒に暮らす羽目になってしまったのだが、手持ちの金が底をついたところで愛想をつかされ、尾羽《おは》うち枯らして江戸にもどってきたのである。

「五十両ばかり都合してもらいてえんですが」

富蔵の用件はそれだった。

床下の金箱を掘り返すのも面倒なので、藤十郎は手持ちの金を渡すつもりだった。むろん綾乃には内緒である。床下の二千両の件も話していない。だから富蔵とは外で会うことにした。

「おまえさん」

いつの間にか廊下に買い物包みをかかえた綾乃が立っていた。藤十郎はあわてて体

を起こし、

「おう、早かったな」

「何を考えていたんですか」

「いや、なに……。おまえと旅でもしようかと思ってな」

「まあ」

綾乃がきらきらと目を耀かせて、藤十郎のかたわらに腰を下ろした。

「でも、なぜ急にそんなことを……？」

「この二年間、おまえには何もしてやれなかったからな。どこがいい？」

「あたしは上州生まれの上州育ちですから、海を見たことがないんです」

「海、か……」

「江ノ島はどうですか」

江ノ島には、源《みなもとの》頼朝《よりとも》が祀ったという弁財天があり、福徳を授ける神として庶民の信仰を集め、また手近な行楽の地としても江戸市民の人気を集めていた。

「わかった。考えておこう」

「楽しみにしてます」

屈託なく笑って、綾乃は台所に去った。

石町の六ツ（午後六時）の鐘を聞いて、藤十郎は家を出た。

待ち合わせ場所は日本橋駿河町の煮売屋『たぬき』である。

めずらしく店は混んでいた。藤十郎の顔を見て、亭主の弥助が顔をほころばせた。

「お久しぶりです」

弥助とは二年ぶりの再会である。

「あいかわらず元気そうだな」

「おかげさまで……。富蔵さん、お見えになっておりますよ」

奥の小座敷で富蔵が手酌で飲んでいる。藤十郎に気づいて手をふった。

「わざわざ足を運ばせて申しわけありやせん」

「断っておくが……」

腰をおろすなり、藤十郎が声をひそめていった。

「例の件、綾乃はまだ知らねえんだ」

「へえ」

「いずれ打ち明けるつもりだが、そのときが来るまで、あの金を掘り起こすわけにはいかねえ。しばらくこの金で辛抱してくれ」

ふところから二十両の金子を取り出して卓の上においた。

「わかりやした。無理をいって申しわけありやせん」

金をふところにねじ込み、藤十郎の猪口に酒を注いだ。二年前よりいくぶんやつれた顔をしている。藤十郎は猪口を口に運びながら、しみじみと富蔵の顔を見ていった。

「それにしても、悪い女に引っかかっちまったもんだな」

「え？」

「大坂の女だ」

「ああ、つい魔が差しちまって」

富蔵は照れるように頭をかいた。見かけによらずこの男は情が深いのだ。

「そろそろ身を固めたらどうなんだ？」

「いや、女はもうこりごりです。それよりあの金を元手に何か商《あきな》いでもやろうかと思ってるんですがね」

「へたな商いに手を出すと火傷《やけど》するぜ」

藤十郎には苦い経験がある。例の火薬密造である。むろん、富蔵もその一件を知っている。

「絶対に儲かる商売があるんで」

自信たっぷりにいった。

「どんな？」

「金貸しです」

「なるほど、金貸しか」

うなずきながら酒を注ごうとしたが、二本の徳利は空になっていた。代わりを頼もうと思ってふり向いたとき、藤十郎は異変に気づいた。いつの間にか客の姿が消えている。亭主の弥助の姿も見当たらなかった。店にいるのは二人だけである。

「妙だぞ」

藤十郎の顔に緊張が奔《はし》った。奇妙な静寂があたりを領している。富蔵も異変に気づいた。

「様子を見てきやす」

小座敷を下りて、戸口に歩み寄ったとたん、

「捕方《とりかた》だ！」

富蔵が叫んだ。同時に、六尺棒を持った捕方の一団がドッと雪崩《なだ》れこんできた。

「畜生ッ」

先頭の捕方を殴り飛ばして、富蔵が身をひるがえす。藤十郎はとっさに卓を引っくり返して、

「富蔵、こっちだ！」

裏口に突進した。

戸を押し開けて裏路地に飛び出した瞬間、

（あっ）

と立ちすくんだ。そこにも十数人の捕方が待ち構えていた。知らぬ間に『たぬき』は包囲されていたのである。棒立ちになった二人の顔に龕灯《がんどう》の明かりが照射された。

「藤岡藤十郎、神妙に縛《ばく》につけい」

居丈高な声とともに、ずいと歩み出たのは、南町奉行所与力・水谷兵蔵だった。

「おぬしは……！」

「とうとう尻尾を出したな。藤十郎」

水谷の顔に酷薄な笑みが浮かんだ。

「何のことだ？」

「御金蔵破りの一件よ」

「さて、おれには何のことやら……」

いいかけた藤十郎の後頭部に、いきなり六尺棒の一撃が飛んできた。

そのあとのことは、正確に憶えていない。気がつくと小伝馬町牢屋敷の拷問蔵《ごうもんぐら》の柱に半裸でしばりつけられていた。目の前にふんどし一丁の富蔵が逆さ吊りにされている。

むき出しの背中に、容赦なく青竹が打ちすえられた。皮膚が裂け、血がほとばしる。激痛に耐えかねて、藤十郎は何度も気を失った。そのたびに頭から冷水をぶちかけられ、また打ちすえられた。

苛酷な拷問は連日つづいた。

藤十郎の体は紫色に腫《は》れ上がっている。

薄れる意識の中で富蔵のうめき声を聞いたが、両目がふさがっているので見えなかった。物音から察すると、石を抱かされているようだった。

（なぜだ……？）

拷問に耐えながら、藤十郎はそのことを考えていた。なぜ捕まったのか、さっぱりわからなかった。決定的な証拠を突きつけられたわけでもない。吟味与力は「吐け、吐け」と連呼しているが、その根拠は何なのか。最後までその謎は解けなかった。

捕縛から一カ月後の五月十三日。

二人の口書《くちがき》（自供書）が得られぬまま、南町奉行・池田播磨守《はりまのかみ》は沙汰を下した。

市中引廻《ひきまわ》しの上、磔《はりつけ》である。

終　章

引廻しの行列は南伝馬町三丁目の角にさしかかっていた。

裸馬の背にゆられながら、藤十郎は通りの左手につらなる家並みを見渡していた。三丁目の角を左に曲がった一本目の路地に、藤十郎が住んでいた権助長屋がある。

沿道を埋めた人垣の中に、見覚えのある顔がいくつもあった。長屋のとなりの棒手《ぼて》振《ふ》りの魚屋金助《きんすけ》、面倒見のいいお粂《くめ》婆さん、部屋の掃除をしてくれた大家の女房おせい、長屋の向かいに住んでいた大工の留吉《とめきち》、その一人ひとりが涙ぐみながら小さく手を振っている。

藤十郎の目は誰かを探していた。

綾乃である。

日本橋からここへ来る間、藤十郎の目はずっと群衆の中に綾乃の姿を探し求めていた。人垣のどこかで、綾乃は必ず見送ってくれているはずだ。死ぬ前にせめて一目だけでも綾乃の顔を見ておきたかったが、どこを探しても綾乃の姿は見当たらなかった。

あるいは見過ごしたのかもしれない。

一つだけ悔いが残った。

こんなことになるなら、綾乃にすべてを打ち明け、床下に埋めた二千両を綾乃に託すべきだった。あの金があれば綾乃は一生安楽に暮らしていける。何とか綾乃の姿を見つけて、それを伝えてやりたかった。綾乃の姿を見過ごしてしまったとすれば、痛恨のきわみである。

梅雨《つゆ》の晴れ間の陽差しがじりじりと照りつけている。

藤十郎の首すじにうっすらと汗がにじんでいた。

ふいに行列が止まった。後方から騎馬が一騎、馬蹄を鳴らして近づいてきて、藤十郎の裸馬の横にぴたりと並んだ。正検使役の与力・水谷兵蔵である。藤十郎は無視するように顔を正面に向け、すくっと背筋を伸ばして胸を張った。

「水を飲むか」

水谷が訊いた。

「いらぬ」

「最後に食いたいものがあったらいえ。特段に宥《ゆる》してやる」

「貴様の情けは受けぬ」

正面を見すえたまま、突っぱねるようにいった。

「あと半刻の命だぞ」

「だから、どうした?」

「冥土《めいど》に金を持って行っても使い道はあるまい」

水谷がにやりと笑った。

「盗んだ四千両はどこにある?」

「知るか!」

やおら水谷の顔に唾を吐きつけた。

「お、おのれ! 罪人の分際で!」

逆上し、馬の鞭《むち》で激しく藤十郎の顔を打擲《ちょうちゃく》した。

群衆がどよめいた。それが地鳴りのように広がっていく。水谷の非情な仕打ちに、群衆の怒りが爆発したのである。拳《こぶし》をふり上げて罵倒《ばとう》するものもいれば、興奮して小石を投げるものもいた。怒号と罵声が乱れ飛び、人垣の列がそこかしこで崩れはじめた。護衛の同心たちが道に立ちふさがる群衆を必死に押し返している。

「立ち止まるなッ。歩け、歩け!」

水谷が先頭の矢ノ者に下知した。行列がふたたび動きはじめる。だが、群衆のどよめきはやまない。騒然とした雰囲気の中を、引廻しの行列が歩度を速めて突き進んでいく。

辻角に立って、その様子を冷やかに見ている二人の長身の武士がいた。

坂本竜馬と武市半平太である。竜馬は五日前に江戸にもどってきたばかりだった。

「どうもわからんな」

竜馬が低くつぶやいた。

「何が？」

「藤岡さんは、なぜ捕まったんじゃ」

「さあな」

まるで他人事《ひとごと》のように白々しい表情で、半平太は首をふった。

群衆のどよめきが一段と高まった。行列の先頭で小競り合いが起きている。

「えらい騒ぎじゃ」

「あの男、最後まで悪党をつらぬいたのう」

冷然といって、半平太が背を返した。このとき竜馬の脳裏に一抹の疑念がよぎった。

半平太の態度があまりにも冷淡すぎたからである。

「おい、アギ」

と竜馬が追って、

「ひょっとして、あの男を売ったのはおまんじゃないのか」

「馬鹿をいうな」

めずらしく半平太が気色《けしき》ばんだ。

「あの男を売って、わしに何の得があるというんじゃ」

「じゃがな、あのことを知っちょるのは、わしとおまんしかおらんのだぞ」

「天網恢々《てんもうかいかい》、疎《そ》にして漏らさずじゃ。つまらんことを考えるな」

いい捨てて、半平太は大股に人混みの中に姿を消したが、見送る竜馬の目から猜疑《さいぎ》の光は消えなかった。

（おまんならやりかねん）


半平太が向かったのは日本橋上槇町の貸家だった。網代門をくぐり、玄関の引き戸を開けて中に入ると、奥から綾乃が出てきた。

「お帰りなさいまし」

綾乃の顔に微笑が浮かんでいる。ぞくっとするような凄艶な笑みである。

「以蔵は来たか？」

「はい。床下の二千両箱を掘り起こして藩邸のほうに持っていかれました」

「そうか」

半平太の顔に満足げな笑みが浮かんだ。

「お茶でもお入れしましょうか」

「羊羹《ようかん》はあるか」

「用意してございます」

「ふふふ、おまんはよう気がきくのう」

まるで猫をあやすように、半平太は綾乃の喉首をつるんと撫であげ、肩を抱くようにして家の中へ入っていった。

本書は、二〇〇四年九月、徳間書店から刊行された『江戸城御金蔵破り』を改題し、加筆・修正し、文庫化したものです。

文芸社文庫

安政 江戸城御金蔵破り

二〇一七年十二月十五日　初版第一刷発行

著　者　黒崎裕一郎
発行者　瓜谷綱延
発行所　株式会社　文芸社
〒一六〇-〇〇二二
東京都新宿区新宿一-一〇-一
電話　〇三-五三六九-三〇六〇（代表）
〇三-五三六九-二二九九（販売）
印刷所　図書印刷株式会社
装幀者　三村淳

ISBN978-4-286-19351-9

［文芸社文庫　既刊本］

火の姫　茶々と信長
秋山香乃

兄・織田信長の命をうけ、浅井長政に嫁いだ於市は於茶々、於初、於江をもうけるが、やがて信長に滅ぼされる。於茶々たち親娘の命運は——？

火の姫　茶々と秀吉
秋山香乃

本能寺の変後、信長の家臣の羽柴秀吉が後継者となり、天下人となった。於市の死後、ひとり残された於茶々は、秀吉の側室に。後の淀殿であった。

火の姫　茶々と家康
秋山香乃

太閤死して、ひとり巨魁・徳川家康と対決する於茶々。母として女として政治家として、豊臣家を守り、火焔の大坂城で奮迅の戦いをつらぬく！

それからの三国志　上　烈風の巻
内田重久

稀代の軍師・孔明が五丈原で没したあと、三国志は新たなステージへ突入する。三国統一までのその後のヒーローたちを描いた感動の歴史大河！

それからの三国志　下　陽炎の巻
内田重久

孔明の遺志を継ぐ蜀の姜維と、魏を掌握する司馬一族の死闘の結末は？　覇権を握り三国を統一するのは誰なのか!?　ファン必読の三国志完結編！

［文芸社文庫　既刊本］

トンデモ日本史の真相　史跡お宝編
原田　実

日本史上の奇説・珍説・異端とされる説を徹底検証！　文庫化にあたり、お江をめぐる奇説を含む2項目を追加。墨俣一夜城／ペトログラフ、他

トンデモ日本史の真相　人物伝承編
原田　実

日本史上でまことしやかに語られてきた奇説・珍説・伝承等を徹底検証！　文庫化にあたり、「福澤諭吉は侵略主義者だった？」を追加（解説・芦辺拓）。

戦国の世を生きた七人の女
由良弥生

「お家」のために犠牲となり、人質や政治上の駆け引きの道具にされた乱世の妻妾。悲しみに耐え、懸命に生き抜いた「江姫」らの姿を描く。

江戸暗殺史
森川哲郎

徳川家康の毒殺多用説から、坂本竜馬暗殺事件の謎まで、権力争いによる謀略、暗殺事件の数々。闇へと葬り去られた歴史の真相に迫る。

幕府検死官　玄庵　血闘
加野厚志

慈姑頭に仕込杖、無外流抜刀術の遣い手は、人を救う蘭医にして人斬り。南町奉行所付の「検死官」が、連続女殺しの下手人を追い、お江戸を走る！

[文芸社文庫　既刊本]